NAÎTRE PERSONNE

Albert Likhanov

NAÎTRE PERSONNE

TRADUIT DU RUSSE
PAR THIERRY MARIGNAC

la manufacture de livres

Si vous souhaitez recevoir notre catalogue
et être tenu informé de nos publications,
envoyez vos coordonnées en citant ce livre
à l'adresse suivante :

La Manufacture de livres, 101 rue de Sèvres, 75006 Paris
ou
contact@lamanufacturedelivres.com

ISBN 978-2-35887-769-5

PREMIÈRE PARTIE

SURPRENANT INTÉRÊT

CHAPITRE 1

On l'appelait très rarement par son prénom – comment aurait-on pu appeler quiconque par son prénom quand à l'internat il y avait trente Koliek sur les deux cent cinquante âmes vivant sur place. Pour différencier les enfants, les profs et moniteurs les appelaient par leurs noms de famille, qui entre eux s'appelaient par des surnoms que ni une personne en particulier, ni même quelqu'un de spécialement subtil leur avait concocté. Ce serait plutôt l'existence qui s'en chargeait. Ainsi, un surnom voyait le jour spontanément, souvent du fait de son propriétaire ; il était parfois prononcé dans une discussion portant sur tout à fait autre chose, personne ne se souvenait par qui. Ces nouveaux noms étaient de toutes sortes ; ils constituaient une gamme allant, comme pour lui du neutre ou complètement naturel, jusqu'au blessant, voire insultant – mais laissons cela de côté pour l'instant.

On l'avait surnommé La Hache, de temps en temps on l'appelait Manche de hache, bref il était L'Obtus, quoique le mot ait un sens différent du mot « hachette ». Tous ces surnoms dérivaient de son nom de famille, Hachorov. Quand on l'appelait par son prénom, c'était Koltcha – ce qui était aussi caressant que péjoratif.

Les yeux clairs, avec un visage rond, il faisait partie dans son enfance du troupeau des têtards qui non seulement se ressemblaient, mais étaient absolument identiques. Avec les années, il n'était pas sorti du rang, mais il avait d'une certaine manière acquis quelques traits distinctifs. Il avait foncé – ses cheveux étaient devenus châtain, Dieu sait quel héritage les avait rendus beaux et soyeux. Si les impitoyables éducateurs ne les avaient pas coupés à l'aide de ciseaux sans doute destinés à la tonte des moutons, ils auraient flotté en vagues enchanteresses partant dans tous les sens depuis le sommet du crâne, aériens et bouffants, à eux seuls objet d'envie, richesse inconnue aux yeux de toute jeune fille étrangère au pensionnat.

Autre détail : ses sourcils. Ils auraient dû avoir la couleur des cheveux, mais par un caprice de la nature ceux de Koltcha étaient complètement noirs, et fournis ; ils fusaient de part et d'autre de son front en deux flèches droites, ce qui conférait à son visage un air crâne.

Un grand nez aux larges narines et une grande bouche achevaient de donner à Koltcha une apparence téméraire, résolue, une certaine dureté. Au fil des années, il avait fini par dépasser ses pairs de la tête et des épaules ; mince comme un fil, mais en plus un peu plus épais, il était toujours incompréhensiblement plus réceptif que les autres, ce qu'assurément il ne devait qu'à lui.

Deux qualités rendaient cela possible : sa détermination et sa façon de ne pas se précipiter pour tirer des conclusions. Il avait beau ne pas se hâter, elles se manifestaient lorsqu'il lui fallait juger quelque chose ou quelqu'un. Mais elles restaient secrètes.

Des scènes étranges se produisaient sous ses yeux – qu'il considéra différemment en fonction des époques de son existence. Lorsqu'il était petit et intelligent sans effort, il s'en trouvait bouleversé malgré lui, sous le coup d'une émotion qu'il s'empêchait d'enfouir au plus profond de son être, ricanant dans le même temps avec dédain, tandis que son allure tout entière exprimait le mépris ; mais, pour des raisons qui lui échappaient, il restait toujours muet comme une tombe.

Ces scènes étaient les suivantes. Un beau jour, une femme apparaissait dans l'enceinte de l'internat. S'adressant à ceux qui se trouvaient là et, pour une raison ou une autre, avec plus d'insistance vis-à-vis des enfants que des adultes, elle demandait qu'on lui appelle Noura quelque chose, ou Vassia quelque chose. La population de l'internat, interdite, commençait à réfléchir à voix haute pour savoir de qui, concrètement, il était question ; cette lenteur s'expliquait par le fait que, justement à l'internat, on oubliait les noms, ceux-ci cédant la place aux surnoms et sobriquets, comme il a été dit précédemment. Déduire qui était demandé exigeait du temps. On finissait par deviner de qui il s'agissait, comme si on avait résolu le problème ; alors un messager se précipitait vers celui ou celle qu'on appelait, et la plupart du temps pas tout seul. Il arrivait que, se poursuivant, se bousculant, se dépassant, plaçant des crocs-en-jambe, freinant des quatre fers, voire s'arrêtant complètement et échangeant des horions, les messagers oublient leur mission ; alors, en criant pour qu'ils s'en souviennent, ceux qui étaient restés à attendre leur rappelaient ce qui les avait poussés à courir.

Et la gamine ou le gamin que cette femme avait appelé se mettait à courir à son tour. En principe, toute une foule assistait à sa sortie. Pendant le temps où l'on avait cherché vers qui il fallait foncer, la course des messagers et en premier lieu la simple apparition d'une étrangère avaient fait sortir une bonne partie de la population de l'internat, parmi lesquels des adultes, l'institutrice, l'éducatrice, et même le directeur, Georgi Ivanovitch.

Grand et maigre, décidant du sort de tous, procureur général et membre de la Cour suprême, dirigeant et seigneur, toujours à se mêler de tout, celui-ci ne se pressait toutefois jamais en de telles occasions. Il apparaissait, se dressait au milieu des gamins, descendait sur le chemin, se mouvant dans l'ombre où il attendait qu'on déniche la personne que cherchait cette femme. Enfin, elle se montrait. Si l'enfant reconnaissait la femme, tout était clair, mais il arrivait qu'il annonce qu'il ne la verrait pas du tout ; tous les scénarios étaient possibles.

La plupart du temps, s'il s'agissait d'une petite fille, elle courait vers la femme. Quand les gamines hurlaient, les gens ne s'attardaient pas et se dispersaient. Juchées sur des échasses, le visage couvert d'acné, les filles plus âgées ne se dépêchaient pas toujours ; les gens se dispersaient aussi, mais moins vite. Les garçons plus âgés, eux, se rapprochaient, hésitants, craignant visiblement que les autres ne remarquent leurs points faibles.

Étrangement, pas une des femmes en visite à l'internat ne se souvenait de Koltcha. Par la silhouette, le visage, les vêtements, et même par leur taille, elles se ressemblaient toutes, comme si elles avaient toutes été découpées et cousues par la même main. Des poupées fanées et identiques. Elles portaient parfois des robes ou des bérets, elles étaient parfois tête nue, mais cela ne pouvait tromper un regard pénétrant. Elles avaient des visages las, ronds et sans expression, de courtes jambes mal chaussées, de petits bras, et leurs corps mêmes avaient été rabotés – c'étaient des figurines mal taillées.

Il s'agissait des mères ayant donné naissance aux enfants qui, soit s'avançaient avec réserve, soit couraient à toutes jambes vers elles. Ces enfants ne leur appartenaient plus, et c'était probablement pour cela que les femmes de l'internat qui les observaient ne les appelaient pas des mères, mais des p'tites mères.

Il y avait belle lurette que, ne mentant plus à propos de leurs parents, les enfants n'inventaient plus de malheurs d'élégante facture. Du genre, mon père est en prison parce qu'il s'est défendu contre des bandits et en a tué un. Ou alors, mes parents sont morts dans un accident de voiture. Désormais, une mode implicite voulait plutôt qu'au contraire on noircisse le tableau. Plus d'une fois, Koltcha avait entendu une fille de l'internat prétendument sensible décrire de sang-froid sa mère comme une prostituée. Lorsque cette prostituée avait surgi dans la cour, semblable à toutes les autres – le visage aplati, les jambes courtes, avec de petits bras de poupée, dans un imperméable défraîchi – à qui aurait-elle pu plaire –, il avait été frappé. Il se représentait les prostituées tout à fait autrement.

Koltcha savait ce que savaient tous les autres : les anciennes mères venaient à l'internat avec effroi. Certaines s'envoyaient un petit verre au préalable pour se donner du courage, et non seulement les enfants le voyaient de loin, mais les adultes aussi. En particulier Georgi Ivanovitch. Vigilant, il observait sans s'éloigner, puis s'approchait de la p'tite mère et de sa progéniture, tout d'abord à distance respectueuse pour que leur conversation lui reste inaudible ; alors, s'il déterminait que la dose admissible, le petit verre, avait été dépassée exagérément et que la p'tite mère s'égarait dans des considérations sur la vie et son malheur, il prenait position à proximité d'elle et exigeait de la poupée fatiguée qu'elle quitte le territoire confié à sa garde.

Une ou deux fois, Koltcha et tous les autres avaient été témoins de scandales retentissants à ce sujet, mais la plupart du temps les poupées identiques disparaissaient sans faire d'histoires, pour réapparaître six mois ou un an plus tard, voire ne pas reparaître du tout.

Pourquoi venaient-elles, au fond ? Pour donner à leur enfant du chocolat, un jouet en plastique, un ourson minuscule ? Pour que tout l'internat sache que celui-ci était à elle ! ?

Quelquefois, soit à cause de visites trop rares, soit en raison des ravages de la boisson sur la mémoire, ou encore pour des raisons inconnues au premier abord, les p'tites mères demandaient qu'on appelle leurs fils ou leur fille, parce qu'elles ne les avaient pas reconnus parmi les autres. Qui aurait pu avoir besoin de ce genre de p'tites mères ?

Cependant, une ou deux fois, pas plus, Koltcha avait vu la figurine mal taillée se métamorphoser en être humain.

Cela pouvait paraître étrange, incompréhensible par des tas d'aspects, parce qu'invisible, du moins à leurs yeux d'enfants. Ça se produisait le plus souvent à l'écart. Les deux fois, les mères aux traits fripés, emprisonnées dans des colonies pénitentiaires pour une affaire pire que les autres, mais sobres, avaient demandé à se rendre au bureau de Georgi Ivanovitch. Il ne refusait jamais de les recevoir. Ces femmes étaient sorties du bureau éclairées d'une lumière différente, elles étaient revenues régulièrement, et la nouvelle s'était finalement répandue dans l'internat comme un courant d'air : telle p'tite mère était redevenue mère à part entière, avait recouvré ses droits parentaux, et telle qui ne les avait jamais perdus avait besoin de temps après la colonie pour retrouver du travail, et elle allait reprendre son enfant.

La première fois, il s'en souvenait, il avait six ans, et n'avait pas encore mérité son surnom. Jusqu'à un certain âge, avant qu'on puisse distinguer une caractéristique, avant qu'ils ne méritent un surnom, on s'adressait aux plus petits d'une façon indéterminée : « Eh, petit ! », et ça suffisait. Un petit môme blondasse, un des rares, et donc identique aux autres blondasses, avait alors récupéré sa mère. Puis une des heureuses élues fut une petite fille surnommée Mousslia. Avec ses cheveux et ses sourcils noirs, elle ressemblait à une Tsigane, mais était ou Tatare ou Bachkire. Quelqu'un, peut-être elle, avait dit qu'elle était musulmane, et ce mot, inhabituel dans l'internat, s'était métamorphosé, et transformé en surnom.

Une femme tout aussi brune était venue chercher Mousslia, petite, quelconque, tout aussi usée que les autres mères, mais quand elles étaient parties le changement intervenu sur son visage avait frappé Koltcha : les joues de la mère de Mousslia étaient devenues roses tandis que son front et son nez avaient pâli, comme si on les avait polis ; la crainte faisait étinceler les yeux ardents, et les sourcils noirs contrastaient avec la teinte rose du visage.

Georgi Ivanovitch ne les raccompagnait jamais. Un jour, il lâcha une phrase qui, bien que jamais répétée par les adultes, vécut dans l'internat une vie autonome, transmise en secret de bouche à oreille, ou tombée du ciel, comme un sous-entendu d'une éclatante vérité. Elle disait quelque chose comme : il ne faut pas les raccompagner solennellement jusqu'à la sortie, parce qu'il peut en résulter des retours sans gloire.

Seigneur, comme on effrayait ces gamins avec des prédictions pareilles ! Il valait mieux se dispenser de phrases du genre « ce ne sont pas des objets, inanimés, on ne peut pas les récupérer pour s'en défaire ». Ou encore, à propos des p'tites mères « elles viennent, pas souvent, mais tout de même ». Et au sujet des tantes, des cousines, et même des parentes plus éloignées « elles apportent de petits cadeaux et de la nourriture, comme si on ne nourrissait pas les pensionnaires de l'internat, voyez-vous ça. » On ne voyait jamais surgir les hommes. Comme si ces gamins n'avaient pas de père. Ou même de grands-pères. Non, les esprits des hommes ne volaient jamais jusqu'à l'internat.

Pour ce qui est de Kolia Hachorov, personne, jamais, ne venait le voir. Dans sa petite enfance, il avait attendu une visite quelconque. Il n'était pas le seul, loin de là. Sans aucune explication de la part des adultes, même chez ceux qui ne recevaient aucune visite, la lumière se faisait petit à petit : d'une manière ou d'une autre, les enfants comprenaient qu'ils avaient un parent quelque part. Si ce n'était une p'tite mère portée manquante, au moins quelqu'un, une vieille grand-mère par exemple… Une déception définitive ne s'abattait que sur un tout petit nombre, peut-être une dizaine d'enfants. On ne leur disait rien, et ils ne posaient pas de question… Hachorov en faisait partie.

Il avait depuis longtemps cessé d'attendre la visite qui ne venait pas, et une fois devenu l'Obtus, et plus encore Manche de hache, il considérait les apparitions des p'tites mères avec un mépris bien dissimulé.

Lui qui se ne se gênait plus depuis longtemps pour exprimer ses sentiments répugnait à montrer ce qu'il ressentait.

CHAPITRE 2

Un long chemin l'avait mené à ce droit d'exprimer sans gêne ce qu'il ressentait – sa vie entière. Chez Koltcha, la liste des sentiments était aussi restreinte que chez tous ses semblables. Par exemple, il ignorait la tendresse. Sa vie n'en exigeait aucune, pour la simple raison que personne n'en avait jamais provoqué chez lui. Il est vrai que quelque chose de douloureux s'était éveillé en lui, quelque part sous les côtes lorsque, dans la cour du fond, des lapereaux étaient nés dans une cage de planches et que Nikodim le concierge lui avait remis entre les mains une boule de poils. Cette chair tremblante, chaude et sans défense, la sensation d'avoir un pouvoir absolu sur elle, avait à l'inverse suscité en lui le sentiment d'une éternelle faiblesse et le désir de s'y fondre. Il s'était redressé, chancelant, pressant la boule de poils contre son estomac, l'avait rendue à sa mère, observée encore un peu par de minces interstices et était retourné vaquer à ses occupations, oubliant aussitôt la sensation incompréhensible qui l'avait frappé sur la gauche au-dessous de la gorge. Il avait revu ce lapin – ou un autre lui ressemblant – quelques mois plus tard, carcasse luisante écorchée qui lui était tout à fait inconnue, suspendue comme une touloupe en été, la chair à vif sur la barrière de bois qui entourait la cage.

Cela n'avait rien remué chez lui, bien qu'il se soit dit aussitôt : c'est le lapereau. Aucune tendresse ne lui était revenue en mémoire.

Il n'y avait en lui aucun amour. En effet, l'amour ne surgit pas comme une mouette planant dans l'espace. Peut-être l'amour est-il semblable à l'écho et doit-il forcément être répercuté par l'écho. Un cœur fort donne naissance à l'amour, qui s'en échappe par vagues invisibles, frappe un autre cœur et, s'il suscite une réponse, revient à l'envoyeur – et ainsi échangent-ils d'imperceptibles ondes, des paroles inaudibles, destinées à eux seuls, l'amour vivant tant que les cœurs sont capables d'identifier les signaux échangés.

Il y a les ondes envoyées par l'homme à la femme, mais ça ne commence pas comme ça dans l'univers ; ça débute par des ondes émises des grands vers les petits, de la mère à l'enfant, du père à son gamin.

Ces ondes peuvent-elles être adressées à un gamin étranger ? Voilà qui est peu probable. Bien qu'un grand nombre de gens en parlent, est-ce que ça tient debout ? Et, qui plus est, quand ces gamins d'une autre sont au nombre de trois cents ?

Non, dans un monde qui ne lui répond pas, l'amour n'existe pas, et il est vain d'en attendre de ceux dont le cœur n'a jamais battu à la suite d'une vague de tendresse venue des adultes. D'où viendrait l'impulsion de réciprocité ? Vers où diriger ses ondes personnelles, même si on brûle d'adresser ses sentiments au-dehors ? Vers la bonne femme qui vous répond d'un regard fatigué et indifférent ? Vers un copain, qui comme vous, n'a jamais ressenti la moindre vague d'intérêt de quiconque à son égard ?

Hélas, hélas, hélas, c'était le vide. Alors qu'il manquait cruellement de bons sentiments, l'internat d'enfants était plein en revanche de mauvais sentiments, mûris prématurément – en effet, l'âge se fait sentir aussi dans les sentiments.

Parmi les pensionnaires de l'internat, un sinistre divertissement avait cours – faire fumer les grenouilles. On cherchait une grenouille, de préférence la plus grosse possible, on allumait une cigarette, et on la lui collait au bec. Celle-ci gonflait instantanément, et si on enlevait la cigarette elle expulsait un nuage de fumée. Les pensionnaires de l'internat éclataient de rire, pour eux c'était une blague ordinaire, mais tous les autres mômes, parmi lesquels on trouvait même des garçons, sans parler des filles, s'écartaient et se dépêchaient de prendre la poudre d'escampette. C'est ainsi que, ayant piégé une grenouille, Koltcha sortait dans la rue, entouré de sa bande ; il attendait que les classes prennent fin à l'école « normale » d'à côté, et organisait l'attraction, comme pour un spectacle, lorsque ceux de l'extérieur du pensionnat, les badauds, s'approchaient.

Ils se considéraient comme liés entre eux par le devoir guerrier, les recrues encore plus que les autres, mais ce mot ne surgissait que plus tard, après la sixième, une fois appris dans les manuels d'histoire. D'ailleurs, la notion de « devoir guerrier » apparaissait grâce aux plus vieux des classes supérieures, au monde adulte ; la conscience du devoir venait du for intérieur de chacun : oui, à la différence des écoliers ordinaires, les « civils » qui avaient une famille, les pensionnaires de l'internat étaient unis par quelque chose de dépersonnalisé, d'étatique, qui pour l'instant les recouvrait tout entiers et leur permettait de faire sinon tout ce qu'ils voulaient, du moins une grande partie de ce que ne s'autorisaient pas les « civils », qu'on punissait chez eux. Le domicile des pensionnaires de l'internat était trop vaste pour qu'on s'en prenne à chacun pour ses péchés, alors à toute une foule ! Quand on ne transgresse pas seul, mais avec ses camarades, impossible au fond de demander des comptes à qui que ce soit, et de punir quiconque. On ne peut pas punir sept ou huit individus à la fois. Voilà pourquoi ils fumaient tous dès la sixième, et pourquoi les non-fumeurs étaient des parias, et pourquoi encore ni le long bras de Georgi Ivanovitch, sans parler des enseignants ou des éducateurs, ni personne n'y pouvait rien. Si les gamins des écoles « normales » fumaient, c'était en secret – c'était pour eux de l'héroïsme et une violation des règles en vigueur –, alors que ceux de l'internat clopaient ouvertement et demandaient effrontément du feu au passant qui, entouré de gamins aux regards insolents, était visiblement intimidé et, au lieu de morigéner les mineurs comme il convient, actionnait son briquet ou sortait ses allumettes.

Ainsi se définissait l'âge de la cruauté.

Des bêtises qu'on interdisait même aux élèves de seconde des écoles classiques étaient la norme pour les internes, y compris les farces du genre de la grenouille qui fume, ou les raids sur les jardins des autres, les accrochages réguliers avec les anciens des écoles « normales » – afin de souligner leur faiblesse, les malheureux –, et le casse des cabanes des jardins aux confins de la ville et des garde-mangers privés creusés dans la terre, où les gens abritaient leurs conserves, tomates, concombres, purée de légumes et autre nourriture, y compris de la viande en boîte.

Ce n'était pas poussés par la faim qu'ils volaient des aliments, mais pour tester la faiblesse de la loi, faiblesse que les voleurs constataient en effet le plus souvent. Aucune milice ne se décidait à conduire une action sérieuse en justice, juger, et expédier en maison de redressement, que ce soit pour des bouteilles de trois litres, pour quelques boîtes de viande en conserve ou deux ou trois récipients de soupe de concombre. Soit il ne s'agissait pas d'un petit voleur isolé, mais d'un groupe entier dont, conformément aux règles non écrites de l'internat, personne ne nommerait le meneur, soit la milice et d'autres fonctionnaires ne faisaient pas grande différence entre l'internat et la maison de redressement. Peut-être les deux se fondaient-ils dans leur esprit jusqu'à devenir presque la même chose avec au bout une seule issue. Alors ces gens avaient pitié des gamins – regarde, c'est pas mal, ils s'en sortent, ils grandissent et s'installent comme les enfants choyés des familles – et cessaient de prêter l'oreille. À quoi bon parler des pensionnaires de l'internat ?

Koltcha, qui grandissait peu à peu aux côtés de tous ses camarades de l'internat, ressentait de plus en plus vivement dans sa chair sa propre singularité et celle de tous les autres. Abandonnés par leurs parents – en vue ou inconnus –, ils étaient en quelque sorte devenus la propriété de l'État, sa charge. Celui-ci, leur tuteur, ne se détournerait plus jamais d'eux – qu'ils soient à l'internat, en maison de redressement, ou plus tard dans les camps pénitentiaires pour adultes. Partout, il lui faudrait les nourrir, leur donner à boire, les chausser, les habiller, éviter qu'ils ne tombent malades, les soigner si ça arrivait, bref s'en soucier comme les parents se soucient de leurs enfants. Si les enfants étaient sans parents, il en allait ainsi : l'État s'en occupait par l'intermédiaire de ses nombreux Georgi Ivanovitch, enseignants et éducateurs sur toute l'étendue de ce grand pays à nul autre pareil.

Bien que ni lui ni ses camarades n'aient une représentation claire de l'immensité du pays, ni de l'échelle et du désastre de ces établissements, dont le leur, Koltcha ressentait clairement l'essentiel : que sa patrie ressemblait aux p'tites mères postillonnantes qui paraissaient dans un état de semi-sobriété dans la cour de l'internat pour que leurs enfants les arrosent de larmes sous les rires de leurs contemporains, que sa patrie qui les avait pris sous sa protection ne se sortait pas de ses devoirs maternels, et que pour cela elle devait être un peu châtiée par ses enfants perdus.

Comment ? De diverses manières. Tout d'abord en leur pardonnant leurs petites vilenies, leurs raids dans les réserves de légumes, les coquards et les bosses infligés aux enfants de leur âge plus heureux en guise de compensation pour l'injustice de leur destin, leurs dents malpropres et jaunies par le tabac, leur usage virtuose de la partie non écrite et clandestine du langage, leur cruauté d'adultes et leur ignorance de l'amour, de la tendresse, et autres sentiments larmoyants qui, c'était bien connu dans la société de l'internat, ne leur faisaient ni chaud ni froid.

Cette vie dépourvue de conscience leur avait appris les sentiments efficaces, l'impitoyable lutte pour soi-même, la brièveté de l'amitié et de la camaraderie qui ne durent qu'un temps, la frontière à l'intérieur de laquelle pouvait exister chaque manifestation et réaction commune, mais au-delà de laquelle il n'y avait plus aucun devoir – chacun pour soi.

Ils attaquaient en groupe, sachant parfaitement que, si la foule des offensés par le groupe piégeait un isolé, on n'avait personne à qui se plaindre, et qu'il faudrait répondre de tout et de tous par ses propres moyens, en se taisant, et sans chercher le moindre réconfort.

Sans le réclamer publiquement, ils attendaient intérieurement de la p'tite mère patrie trois repas par jour, un lit propre, espérant en secret les cours, le toit au-dessus de leur tête et les radiateurs tièdes, bien au fait que sans tout ça rien n'irait plus, et soupçonnant inconsciemment que, s'ils en étaient privés, il leur faudrait faire quelque chose.

Quoi exactement, ils ne le savaient pas avec précision. Peut-être des études ou bien travailler, quelque chose dans ce goût-là qui les effrayait secrètement. Et qui restait éloigné dans l'avenir – même si ça devait se produire dans les mois suivants, ce que tout le monde savait.

L'absence de sensation du temps était un autre signe distinctif de l'orphelinat. Pas d'horloges murales dans les dortoirs. L'entourage n'avait aucune urgence, comme il arrive aux parents d'en avoir, quand tout en regardant leurs montres ils pressent les enfants, s'énervent et créent de toutes pièces une situation où conscient qu'un délai est fixé on reconnaît les heures et on sent passer les minutes.

Les pensionnaires de l'internat ne possédaient pas de montres, ils n'agissaient donc pas en fonction de la trotteuse, mais sur ordre. Ordre – on se lève. Ordre – on prend le petit-déjeuner. Si l'éducatrice se met à crier, cela signifie qu'il faut faire quelque chose en rapport avec le découpage du temps, par exemple aller en récréation. Ou bien à une répétition quelconque. En étude pour faire ses devoirs. Bon et puis, bien sûr, sur ordre – cris et sonneries – en classe dans le bâtiment voisin, l'école. Sonnerie – en cours. Sonnerie – on change pour un autre cours –, et ainsi jusqu'à dix-sept ou dix-huit heures, le temps qu'il sera nécessaire d'y passer. Les montres n'avaient aucune utilité.

Il arrivait qu'on reçoive une montre en fin d'études. Soit les chefs faisaient preuve de générosité, soit Georgi Ivanovitch s'en chargeait lui-même – il les achetait ou on les lui procurait ; alors, blêmissant devant la solennité de l'instant, serrant chaque main dans la file de ceux qui s'en allaient, il remettait ce cadeau inestimable, quoique de production étatique et pas de la meilleure qualité.

Mais allez savoir pourquoi, Koltcha était au courant comme tous les autres que ça ne servait à rien : la montre arrivait trop tard. Les gamins qui avaient grandi à l'internat, puis étaient partis aux quatre vents – faire des études ou travailler – auraient de toute façon des pannes d'oreiller et seraient en retard, s'attirant toutes sortes d'épithètes, parce qu'ils avaient passé leur vie à bouger sur ordres, que ceux-ci s'étaient évanouis maintenant, qu'il leur fallait vivre au rythme des heures, et qu'ils ne parvenaient pas à s'y habituer.

CHAPITRE 3

Voici comment, presque selon le dicton populaire – les temps heureux s'écoulent sans qu'on s'en aperçoive, on ne les voit que rétrospectivement, dans le rétroviseur braqué par la mémoire –, sans se rendre compte de son bonheur – avec ou sans horloge –, sans concevoir ce qu'était le bonheur, à un rythme égal, sans secousse particulière, Kolia Hachorov poussa avec tous les autres de l'internat comme l'herbe dans les champs.

Il ne savait pas comment il était arrivé là – et ça ne l'intéressait pas. Ses seuls souvenirs étaient lui-même, les déprimants corps de bâtiment de l'internat en briques grises, l'entrée d'asphalte du réfectoire, l'entrée principale et une bâtisse accolée à l'école avec l'intendant et concierge Nikodime, un homme à la moustache rousse, d'un âge indéterminé et qui semblait ne pas vieillir, tout en angles aigus, costaud et roux. Il était ainsi depuis l'époque où la conscience de Kolia avait fixé son image parmi les autres choses permanentes de l'internat.

Kolia considérait que lui et Georgi Ivanovitch, le principal de l'internat, mais aussi les enseignants et les éducatrices qui changeaient sans arrêt, étaient des choses, pas des gens. Des choses vivantes, mais des choses. Parce qu'ils étaient toujours là, disaient ce qu'ils avaient à dire, et rien d'autre qui aurait pu en faire des êtres singuliers, les distinguer des nombreuses choses vivantes.

À vrai dire, ça n'était bien sûr pas tout à fait comme ça. Sans tout de même être vraiment une chose, si Georgi Ivanovitch ne devenait pas humain pour Kolia, c'est qu'il ne se passait jamais rien de personnel entre eux. Bon, dix ou vingt fois il avait fait des réflexions à Kolia, la plupart du temps pas individuellement, mais au sein d'un public plus large ; le plus souvent, il lui fallait passer un savon à des groupes entiers, pas à des individus. Pendant l'adolescence de Hachorov, il le convoqua une fois dans son bureau au sujet d'une affaire personnelle. Il le persuada de finir ses études – vers quoi veux-tu te hâter –, disait-il, incertain, mais sans aucune émotion, sans paroles inutiles. Et la rombière Dacha avait d'ailleurs dit au sujet du directeur, comme si elle lâchait ça tout à trac, compatissante à sa manière : « Il est comme un cheval au manège, il tourne en rond, avec des œillères, sans rien voir en dehors du manège sinon il s'effondrerait ». Il y avait aussi – autre chose vivante – la rombière Dacha, qui était cuisinière.

Corpulente, recuite, la tête comme Blanche-Neige couronnée, recouverte d'une sorte de sac élégant et amidonné de gaze blanche, reconnue vétérane de l'internat, arrivée de l'orphelinat pour enfants en bas âge avant même la nomination de Georgi Ivanovitch, la rombière Dacha venait travailler dès l'aube. Elle menait toute une brigade d'assistantes plus jeunes, également ceintes de couronnes amidonnées – qui nettoyaient, faisaient bouillir et égouttaient des patates, cuisaient des boulettes de viande, s'agitant sans fin, malaxaient, pressaient, faisaient grésiller les poêles, siffler les chaudrons – c'est exactement ce qui sautait aux yeux. Les poêles ne grésillaient pas à cause de la chaleur, l'eau ne bouillait pas en raison d'une température élevée, mais c'étaient ces femmes, semblait-il, qui dictaient grésillement et ébullition, les poêles et casseroles n'étant que les prolongements de leurs bras, des instruments retentissants de leur usage culinaire. Ainsi, chez le violoniste d'exception, le violon ne joue pas de lui-même, mais résonne de l'effort du musicien. C'était pareil ici !

Dès que les gamins entraient au réfectoire pour le déjeuner ou le petit-déjeuner, les bruits changeaient dans la cuisine. Les louches résonnaient, cognant sur le bord des énormes marmites, les bouillonnements s'éteignaient, l'espace s'emplissait de voix d'enfants et Dacha la Rombière – rose, en sueur, formidablement grosse comme une éléphante de mer – sortait dans le réfectoire et s'adossait au mur.

Elle contemplait la population en train de mâcher, et souvent des larmes brillaient dans ses yeux. En son for intérieur, Koltcha s'étonnait qu'après tant d'années passées à travailler ici Dacha soit encore susceptible de s'essuyer les joues.

En classe de neuvième, un soupçon l'envahit. Il lui vint à l'esprit que Dacha la Rombière trompait les simplets locaux, et qu'en fait, avant de sortir et de s'appuyer contre le mur pour s'attrister, elle hachait des oignons.

Il se mit à venir légèrement en avance par rapport à tous les autres, et s'assit un peu plus près de l'embrasure où l'on distribuait la nourriture pour voir ce qui se passait dans la cuisine. Ceci infirma ses soupçons : non, Dacha la Rombière ne découpait d'oignons avant de sortir.

Un court instant, Koltcha prit conscience qu'il s'agissait de sentiment, mais comme ils vivaient dans un monde qui en était dépourvu il éprouva un certain déplaisir de courte durée, celui de la reconnaissance de son erreur, du démenti de son hypothèse.

Dacha la Rombière avait beau lui montrer des marques d'attention particulière, il ne se reprocha rien. Il arrivait qu'elle s'asseye près de lui quand la place était libre, soupire en s'appuyant sur ses coudes, le regarde d'un œil compatissant en répétant de diverses manières la même chose, qu'elle avait nourri Koltcha toute sa vie ici, depuis ses trois ans, et que toute son existence tenait dans sa carrière de cuisinière. Elle lui proposait alors des rations supplémentaires, et quand c'était bon il ne les refusait pas – un second ramequin de kissel, ou bien une demi-boulette de viande –, surtout qu'à l'adolescence se déchaîne parfois une faim de loup.

On n'exigeait de lui aucune réponse, il mangeait toujours en silence, jetant de temps en temps à Dacha de ses yeux gris clair un regard glacé n'exprimant ni reconnaissance ni autre sentiment venu du cœur.

Cette marque d'attention de Dacha la Rombière à son égard n'aurait pas modifié le statut de la cuisinière dans son esprit pour la faire passer de chose vivante à être humain, mais c'était sans compter avec une autre particularité.

Le soir, après le dîner, elle sortait avec de gros sacs dans les deux mains. Elle se sentait mieux en hiver, au crépuscule, alors que l'été elle n'était manifestement pas dans son assiette. Oui, il y a des gens comme ça, et Koltcha en faisait partie.

Il arrivait que, sentinelle vigilante, il se lève sur son passage. Il restait debout sans rien dire – se contentant d'observer. Dacha la Rombière détournait le regard pour examiner les murs sans aucun intérêt de l'internat. L'été, elle gardait les yeux fixés au sol et, à la vue de Koltcha, accélérait son petit pas trottinant.

Manche de hache avait acquis cette habitude en dixième, mais à l'époque, quand il croisait le chemin de la cuisinière, il la saluait. Elle souriait largement, se figurant qu'il se débrouillait encore mal avec l'invisible, qu'il ne soupçonnait pas grand monde, et portait encore moins de jugement.

Mais en grandissant, Koltcha cessa de la saluer ; en effet, c'était ridicule, ils se voyaient au moins trois fois par jour – au petit-déjeuner, au déjeuner et au dîner. Dacha la Rombière s'asseyait encore souvent près de lui, exprimant toujours la même chose, le théorème ne variant que par les termes employés ; elle lui apportait du rabe, alors la saluer le soir aurait été stupide. Il se contentait de se lever et de la contempler, les mains dans les poches, en silence, et se posait toujours la même question : pouvait-on sincèrement avoir de la compassion pour lui et les autres et voler quand même ?

Que Dacha la Rombière ait pleinement le droit de voler, ni Hachorov ni personne chez les pensionnaires de l'internat n'en doutait, d'ailleurs le mot « voler » ne s'appliquait en aucune manière à la grosse pleureuse de Dacha. Elle préparait de la nourriture et prenait de quoi nourrir sa famille – n'en avait-elle pas le droit ? Bien sûr qu'elle pouvait emporter ce qu'elle voulait !

Mais alors à quoi servaient ses larmes ?

Dacha marchait à son encontre : n'allant pas jusqu'au bout de son insolence, il s'écartait, à dix pas de distance, mais sans quitter des yeux le visage rond aux joues tombantes. Tandis que Dacha s'affaissait sous le poids de ses sacs comme un athlète sous ses haltères et qu'elle le dépassait, plus vieux, il l'observait, muet, sans objecter. Qui était-il ? Un juge ? Un témoin ? Un observateur sans aucun droit ? Ou bien un complice acheté grâce aux portions supplémentaires ?

Non, en réalité, au bout de nombreuses années d'observation, Koltcha croyait à la sincérité de Dacha la Rombière. Premièrement, il savait qu'elle ne gâtait pas que lui et qu'un principe surgi d'on ne savait où définissait ses relations : elle remarquait tous ceux qui en étaient réduits à la dernière extrémité, qui n'attendaient plus personne depuis longtemps, et qui, semblait-il, n'avaient pas le droit d'attendre. Deuxièmement, Dacha avait une faiblesse qu'il considérait comme légitime. Un homme sans faiblesse n'est que service, il n'est qu'une fonction. Peut-être que Dacha la Rombière éprouvait aussi de la compassion pour un autre inconnu et qu'elle lui apportait de la nourriture ? Qui sait…

En effet, seuls jugent ceux qui n'ont rien commis, qui sont sans tache, et sont par conséquent écœurants.

Ceux qui ont péché, ne serait-ce qu'un tant soit peu, n'ont aucune hâte à se faire juge.

Mais Koltcha ne pouvait pas s'en empêcher. Pas souvent, mais quand même de temps en temps, il se mettait en travers du chemin de Dacha qui le dépassait en baissant la tête sous son regard fixe couleur d'eau.

Sans animosité, sans souffrance, sans amour et sans haine, Manche de hache se répétait la même leçon sans en avoir conscience : tout le monde est pécheur, les sans-taches n'existent pas.

CHAPITRE 4

Ainsi poussa-t-il comme une herbe sauvage dans les champs. Évidemment, on cultive parfois certaines herbes, là où l'on travaille la terre on met de l'engrais, on plante de l'herbe. Avec des graines de choix, c'est clair, elle est d'un vert uniforme, agréable à regarder et utile. Mais il y a des champs qui, quoique sauvages, sont bien arrosés. La rivière s'empare de cette terre au printemps, la noyant de ses limons et déchets, mais en y laissant aussi des particules infimes et inconnues. Lorsque les crues de printemps refluent, le champ inondé brille d'une herbe émeraude non moins éclatante que l'herbe cultivée ; mais parmi l'herbage uniforme, d'autres herbes plus hautes que toutes, des chardons, bardane, jusquiame noire forcent leur chemin vers la vie – que faire. Aucune parcelle de terre livrée à la nature, non travaillée spécialement, n'est dépourvue de mauvaises herbes qui voilent la lumière, noircissent sur fond de ciel sans nuages, tuant tout ce qui pousse au-dessous, plus encore si les herbes les plus basses ont des racines plus faibles.

Il arrivait que Kolia soit la proie des éléments, sans doute de ses propres profondeurs insondables et sanglantes, invisibles tant qu'elles ne fustigent pas l'homme, semblables aux secrètes entrailles de la terre où bouillonnent un magma d'une chaleur insensée, des gaz, et Dieu seul sait quoi dirigeant la vie sur terre, les éruptions volcaniques et les tremblements de terre tout ensemble, ce qui a surgi de l'intérieur, a tordu de douleur, coupé le souffle, arraché une larme malsaine et impassible.

Par exemple, il reposait sur sa couche de bois aux lattes laquées, luisantes, lorsque l'heure du coucher avait déjà été sonnée par les éducatrices, mais qu'on n'avait pas encore allumé la lumière et que les retardataires enlevaient encore leurs chaussettes pour plonger sous les couvertures. Lui était déjà allongé, s'étirait, tentant de se décontracter – et c'est là que sans prévenir, sans raison, sans signe avant-coureur, quelque chose gonflait en lui, se contorsionnait, s'insinuait, à son âge le plus tendre, mais plus tard d'une autre manière.

Il perdait le contrôle de sa vessie, c'est du moins ce qui semblait. Un jour, à la rivière, tandis qu'il apprenait à nager sous la surveillance de Georgi Ivanovitch – grand, dégingandé, vêtu de longs caleçons, pareil à un héron maladroit, dans l'eau jusqu'aux genoux, et regardant tout le monde à la fois –, gloussant sur un bas-fond et décidant par idiotie qu'il allait acquérir une nouvelle capacité, Koltcha se propulsa d'une détente et exécuta quelques brasses fiévreuses vers les profondeurs. Il descendit plus bas encore, mais ne trouva pas le sol, qui avait disparu, et il fut entraîné au fond – à ce moment-là il eut une sensation étrange sous l'estomac, vers le nombril, puis un éclair fila vers sa gorge comme une flèche, une foudre ultime et éclairante, au-delà de la volonté mobilisant toutes ses forces – ses bras et ses jambes s'agitèrent désespérément, il bondit vers la surface et se retrouva dans les mains de Georgi Ivanovitch, dans l'eau non plus jusqu'aux genoux, mais jusqu'au cou.

Sans paroles inutiles et, semblait-il, même pas inquiet, celui-ci attrapa Koltcha par le fond de la culotte dans un geste adroit et le poussa sèchement vers la rive. Koltcha, qui avait pied, monta ensuite sur l'argile piétinée par les gamins de la rive et mit un long moment à revenir à lui-même, craignant surtout le regard de Georgi Ivanovitch, se souvenant de l'éclair sinistre qui l'avait traversé.

Cet éclair – non seulement il avait parcouru tout son corps de l'intérieur, mais il avait court-circuité tous ses nerfs, avec une secousse telle qu'elle comptait plus que ses tripes ou son cœur, brisant Koltcha sans prévenir –, ne se manifestait pas souvent, mais parfois, et à mesure qu'il vieillissait, c'était de plus en plus douloureux…

Petit à petit, en devenant adulte, il se surprit lui-même, parce que cette secousse survenait le plus souvent après la visite d'une des p'tites mères à quelqu'un de chez eux. Les gamins soit quasi inertes, soit malicieux, mais sans jamais aucune mauvaise arrière-pensée – presque tous de la même façon – discutaient de leurs parents, de leurs villes natales, inconnues ici, de l'enceinte grise de l'internat, de leurs mères ivrognes et en goguette.

Les adultes, des gens aux mœurs dissolues ! Aurait-on pu diffuser dans toute la Russie sur une radio secrète ce qu'on se disait avant de dormir dans les dortoirs de filles ou de garçons sur vous, les femmes liées par le sang, les parentes – on ne parlera même pas des hommes ? Cela vous aurait secouées, si vous n'en aviez été à votre heure dernière dans votre dernier lit, si vos têtes pécheresses n'avaient pas été complètement obscurcies par les vapeurs de gnôle, si vous aviez été en mesure de réfléchir et de ressentir quelque chose.

Lorsqu'on éteignait la lumière, et que l'éducatrice était partie en souhaitant bonne nuit, après avoir, sans se gêner devant les témoins, recommandé à un quelconque Makarov de ne pas pisser dans son lit cette nuit-là, utilisant bien entendu le mot convenable « uriner » parce qu'en sixième il était temps d'éduquer la volonté pour se retenir de l'incontinence, bref, lorsque qu'on avait éteint la lumière et que, comme tout l'internat, la mégère grise Zoïa Pavlova qui les détestait tous et ne pensait qu'à se tirer le plus vite possible pour rejoindre chez elle ses deux morveuses était loin, la porte s'ouvrait. Une vie nouvelle commençait avant de s'endormir, qu'on pouvait très bien baptiser recherche spirituelle. Ou plus exactement, errance spirituelle.

– Ouououh salope…, gémissait Vassia Makarov en étirant les syllabes, sans la moindre crainte que Zoïa Pavlovna ne l'entende et ne revienne pour faire la morale, un des sermons pédagogiques stridents et ennuyeux dont elle avait le secret : tout le monde savait que l'éducatrice portait des chaussons au boulot pour foncer vers la sortie sans qu'on entende le cliquetis de ses talons et pour, une fois rhabillée au vestiaire, aller jusqu'aux limites de l'enceinte au petit trot. Si elle était de permanence, alors elle mettait en pratique la science de la psychologie. Elle chaussait au contraire des escarpins à talons – pour qu'on l'entende s'approcher à l'avance, avant le réveil, et la nuit, quand elle faisait des rondes. On dormait profondément, mais le claquement des talons de surveillance parvenait aux oreilles ; alors la tête s'enfonçait dans l'oreiller, les paupières se fermaient plus fort, le corps se figeait et le cœur battait plus lentement, le pouls s'apaisait.

Voilà une illustration approximative de la loi de Pavlov sur les réflexes conditionnés et spontanés pendant le sommeil et pendant la journée.

Chez Vassia Makarov – dont l'éducatrice enlevait le caleçon en guise d'au revoir et l'exposait au regard et au rire de tous, l'humiliant en public, attestant de la souillure avec haine et délectation alors que sa tâche était d'élever, de préserver et de protéger –, cela suscitait le même genre de bons sentiments en réaction. L'exposé pouvait durer cinq ou dix minutes, si personne ne lui disait par exemple :

– Laisse tomber Makarov, viens, on sort et on la noie !

Makarov se calmait en se représentant le tableau heureux de la noyade de sa persécutrice ; il sautait de joie, oubliant que la rivière était assez loin de l'internat, et que lui, Makarov, ne nageait pas particulièrement bien.

Au reste, même s'il grinçait des dents et à travers ses larmes nocturnes en se recroquevillant menaçait :

« Je te noierai, sale garce, je te noierai », rien de sérieux ne se profilait au-delà de ces gémissements ; il suffisait de connaître la nature de l'internat où jamais rien n'était mené à son terme.

Les menaces, à l'exception de menus et brefs accrochages entre les gamins, ne dégénéraient pas, et le flot des grossièretés se tarissait à l'approche des adultes. Les véritables conflits prolongés n'avaient pas lieu d'être, parce qu'ils ne pouvaient s'enflammer qu'en présence de sentiments puissants. Or les sentiments n'avaient pas leur place ici : à ne pas confondre avec les accès, l'hystérie, les cris qui survenaient à l'improviste, souvent surgis de rien, mais s'interrompaient tout aussi brusquement qu'ils avaient commencé, comme si une courroie nerveuse s'était brisée. Ainsi, la menace de Makarov de noyer l'éducatrice détestée de tous s'effondrait au premier changement de disque et elle ne se concrétisait par rien de sérieux. Le matin, c'est avec crainte, mais sans aucune haine qu'il découvrait sous lui des draps humides, déjà prêt à être jugé, à voir apparaître Zoïa Pavlovna au dortoir avant le petit-déjeuner et à se faire engueuler par elle avant d'aller apporter son matelas au séchoir et de donner ces maudits draps à la buanderie en pleurnichant intérieurement.

S'apaisant, quoique avec un profond soupir, Makarov cédait la place à, par exemple, Gnedom, un gars pourvu d'une longue frange malgré les coupes de cheveux collectives et de dents anormalement longues, jaunies par le tabac et sa répugnance à se servir d'une brosse, de véritables dents de cheval, ce qui lui valait bien des surnoms.

Ce jour-là, sa p'tite mère se présenta, avec quelques petits pains plutôt que les cigarettes qu'exigeait son fils. Pour se venger d'elle, il mordit à peine dans un petit pain à la pomme de terre et, lui adressant à peine la parole, nourrit Joutchka et une cohorte de chiens accourus avec enthousiasme, dont deux des chiots de Joutchka qui, par le plus grand des hasards, n'avaient pas encore été noyés et ne portaient même pas encore de nom.

La p'tite mère, clouée par Dieu notre Seigneur à un pilori de malheur, petits bras et jambes courtes, les pieds dans des chaussures trop grandes et par conséquent en accordéon, se lamentait à voix basse. Oscillant sur ses bases alourdies par tant de bouteilles, clairement sous le vent intérieur de son premier petit verre du matin, elle ne bougeait pas toutefois, ce qui signifiait qu'elle n'en était pas à chanceler. Dans son manteau léger et sa casquette en peau de lapin, Georgi Ivanovitch restait à l'écart, se contentant d'observer, d'écouter, mais sans s'approcher et sans s'en mêler.

Gnedom donna les petits pains aux chiens, renforçant ainsi son autorité invisible à l'internat, où les enfants ne souffraient pas de la faim. Il s'essuya les mains sur son manteau – c'était là que son hérédité sautait aux yeux – ils restèrent encore un petit moment face à face. En silence.

– Alors ? demanda Gnedom.

– Non, rien, répondit la mère, pacifiste.

– Tu continues à picoler ? demanda le fils à sa mère. À faire les quatre cents coups ?

– Qu'est-ce que tu veux faire ? répondit-elle paresseusement et à propos. C'est comme ça que j'vis.

Ils n'avaient rien à se dire au fond, et Gnedom n'était pas de ceux qui cherchent à échapper à leur destin. Les gamins et gamines qui vivaient ici étaient aveuglés par leur destin, cloués au même pilori : ils étaient dépourvus de père, et leur mère était cinglée. La force et l'esprit lui manquaient pour elle-même, et son fils grandissait dans une institution. Par conséquent, les internes partageaient peu d'intimité et de larmes avec les p'tites mères, sinon les tout-petits. Leurs entrevues étaient de pure forme et ne se distinguaient ni par leur contenu, ni par leur sens.

C'est ainsi que tout se terminait en général, par de brefs dialogues de ce genre. Ils n'avaient pas besoin l'un de l'autre, finalement. Le besoin se ferait sentir un peu plus tard : quand il sortirait de l'internat, qu'il se mettrait à vivre par lui-même, il irait voir sa mère, non pour qu'elle le soutienne – qu'attendre d'elle – mais pour vérifier son état ; de son côté à elle, quand elle aurait vieilli, lorsque plus personne ne lui apporterait à boire, elle se souviendrait de lui et irait le voir, fût-ce en rampant, pour demander un coin où vivre et de l'attention – en admettant qu'il y ait encore quelqu'un vers qui ramper et que sa progéniture n'ait pas disparu dans le chaudron universel, ce qui était le cas la plupart du temps.

Mais ça se situait dans l'avenir – cela arriverait-il ? –, et pour l'heure Gnedom, se référant à la veille, disait pensivement à voix haute au sujet de sa p'tite mère :

– Et combien d'hommes lui sont passés dessus, vieille putain ?... Je ne connais même pas mon père, qui est-il cet homme ? Elle ne le sait pas non plus ! Dans sa jeunesse, elle se tapait jusqu'à cinq hommes par nuit...

– Comment ça cinq hommes ? demanda Koltcha un jour sans réfléchir.

– Oui, jusqu'à cinq mecs la sautaient par nuit ! C'est comme ça que je ne sais pas d'où je viens ! Fils de pute, et c'est tout.

Les gamins de l'internat connaissaient tous une chose par cœur, cette expression et son sens – fils de pute.

Aux enfants purs, clairs, sans reproches il était nécessaire de l'expliquer : ce mot grossier désigne celui qui est né en dehors du mariage et de toute loi, comme Gnedom – personne ne savait de qui.

CHAPITRE 5

– Moi, je connais mon géniteur, déclara le chétif Gochman. – En fait, il s'appelait Gochka, mais on lui avait donné ce surnom, croisement d'un prénom russe courant et d'une dénomination anglo-saxonne, sous l'influence des films américains à la télé et parce que ses autres surnoms ne lui allaient pas. – Il était mécanicien dans un aérodrome.

Ces deux mots recelaient visiblement quelque chose de bouleversant pour Gochman. Aucun d'entre eux, lui non plus d'ailleurs, n'était jamais allé dans un aérodrome, ni n'avait jamais aperçu le moindre mécanicien. La conjonction de ces deux mots désignait une qualité évidente, les odeurs inconnues du métal et des terres lointaines, de la graisse de moteur et de la transpiration de l'homme, qui mélangées produisaient une odeur divine et quelque chose de fiable, ça crevait les yeux.

– Comment tu le sais, dit une voix endormie.

– Ma p'tite mère m'en a parlé.

– Ah, ta p'tite mère te l'a dit, soupira en réponse la voix indifférente qui parlait d'expérience. Et tu l'as vu ?

Il fallait alors que Gochman se défende, passe à la contre-attaque, mais ça ne le mènerait pas bien loin, tout le monde le savait.

– Non, je ne l'ai pas vu, mais dès que je sors d'ici je le trouverai, il m'apprendra peut-être la science des aérodromes.

Les couchettes de bois se mirent à grincer, les soupirs devinrent plus fréquents, personne ne souhaitait déchirer Gochman pour la centième fois, chacun se retournait dans son lit pour être plus à l'aise dans son nid, exprimant par son silence son incrédulité vis-à-vis des espérances de Gochka. Lui qui le sentait riposta faiblement :

– Quoi ? Vous n'y croyez pas ?...

– On y croit, on y croit, répondit quelqu'un en bâillant.

Le cafard de Gochman rencontrait dans le dortoir une compréhension invisible. Chacun souhaitait secrètement pouvoir se fier à une force adulte, qu'il n'avait encore jamais trouvée.

Et qu'en savaient-ils au fond, cela existait peut-être, se produisait peut-être ? Cette étrange espérance avait-elle le droit de s'éveiller en de tels enfants ? – le phénomène de l'ignorance enfantine est connu.

Si, admettons, le gamin ignore dès la naissance ce qu'est le caviar noir et qu'on lui en propose tout à coup, il voit quelque chose de gluant, de bizarre, qui ne lui évoque rien de bon, et il s'en détourne. Quelque chose de semblable se produirait plus tard avec Koltcha...

Si un enfant vit perpétuellement dans la crasse, il s'habitue à sortir sans se laver, qui plus est, la salle de bains et la douche lui font peur ; il crie, résiste quand on le conduit sous un jet d'eau chaude alors qu'un autre enfant habitué à cette procédure s'en réjouira.

Les enfants habitués depuis leur naissance à un seul type de nourriture en dehors des nouilles ou des patates se détournent des légumes.

Et c'est comme ça pour tout. Les réflexes seuls ne changent pas chez l'homme – la faim, la soif, le froid, la peur. La qualité de la nourriture, de la propreté peuvent être au plus bas, ne connaissant rien d'autre les enfants ne l'exigent pas. Le syndrome de l'ignorance part de là.

Et c'est la raison pour laquelle l'espoir dans la fiabilité des adultes est un grand mystère.

D'où vient cette soif, dans une telle expérience d'incurie ?

Gochman avait été isolé depuis qu'il avait été conçu : en raison de l'ivrognerie ou de la maladie des adultes qui s'étaient mélangés en lui, du terrain d'atterrissage injuste de chaînes génétiques, il était venu au monde avec tous les attributs physiques – des bras, des jambes, une tête normale –, mais depuis sa naissance une défectuosité naturelle était définie à l'intérieur de lui : depuis la sixième il était fragile, bouffi, avec un ventre proéminent, comme celui des obèses adultes qui se goinfrent. Quelque chose fonctionnait mal chez lui, comme si un mécanisme naturel avait été monté à l'envers – non vers l'épanouissement et la jeunesse, mais vers la décrépitude et le vieillissement. Alors que le cœur de Gochman était bon.

Il avait de la peine pour tout le monde – pour les chiots de Joutchtka, encore aveugles, glapissants, mais déjà condamnés à une mort par noyade par Nikodime sur ordre de Georgi Ivanovitch, et aussi pour chaque, gamin, chaque gamine – plus vieux ou plus jeune, ça ne comptait pas – en raison d'un genou écorché, d'une coupure au doigt. Il consolait Makarov le matin alors que tous les autres se moquaient par ignorance. Gochman savait à quoi ça tenait, et Koltcha aussi, et c'est pour ça que Gochman tapait sur l'épaule de Makarov, le soutenait tant qu'il pouvait et l'aidait à traîner son matelas jusqu'à la barrière pour qu'il sèche ou bien l'accompagnait à la buanderie alors qu'il n'était pas particulièrement copain avec lui. Simplement, le cœur de Gochman était ainsi fait, c'était un homme vrai, il avait bon cœur.

Koltcha dit La Hache traînait son surnom, car grâce à une supériorité incompréhensible entre égaux il interrompait facilement chaque écart du cours des choses qu'il jugeait nécessaire. Si on s'en prenait à Makarov d'une façon plus grave que ce qui était admissible au dortoir, il calmait les ardeurs en disant négligemment et sans élever la voix :

– La ferme !

Ça suffisait amplement pour qu'on change de sujet. Koltcha n'était jamais menaçant, il n'était pas plus fort que d'autres, ni que ses aînés, et pourtant on l'appelait La Hache. Un gamin c'est un gamin, mais même son apparence extérieure le différenciait : calme, voire impassible, avec des yeux d'eau grise qui dès qu'ils contemplaient à bout portant rendaient mal à l'aise. Lorsqu'il regardait quelqu'un, il semblait aussi savoir quelque chose que personne d'autre ne savait, et donnait l'impression que, si nécessaire, il agirait selon ce savoir mystérieux. On pouvait s'attendre à quelque chose d'incompréhensible de sa part.

Mais le temps passait, et Koltcha se contentait d'observer son entourage – ceux de son âge et les adultes – les éloignant ainsi de son regard particulier, dressant entre eux et lui une invisible barrière, les forçant à lui céder le pas, à ne pas discuter avec lui, à baisser les yeux et la tête. Mais il ne faisait rien d'étonnant.

En ce qui concernait son savoir particulier, celui qui échappait aux autres, il en possédait un en effet qu'on ne pouvait cependant déterminer parce qu'il était inconnu.

Il savait, par exemple, ce qu'il en était de Makarov. Bien que les secrets de l'internat ne restent secrets que peu de temps, ce n'était pas le cas pour Makarov. Peut-être, parce que parmi les gamins seuls Gochman et Hachorov le connaissaient, et que le directeur ne parlait jamais de ce genre de choses.

Un jour Makarov tomba malade, d'une infection quelconque, d'ailleurs pas très grave ; on ne l'expédia pas à l'hôpital, mais on le mit à l'isolement à l'infirmerie. Lorsqu'il commença à se rétablir, La Hache et Gochman lui rendirent visite.

La chambre d'isolement de l'infirmerie était l'une des plus propres et lumineuses du corps de bâtiment. Accueillant notamment l'entrepôt du matériel de l'internat, elle était pourvue bien sûr d'une entrée séparée. L'infirmerie se trouvait juste à côté, là où l'on allait se faire soigner ses petits bobos, coupures ou bleus, et où régnait l'assistante médicale Nastassia Nikodimovna, fille du gardien de l'internat, ayant terminé des études de médecine peu de temps auparavant.

Là-bas, dans le même secteur, se trouvaient encore deux chambres à quatre lits, en cas d'urgence, et dans la chambre d'isolation on n'en comptait que deux. Ces espaces n'étaient occupés qu'exceptionnellement, lors des épidémies de grippe hivernale. Le reste du temps, ils étaient vides.

Makarov reposait seul par ce calme jour d'automne : les toiles d'araignées volaient dans la cour de l'internat, les feuilles des bouleaux et des érables tombaient. Gochman saisit au vol une élégante feuille d'érable en guise de présent au malade.

Ils étaient assis autour de Makarov dans un silence inhabituel ; le jour automnal vitreux qui entrait par la fenêtre exerçait une influence apaisante, et brusquement, sans raison apparente, Makarov se mit à leur parler de lui – en trébuchant, en disloquant les mots, comme quelqu'un qui, peinant à allumer une cigarette, casse des allumettes…

Koltcha et Gochman apprirent ainsi le secret de Makarov de sa propre bouche, bien que lui-même semble ne pas tout comprendre, ne s'en souvenir que par fragments, et ne pas être en mesure de prendre conscience de tout. Quoique vieille de tant d'années, cette histoire provoquait encore le même frisson.

La mère de Makarov, comme tant de p'tites mères, collectionnait les nouveaux maris ainsi qu'elle l'expliquait au petit Makarov âgé de six ans. Il ne s'en étonnait même plus, vu la fréquence à laquelle se succédaient les nouveaux papas ; l'un d'entre eux ne vécut avec eux qu'une semaine.

Ensuite, sa mère cessa même d'employer le mot « mari », les hommes changèrent tous les jours. La mère de Makarov le mettait tôt au lit et, s'il n'arrivait pas à s'endormir et exigeait qu'on le laisse aller regarder la télévision dans la pièce commune, elle criait. Sa mère commença alors à lui donner des cachets. Il les avalait et se réveillait le lendemain vers midi, lorsque l'homme s'était déjà évaporé et que, seules, des bouteilles vides par terre, des assiettes avec les restes desséchés de saucisse, de chou et de patates froides rappelaient sa présence.

Makarov finissait la saucisse, le chou, les patates, allumait la télé en attendant que sa mère ramène un nouvel homme, le nourrisse en vitesse dans la cuisine et l'emmène dans sa chambre, lui glissant des somnifères dans la bouche pour ne pas être dérangée.

Le gamin ne résistait pas à sa mère, mais un soir – quelle mouche l'avait piqué – il prit le cachet dans la main, le cacha pendant que sa mère tournait le dos et but son verre d'eau comme s'il prenait les somnifères.

Il n'arrivait pas à dormir, parce qu'on le couchait à huit heures, voire à sept, que les cloisons étaient très minces, qu'il n'y avait pas de portes entre les pièces – rien qu'un rideau de toile.

Habitué aux hôtes quotidiens de sa mère, Makarov était allongé, plongé dans une rêverie enfantine, entendant à peine les voix derrière le mur. Mais les voix s'élevèrent et devinrent plus tranchantes. L'homme criait à la mère qu'elle l'avait volé, d'ailleurs ce n'était pas un cri, mais des borborygmes hurlés, il prononçait mal les mots, sa mère lui répondait de la même façon, par paroles noyées. Makarov se leva du lit, marcha pieds nus jusqu'au rideau, l'entrouvrit, et tomba sur ce qu'il y avait de plus effrayant : un homme très jeune, bien plus que sa mère, presque encore adolescent, ivre mort, qui s'emparait du couteau court et aiguisé avec lequel on coupait le saucisson très ferme et le lard – et le planta dans le corps de sa mère.

Elle se mit à crier, mais il s'acharnait. Là, Makarov poussa un hurlement. Le gars le chercha des yeux avec difficulté, chancelant, avant de le trouver, de traverser la pièce, de saisir le gamin par son maillot et de le poignarder à son tour.

Makarov ne se souvenait pas de ce qui s'était passé ensuite. Au bout d'une semaine, à l'hôpital où on l'avait transporté, une femme inconnue en costume gris avec des épaulettes était venue le voir, une enquêtrice qui lui avait posé des questions sur ce qui s'était passé, mais il s'était mis à pleurer ; le médecin qui se tenait derrière cette femme exigea qu'elle s'en aille, mais elle discutait, et l'infirmière appelée par le docteur accourut et donna quelque chose à boire à Makarov qui se rendormit.

Plus tard, une fois la blessure guérie, on l'avait amené ici. Bien que cela ne lui soit jamais arrivé avant, quand il vivait chez lui, il s'était mis à pisser au lit la nuit à l'hôpital. Il n'avait jamais vu la tombe de sa mère, mais il la trouverait quand il aurait grandi et qu'il pourrait se rendre dans la ville où tout cela était arrivé.

Il racontait sans doute ça à Gochman et Koltcha, parce qu'il se croyait de nouveau à l'hôpital, même s'il ne s'agissait que de la chambre d'isolement de l'internat.

Il leur montra sa cicatrice. Ça s'était passé il y a longtemps, il n'allait pas encore à l'école. Makarov ne pouvait se débarrasser de ses incontinences nocturnes, même en essayant de toutes ses forces, en s'abstenant de boire du thé au dîner. Cette eau se rassemblait en lui et se répandait dans un cauchemar secret.

C'était sans doute cette inoubliable terreur qui lui revenait.

En effet, celle-ci se prolonge chez l'homme, surtout une frayeur glaçante du type de celle qu'avait traversée Makarov.

Étonnamment, Makarov conservait un souvenir lumineux de sa mère, ne disant pas un mot contre elle, expliquant ce qui s'était passé par « cette vie-là » et le malheur, confirmant la théorie selon laquelle les gens se divisent en heureux et malheureux. Quelque part dans l'entrepôt de l'internat, on conservait la grosse valise contenant les affaires de Makarov, Georgi Ivanovitch le lui avait dit, en ajoutant d'un ton ferme qu'on ne lui permettrait de la voir que lorsqu'il serait majeur. Makarov s'inquiétait sans arrêt de l'âge de la majorité. Certains prétendaient que c'était à quatorze ans, quand on pouvait passer en procès pour crime et qu'on te donnait une pièce d'identité, pour d'autres c'était à seize ans, et d'autres encore que c'était à dix-huit quand on avait le droit de vote.

– Je me fous des élections, disait Makarov. Pourvu qu'ils me donnent cette valise le plus vite possible et qu'on me procure un outil pour l'ouvrir à l'intendance et jeter un coup d'œil dedans, ne serait-ce qu'une minute. Mais une femme de service lui avait dit que la valise se trouvait dans le débarras personnel de Georgi Ivanovitch et qu'il gardait chez lui, même pas à l'internat, la seule clé qui existe. D'ailleurs, avait-elle ajouté, c'était loin d'être la seule valise qu'on entreposait là-bas.

Le directeur avait également dit à Makarov qu'il possédait un appartement, celui où l'on avait tué sa mère et lui avait infligé cette blessure. D'autres gens l'occupaient suivant la loi, sans avoir à le payer, mais Makarov y avait droit, et lui, Georgi Ivanovitch, son représentant légal, le père de rechange désigné par l'État, se chargerait de le lui rendre ou de lui en procurer un du même genre. Il n'avait pas à s'inquiéter.

Mais Makarov s'inquiétait. Il ne pouvait retourner là-bas.

Plus tard en quatrième, il dit à Koltcha :

– Si j'y mets le pied, je me pisse dessus aussitôt !

On pouvait en rire. Un mécréant l'aurait pu. Mais la Hache fut brusquement sous le coup d'une tension intérieure.

Comment ne pas comprendre Makarov : de nouveau franchir ce seuil ? Un seul pas suffirait, et tout lui reviendrait en mémoire. Au nom de quoi alors, toute une vie à l'internat, tous les tourments de Makarov : ces tristes matinées, cette écœurante Zoïa Pavlovna, et un matelas séché des milliers de fois…

CHAPITRE 6

Makarov avec son cauchemar et ses draps mouillés, Gochman la bonne âme vivant d'un espoir rêvé, Gnedom établissant avec précision les raisons de son absence de père, ils étaient tous différents d'Hachorov.

Chacun d'eux savait quelque chose sur son origine. Koltcha ne savait rien. Lorsqu'il commença à réfléchir en grandissant, suivant l'exemple de ceux à qui leurs p'tites mères rendaient visite, il se mit lui aussi à attendre quelqu'un. Cette attente avait un caractère brumeux, il s'agissait en effet de se représenter qui on attendait. Ne serait-ce que vaguement. Mais, quels que soient ses efforts, il ne parvenait pas à se représenter qui que ce soit. On n'avait rien pu lui dire de sensé, personne, ni Georgi Ivanovitch, encore moins les éducatrices dont c'était l'affaire, ni même Zoïa Pavlovna – lorsqu'elle passait du temps avec eux, grise cavette sous une peau de loup, ne résonnaient que des ordres : « Debout ! », « Au lit ! », « En rang ! », « Toilette ! ».

D'où pouvaient bien sortir ces femmes qui auraient pu sembler leurs égales, aimables, bien élevées, avec un bon cœur, mais qui se contentaient de claquer les portes séparant le monde adulte de celui des enfants. Plus âgées en tête-tête avec les plus petits – orphelins pleurant dans l'incapacité de se plaindre à qui que ce soit, d'étreindre qui que ce soit, de confier les offenses ou l'injustice –, comment ces femmes pouvaient-elles devenir de véritables chiens de garde et perdre toute humanité ?

Elles étaient toujours furieuses, écorchées vives, et au moindre contact hurlaient comme sur une table d'opération sans anesthésie. Peut-être que les désagréments de la vie, accumulés chez elles ou dehors les poussaient à se défouler agréablement derrière une porte close parmi des tout-petits – soumis et silencieux. Peut-être que le caractère qui leur faisait défaut dans le monde adulte – malchance, malheur, incapacité de résister à ceux qui jouissaient de plus de volonté et de pouvoir –, trouvait finalement un réconfort à régler ses comptes et était la raison de la mesquinerie et du manque d'amour de ces femmes. Insecte parmi leurs égaux au-delà de l'enceinte de l'internat, elles se transformaient en lionnes parmi les faibles incapables de se défendre, gamins de la plus basse extraction. Et pour que leur conscience ne les tourmente pas, il leur suffisait de se représenter qu'il ne s'agissait pas d'enfants, mais de petits adultes, comme ceux qui les humiliaient en dehors de l'internat.

Évidemment, elles n'étaient pas toutes comme ça avec les enfants rejetés, il y en avait qui avaient du cœur, de la bonté. Mais aussi généreuse que soit l'âme féminine, elle ne parvenait pas à toucher une vingtaine de gamins. Bon, Koltcha n'avait tout simplement pas eu de chance.

Personne n'avait jamais entendu son cafard de ne pas avoir de mère ; quand il était petit, personne ne lui avait jamais rien dit – peut-être par crainte d'avoir à parler –, personne ne l'avait détourné de ses sensations sans joie, par ailleurs si vagues et incompréhensibles ; il n'était pas capable de les exprimer, mais personne ne l'avait aidé, non pas à les exprimer, mais à les comprendre et à les surmonter.

Par nature, La Hache était apparemment calme, équilibré, et même indifférent, mais derrière ses regards froids on devinait des profondeurs trompeuses et des passions cachées, semblables aux courants souterrains d'une rivière apparemment calme à la surface.

Il était incapable de s'expliquer ce qui se produisait en lui. Ou même de reconnaître qu'il se produisait quelque chose. C'était pourtant le cas. Et plus il vieillissait, plus c'était fréquent.

Ses fractures intérieures se manifestaient : soudain, sans raison apparente, il se tordait intérieurement, se brisait, comme un malade de la grippe. Ce qu'il ne pouvait identifier que par des idées fragmentaires, les morceaux épars d'un tout, s'accumulait brusquement dans une pensée frappante qui venait fouetter son regard.

Le sol se dérobait sous ses pas, et il ne savait pas non plus nager.

Pris par la peur, ne souhaitant rien découvrir de nouveau sur lui-même, Koltcha résistait à cette pression intérieure, essayant de briser la vague qui lui montait à la gorge, mais plus elle enflait, moins il parvenait à la maîtriser.

En effet, ces pensées fragmentaires, ce savoir, ces sensations se résumaient au fond à une question simplissime, mais si pesante et sans réponse :

– Qui es-tu ?

CHAPITRE 7

Nous le répéterons : à l'internat, Koltcha Hachorov présentait une construction génétique atypique.

Les enfants à l'orphelinat étaient tous presque invariablement brisés, voire disloqués ; quoi qu'il en soit, impossible de les trouver sereins – partout des névroses –, mais lui était calme.

Si calme, en fait, qu'il semblait qu'on lui ait arraché les nerfs. Arraché, enroulé sur une bobine et balancé au loin. C'est pour cette raison qu'il paraissait insensible, mais cela ne signifiait pas du tout qu'il ne voyait pas comme les autres bouillonnaient, et pourquoi.

De l'extérieur, il semblait qu'on ait affaire à un gamin parfaitement sûr de lui. Son calme ainsi que son caractère taciturne trompaient son entourage, mais aussi ceux qui vivaient près de lui, les forçant à se dire qu'il était parfaitement à son aise. Bravo, manipulateur… En un mot, La Hache cachait sous cette façade qui il était réellement. On l'aurait mieux compris s'il avait juré sans se gêner devant les adultes, hurlé sauvagement dans les couloirs comme presque tous les autres, infligé entre l'école et le dortoir de douloureuses chiquenaudes aux petits sans défense, écouté leurs cris comme une douce musique avant de repousser l'offensive des enseignants et éducatrices en souriant, sachant d'avance que ces actes resteraient complètement impunis – pouvait-on prendre pour un châtiment des paroles assommantes et répétées toujours de la même manière dans le but leur faire la morale – ; il n'existait aucune autre forme de punition à l'internat. Comme, par exemple, un cachot.

Non, chez lui, c'est-à-dire là où il mangeait, dormait, apprenait, La Hache ne faisait pas de blagues, ne jouait pas aux cartes, il ne criait ni ne jurait, considérant les effrontés et autres types incontrôlables de son œil froid, ce qui, pour une raison quelconque, leur clouait le bec surtout à partir de la sixième. Il n'aimait pas du tout proférer des jurons, ni plastronner, quoique – comme tout le monde le savait – il s'animait visiblement en dehors de l'enceinte de l'internat, s'adaptant à tout ce qui était étranger, étonnamment libre d'un côté, et de l'autre si étrangement mesuré dans d'autres règles et conditions. Ces conditions perturbaient Hachorov, comme si elles lui lançaient un défi.

Alors il effrayait les gamines et gamins des écoles normales avec des grenouilles se gonflant de fumée, fumait – sans se cacher, soulignant ainsi son indépendance –, était toujours le premier à se précipiter au-devant des adultes pour leur demander une cigarette et du feu, et ça marchait grâce à son calme et son regard de verre : ce gamin intimidait les adultes, on ne lui refusait jamais ce qu'il demandait.

Ses compagnons – indépendamment de leur âge et de leur statut à l'internat, des tout-petits ou bien des gamins déjà affublés d'un surnom – frémissaient de plaisir quand cet incroyable Hache, sans jurer, sans prendre l'air effrayant, se contentait de se placer sur le chemin d'un adulte, l'arrêtait, sans jouer les mômes, sans se rabaisser par son âge ou son intonation, le priait avec assurance de lui donner une cigarette et qu'un homme adulte à la carrure imposante s'arrêtait devant ce gamin efflanqué, mince comme un fil, et après un coup d'œil à son regard vitreux, détournait les yeux, comme électrisé par un danger désagréable, tâtait ses poches en vitesse, prenait son paquet et lui offrait des cigarettes.

Comme on le sait, quand on tape sur le paquet, il peut en sortir quelques-unes, mais la Hache avec son œil menaçant n'allait jamais trop loin, ne poussait pas et n'en prenait qu'une seule, remerciant froidement et poliment. Il aurait pu en prendre deux ou trois et aucun passant n'aurait râlé. C'est en tout cas ce qu'il semblait aux témoins de l'internat.

Au reste, n'importe qui pouvait se dégonfler devant une bande, même de plus morveux : Dieu seul savait ce qu'ils avaient en tête, et peut-être avaient-ils des lames, voire des aiguilles, même les plus petits, alors vas-y, essaie de le toucher ou de l'accuser s'il se décide à frapper. Laisse tomber !

Par conséquent, pas le moins du monde lassé par la pression de la foule, mais séduit par ses propres possibilités, La Hache se sépara plus d'une fois de la cavalcade qui l'accompagnait, et partit seul, sans témoins, pour éprouver à répétition l'efficacité de son regard indifférent.

Ça marchait à tous les coups !

À l'internat aussi les adultes contournaient La Hache. Georgi Ivanovitch ne se précipitait pas dans des conversations pour le salut de son âme, supposant que Koltcha était d'équerre, ou au contraire qu'approcher le bord de l'abîme ne s'imposait pas. Les autres adultes – les enseignants qui avaient souvent affaire à La Hache en quatrième, et les éducatrices, après les premiers contacts furtifs –, se limitaient petit à petit aux rapports de service : les enseignants aux leçons, les éducatrices aux seules questions les plus nécessaires à la vie quotidienne.

Vers la quatrième, Koltcha se débrouillait sans l'interférence d'adultes, comme une mécanique ; il se levait, se nourrissait, lisait les manuels, récitait ses leçons, discutait avec ses camarades, se douchait, remettait son linge sale pour en obtenir du propre. Il s'inscrivait totalement dans le mécanisme d'horloge de l'internat, qui fonctionne tout seul, si on ne s'effondre pas, ne se brise pas, n'enfreint pas les règles dans lesquelles vous ont placé le destin et les adultes – parmi lesquels Koltcha Hachorov ne distinguait que le seul Georgi Ivanovitch, aux longs membres, taciturne, et qui semblait disposer d'un savoir supplémentaire.

Sans doute était-il taciturne pour cette raison.

CHAPITRE 8

Chez les pensionnaires de l'internat, l'instinct de la niche était toujours très développé.

Un chien adulte, où qu'il aille, s'efforcera de rentrer chez lui, et les chiots possèdent également un tel instinct. En grandissant, ils s'aventurent hors de la niche, mais pas très loin, et si un danger surgit ils retournent en courant à la niche et aboient à pleins poumons. En vieillissant et en prenant de l'audace, ils décrivent des cercles concentriques, apprenant la vie, puis, fatigués, rentrent chez eux. La niche est au fond semblable à une maison, et en cela le chiot ne se distingue pas du môme et se cache au domicile construit par quelqu'un, si un danger apparaît.

La menace pour les pensionnaires de l'internat, c'était le monde qui les entourait, donc différent du leur, gris, bureaucratique, mais qui était leur domicile ; s'appropriant, dehors, les accès immédiats, ils ne s'en éloignaient qu'avec une certaine crainte, étudiant ce monde inconnu à l'aide d'un système de cercles concentriques, les élargissant, mais aux alentours, le centre étant la niche déshéritée où on leur donnait à boire, à manger, où on les habillait et les chaussait, où ils apprenaient et dormaient.

Il arrivait qu'une bande de pensionnaires de l'internat se retrouve nez à nez avec une bande de gamins étrangers, ce qui ne se produisit qu'une ou deux fois – pas plus. En général, les gamins de la ville marchaient en groupes ; en cas d'excursion scolaire, ils se retrouvaient face à une foule mélangée incapable de se battre ou de résister, ou bien à des mômes d'une équipe sportive quelconque – avec des patins sous le bras, des battes de hockey –, alors la compagnie des pensionnaires de l'internat se dispersait, s'atomisait selon le terme à la mode chez les adultes, à deux ou seul. Quelques gamins marchaient des deux côtés de la rue, voire de la route, évitant ainsi de devenir un groupe d'adversaires en puissance, échappant de la sorte au piège de la confrontation, ou à d'autres ennuis.

Les pensionnaires de l'internat ne s'éloignaient jamais beaucoup de leur niche, ils ne s'aventuraient pas plus loin que les quartiers entourant le leur, on pouvait donc affirmer que, cette ville pas si étendue, ils ne la connaissaient pas. À quoi ça leur aurait servi ? En cas de sortie organisée, on les emmenait en autobus et on les ramenait. Au théâtre pour des matinées, c'était pareil, et ces matinées étaient rares, une ou deux fois par an. Tout le reste se passait chez eux, l'école, le réfectoire, les cercles, et la bibliothèque. Si on tombait gravement malade, il fallait aller à l'hôpital, mais on était alors emmené en ambulance et ramené de la même manière.

Tout cela pour préciser que, lorsque à six quartiers de distance de l'internat quelqu'un cambriola un kiosque, il ne vint à l'idée de personne de penser aux pensionnaires de l'internat. Sans compter que le vol était si étrange qu'il ne déclencha aucune poursuite. D'un côté la milice était débordée par des affaires autrement sérieuses, y compris des meurtres, et de l'autre les enquêteurs manquaient – le vol était si insignifiant que la propriétaire elle-même n'insista pas pour qu'on enquête. Elle porta plainte pour la forme, par inertie, même pas par crainte, pour le bon ordre des choses.

Bon, évidemment, elle était elle-même coupable de négligence : d'après les décrets en vigueur, elle devait protéger sa vitrine de verre sous une armature plus solide fermée par des cadenas, mais elle n'en avait pas les moyens. N'importe quel ivrogne tapait du poing sur le verre entouré d'un chiffon et s'emparait d'une bouteille, ça se passait comme ça.

On avait brisé le verre, on en avait extirpé deux bouteilles, une de vodka, une de cognac et deux Snickers, ces barres de chocolat qui agaçait les dents.

Le flic était un homme comme les autres et le mot « Snickers » le traumatisait au plus profond de lui, comme toute la Russie ; lorsque la commerçante prononçait ce mot de passe de réformes imbéciles, soit il grinçait des dents, soit il rotait – pour que la commerçante pige. Du coup, elle n'insista pas sur le paquet de couches dérobé. Alors ils n'allèrent même pas jusqu'à la paperasse que le milicien était supposé remplir. La bonne femme, rappelant de façon étrange les p'tites mères de l'internat, s'effraya de la modestie impardonnable de ses pertes, convoqua le flic au kiosque, lui glissa, sans rencontrer de résistance particulière, deux bouteilles de cognac Simféropol et déchira la paperasse de ses propres mains, s'excusant du dérangement. Nous répéterons que le brigadier, qui n'était qu'un homme lui aussi, s'en alla dignement, rassuré ; on ne l'importunerait plus avec de semblables vétilles.

Dans ces conditions, on ne déclenchait aucune poursuite, on ne soupçonnait personne en dehors de poivrots anonymes, qui se multipliaient dans tout le pays, plus ou moins visibles.

Il ne parvenait aucun écho de ces petits vols à l'internat, ni aucun signe liant celui-ci à des kiosques de catégorie inférieure. Il est vrai que cette nuit-là La Hache était allé aux toilettes et y était resté, mais personne n'avait rien remarqué ; les gamins dormaient comme d'habitude, pareils à des chiots épuisés sans pattes arrière. Même cette Zoïa Pavlovna, de permanence comme prévu, s'était tirée en douce chez elle en violation de toutes les règles et instructions, et tout simplement du bon sens : si, par exemple, il y avait eu un incendie au dortoir pendant sa permanence, elle en aurait pris pour son grade et n'aurait pas revu ses filles bien-aimées pendant un certain temps.

Mais aucun incendie ne survenait, et elle n'était pas la seule à s'esbigner chez elle vers minuit, sans fermer la porte parce qu'elle ne s'ouvrait que de l'intérieur, et à la laisser entrouverte.

Si Georgi Ivanovitch avait eu vent des numéros de voltige de ses éducatrices, il les aurait virées immédiatement ; mais il avait trop confiance en ses subordonnées. Celles-ci, par une entente implicite entre adultes, faisaient les éloges l'une de l'autre, rapportant au directeur dégingandé le lourd travail des éducatrices hors des heures scolaires, tout en mettant au point des projets individuels décorés de roses, parfumés de camomille, agrémentés de plaintes à l'égard des enfants et de raisonnements à voix haute lors des conseils pédagogiques, dessinant une mosaïque univoque des problèmes qu'elles avaient à surmonter – qui n'existaient pas en réalité –, taisant en revanche ou négligeant les véritables dangers.

Qu'y avait-il là d'étonnant ? C'est un classique dans la vie. On ne souhaite pas remarquer les vrais malheurs, on les évacue pour ne pas s'alarmer et devant la menace évidente on fait l'autruche, on enfouit sa tête dans le sable, pour ne pas voir l'horreur qui s'approche. Ça ne se produisait pas qu'à l'internat !

En un mot, connaissant même les plus secrètes habitudes de leurs tuteurs, les enfants savaient s'en servir en fonction de leurs intérêts, et Koltcha Hachorov disparaissait au moment où ça l'arrangeait.

Il s'éveillait le matin comme d'habitude, sur ordre, se levait, se lavait, prenait son petit-déjeuner sous l'œil vigilant de Dacha la Rombière et, dans les quatre jours, partageait entre Makarov, Gochman, et lui-même, La Hache, une barre de chocolat sans emballage. Quand les gamins, sans insister particulièrement, lui demandaient si ce n'était pas un Snickers, sous-entendant la question suivante – où l'avait-il pris –, Koltcha leur répondait que ce n'était qu'un Mars donné par un passant généreux qu'il ne connaissait pas personnellement et à qui il avait demandé une cigarette.

– Ah, ça existe donc des mecs généreux comme ça ! soupirait Gochman ; et le reste de l'auditoire soupirait à sa suite.

La Hache acquiesçait volontiers, comme toujours concis et froid :

– Ça existe.

Un jour, Makarov exulta au matin, ses draps étaient secs.

Quelqu'un tenta de ricaner en voyant Makarov au moment où il se levait, mais La Hache qui suivait tout et tout le monde prononça sa première parole, qui faisait allusion à Zoïa Pavlovna, retenue pour une raison quelconque.

– Makarov, tu l'as mouchée !

Et il éclata de rire. Et tout le monde éclata de rire, mais pour se moquer de l'éducatrice, pas de Makarov qui dénouait la boucle d'un cordon noir entourant un paquet de couches. Quelle trouvaille ! Toutes les incontinences nocturnes de Makarov partaient dans ces couches merveilleuses, toutes ses terreurs de se faire, pendant de longues années, encore et toujours engueuler par l'éducatrice, toute sa déchéance, lorsque gamin déjà presque adulte il était contraint de traîner un matelas humide sur son dos, et l'odeur nauséabonde des draps – pendant des années ! L'idée ne vint à personne de se demander où Makarov avait pu dénicher ces couches de bébé.

Ce paquet suffit pour une semaine. Ensuite, on continua d'en fournir à Makarov. Bien entendu, Zoïa

Pavlovna nota cette métamorphose chez Makarov, elle se tut pendant quelques jours, considéra le visage souriant du pécheur chronique avant de rapporter son succès convaincant au conseil des éducateurs. À la buanderie on confirma : Makarov ne donnait plus de draps mouillés chaque matin.

Comme de nombreux pensionnaires de l'internat souffraient d'incontinence nocturne, en particulier les tout-petits, Georgi Ivanovitch raya volontiers l'un d'entre eux de sa liste mentale. La réalité générale démontrait à quel point le travail médico-psychologique du personnel éducateur était peu significatif, et si ça ne trahissait aucun vice particulier des travailleurs adultes, c'était tout de même désagréable.

Qui sait si ceux qui étaient chargés d'inspecter ce genre de choses glisseraient un mot à ce sujet ? On peut faire des tas de réflexions, mêmes justes, elles sont pour ainsi dire toujours subjectives. Cela vaut pour tous les pays, en effet, il ne s'agit pas d'une appréciation générale, mais d'un cas particulier choquant : on laisse des adolescents qui pissent au lit entrer dans la vie active ! Quoi qu'on dise par la suite, quelle que soit l'expérience positive sur laquelle s'arrête la commission, tout sera écarté, parce que des élèves de cinquième qui pissent au lit, et pire encore de fins d'études, c'est comme une étiquette sur un produit : si la marchandise est frelatée, son prix sera bas et le vendeur minable.

En ce qui concernait les couches, ils n'en surent jamais rien.

CHAPITRE 9

À partir de la fin de sa troisième, la Hache fut de plus en plus souvent la proie de secousses qui l'ébranlaient désormais presque chaque jour. Quand cela le prit – cela se passa au printemps, au mois de mai, par une soirée ensoleillée alors qu'il croisait le chemin de Dacha la Rombière –, il chemina à ses côtés jusqu'à la palissade.

Le front de Dacha était couvert de gouttes de sueur, comme toujours son fardeau la courbait vers le sol. Désireux de l'aider, Koltcha tira sur un des sacs. Ne comprenant pas qu'on voulait l'aider, elle ne céda pas à la première tentative. Quand elle comprit, elle poussa un soupir de soulagement, accéléra le pas, tout de même mécontente qu'un pensionnaire importun de l'internat se soit joint à elle, l'eût elle-même distingué entre tous pour une raison quelconque.

Ce n'est que lorsqu'ils parvinrent au bout, et seulement alors, que La Hache réussit à se maîtriser. Agité comme jamais, il avait longtemps préparé sa question, et l'avait même apprise par cœur, mais elle sortit maladroitement de sa bouche. Il demanda :

– Dacha, vous savez d'où je viens ? qui je suis ?

Elle freina.

– Bigre, à quoi tu penses !

– Qu'est-ce qu'il y a ? répondit-il sans comprendre.

La cuisinière fit quelques pas lents, avant de s'arrêter pour l'examiner.

– En effet, vous savez quelque chose, dit-il en la regardant droit dans les yeux. Vous me donnez des portions supplémentaires.

– Seigneur ! sourit Dacha, manquant d'assurance. Tu n'es pas le seul à qui j'en donne ! J'en distribue à tous ceux qui ont encore faim. Et à toi…

Elle bafouilla, puis lâcha :

– En tant que vétéran…

– Vétéran ?

– Oui ! À l'internat tu es un vétéran tout comme moi. Tu y as passé pratiquement toute ta vie. Ils t'ont amené de l'orphelinat pour les enfants en bas âge quand tu avais trois ans. Beaucoup de pensionnaires viennent de chez eux.

Reprenant visiblement ses esprits, comprenant la raison pour laquelle il l'accompagnait si souvent, elle se remit à avancer.

– Tu as posé la question à Georgi Ivanovitch ? Tous les documents sont en sa possession.

Lui avait-il posé la question ? La Hache sourit malicieusement, reprit le lourd sac de la cuisinière. C'était le directeur lui-même qui lui avait parlé. Au début de la troisième, il l'avait convoqué dans son bureau. Il était temps de lui faire faire des papiers d'identité qu'on attribuait maintenant à quatorze ans, et le directeur avait poussé vers lui un dossier très mince. Regarde-le. Lorsque Koltcha l'avait ouvert, il avait vu une poche sur la gauche. Elle contenait une photo en couleurs où un bambin inconnu aux yeux bouffis le considérait, lui-même âgé de trois ans, une photo faite à la sortie de l'orphelinat.

Dans la poche de droite nichaient deux déclarations de naissance et ses caractéristiques, elles aussi venues de l'orphelinat. Il lut tout ça, des diagnostics incompréhensibles, et ensuite deux lignes de caractéristiques. Il devait se souvenir du mot « calme » et « renfermé ». Sur la déclaration de naissance, il n'était fait mention que de sa mère, Maria Ivanovna Hachorov. Face au nom du père, il y a avait une ligne tracée à l'encre : un épais trait violet.

La Hache ne s'attendait à rien d'autre, mais comme il ne savait pas quelle question poser il se contenta de diriger un regard interrogateur vers le directeur. Celui-ci regardait par la fenêtre, tapotait un crayon dans sa paume, les yeux ailleurs. Sachant précisément qu'il lui fallait répondre à une question muette, il dit :

– C'est tout ce que nous avons.

Bizarrement, cette nuit-là, La Hache ne se tortilla pas, agité par son trouble familier. Il dormit comme une masse, comme apaisé pour quelque temps. Ensuite, tout recommença. Grâce à Dieu, sur la pièce d'identité ornée de l'aigle doré à deux têtes il n'était pas nécessaire de donner des détails sur ses parents. Il la reçut en même temps que les autres pensionnaires âgés de quatorze ans, la feuilleta, réjoui, et la rendit au directeur pour qu'elle aille rejoindre les autres pièces du dossier qu'on lui remettrait à sa sortie de l'internat.

Seulement alors, la lumière se fit : si à la ligne où devait figurer le nom du père il n'y avait qu'un trait à l'encre violette, d'où venait son patronyme ? Il avait beau être sans père, Koltcha avait un patronyme : Ivanovitch. Celui de sa mère était Ivanovna, le sien était Ivanovitch, mais sans père. Peut-être l'en avait-on affublé d'après le patronyme de sa mère ?

C'est à ce moment-là, après avoir hésité un certain temps, que La Hache avait décidé d'accompagner Dacha la Rombière jusque chez elle.

La maisonnette où vivait la cuisinière était basse et enfoncée dans la terre. La palissade devant les fenêtres était envahie d'églantiers en buissons, ils commençaient à se couvrir de bourgeons qui n'avaient pas encore éclos, mais la fraîche verdure resplendissait comme une parure nouvelle. Une vache allait et venait derrière la barrière, le portail s'entrouvrit, il en sortit une jeune fille inconnue de La Hache, qui s'empara des sacs de la cuisinière et des siens sans rien dire avant de s'en aller. Essuyant la sueur à son front, Dacha expliqua finalement :

– Voilà, je rapporte les restes de vos repas. Vous êtes loin de tout manger, et nous en nourrissons la vache…

La Hache se moquait de ce qu'elle rapportait et de qui elle nourrissait, ses idées l'entraînaient loin de ça. Il avait honte de cette conversation. Pourquoi au juste lui était-il nécessaire d'éclaircir quoi que ce soit sur son origine, alors que des informations plus exactes, quoique sans espoir, lui avaient été présentées par un responsable officiel, pas une cuisinière – mais le directeur en personne.

Il hocha la tête, sourit ironiquement, et retourna sur ses pas.

Dacha dit dans son dos :

– Va voir à l'orphelinat !

Il commença par ne prêter aucune attention à ces paroles, mais s'en souvint dans la nuit, lorsqu'il fut de nouveau agité par le tremblement, déchiré, brisé, ce qui en plus d'être intolérable était terriblement honteux – aller à l'orphelinat et y questionner tout le monde pour savoir qui il était. Aujourd'hui même il était passé pour un imbécile devant la cuisinière. Dacha connaissait toute sa vie à l'internat, mais comment et à qui poser des questions là-bas ?

Depuis la fin de sa quatrième, La Hache avait clairement la sensation qu'il lui fallait faire quelque chose. Qu'il était impossible de vivre plus longtemps comme ça. Le sentiment qu'il dormait les yeux ouverts et qu'il était plus que temps de se réveiller ne le quittait pas.

Quand il quitterait l'internat, il serait possible de s'éveiller. Quoi qu'il en soit, il faudrait le faire. En classe, au début, les enseignants lui disaient que l'État se souciait d'eux. Bien que les pensionnaires soient mal lotis, chacun pouvait devenir ingénieur, pilote de ligne ou même artiste ; il lui suffisait d'apprendre et de s'appliquer. Parmi les gamins, on savait très bien, que l'attestation qu'on leur donnait à la sortie de l'internat ne se distinguait en rien de celle qu'on donnait à la sortie des écoles habituelles, mais au mur de l'entrée était accroché un panneau entier avec les photos des garçons et surtout des filles qui étaient allés à la fac et dans des instituts techniques et avaient obtenu un diplôme. La Hache, il est vrai, s'étonnait que ces veinards se souviennent très rarement de l'internat et tentent plutôt de l'oublier – mais que Dieu les garde, ils étaient déjà ailleurs… Tout à coup, les enseignants avaient cessé de parler des facs et des instituts ; qu'y avait-il à ajouter quand la commerçante du kiosque où on avait volé deux bouteilles et deux Snickers plus un paquet de couches gagnait dix fois plus qu'un ingénieur, un pilote, et peut-être même qu'un artiste, bien que tout le monde parle des artistes et qu'on les regarde sans fin à la télé de l'internat. On les regardait, mais sans rien voir…

Koltcha Hachorov – comme à chaque printemps, il le remarquait depuis longtemps – était tourmenté, agité, et poussé à choisir une voie quelconque.

Vivre ici trois ans encore jusqu'à la terminale, tout supporter alors qu'on avait presque dix-huit ans pour ensuite aller à l'armée n'avait aucun sens. En admettant qu'on l'accepte. L'attestation de fin d'études ne signifiait plus rien à présent, et Koltcha comprenait qu'il lui fallait entrer dans un institut technique professionnel où l'on prenait ceux qui sortaient de l'internat sans examen, et y apprendre la mécanique automobile : la plus prisée, toujours en manque de personnel et bien payée.

Au vu des panneaux dans la rue, il put déterminer qu'une telle école existait à l'autre bout de la ville. Se séparant de ses condisciples, il traversa leur petite ville. Quand il trouva l'institut technique, il ne ressentit que du soulagement. Avec son bâtiment gris de trois étages en briques de cilice, cette école ressemblait à l'internat, et des types semblables à ceux de l'internat, juste un peu plus vieux, traînaient aux alentours.

Sur les panneaux près de l'institut, il lut aussi qu'on proposait un foyer aux élèves des autres villes. Il se calma complètement, parce que, comme on le savait à l'internat, ils étaient considérés comme des étrangers et on ne pouvait légalement les laisser sans domicile. La loi les protégeait.

Une fois sa décision prise, La Hache n'en parla à personne, mais accéléra. Il ne traînait pas pour apprendre ses leçons, il les assimilait en vitesse, et obtint bientôt de bonnes notes.

Ni Makarov, ni Gochman, ni Gnedom ne se pressaient ; le directeur et les enseignants leur apprenaient qu'il fallait aller jusqu'au bout à l'école, parce que la vie dehors serait bien plus difficile, alors qu'ici, si chiche soit-elle, on mangeait et on avait un toit sur la tête. Ça en apaisait beaucoup, ça les décontractait.

La Hache, quand il écoutait ça, souriait ironiquement, mais il ne discutait jamais à voix haute, parce qu'il était en gros d'accord. Quoi qu'il en soit, Gochman devait obtenir son certificat de fin d'études et s'inscrire à l'institut, Makarov devait se libérer plus encore de son péché, une fois dehors on ne lui ferait pas de cadeau, et Gnedom, une fois sorti de l'internat, serait englouti par sa vision du monde selon laquelle rien ne valait.

La Hache se distinguait de son cercle, solitaire, concluant définitivement qu'il ne pouvait mettre trois ans à la poubelle, alors que la vie était si courte. Il n'avait pas le temps de se recroqueviller dans la carapace de l'internat comme une tortue et, bien que l'existence au-delà des murs soit peu compréhensible, plus vite il pigerait, plus vite il serait adulte.

Voici ce qu'il désirait passionnément, et pourquoi il était tourmenté : il lui fallait quitter l'enfance le plus vite possible, sortir de l'internat, oublier qu'il était orphelin.

Apprendre quelque chose le plus vite possible, exercer une activité, atteindre un but. Que ça ait lieu le plus vite possible. Bien sûr, il ne l'exprimait pas comme ça, même en son for intérieur. Mais quelque chose l'attirait quelque part. Il fallait savoir où précisément.

Il savait, et en parla au directeur.

CHAPITRE 10

Ah, comme les soirées d'adieu de l'internat différaient tristement des fêtes organisées dans les écoles habituelles ! Elles paraissaient identiques : les lumières scintillaient et les gens étaient tout excités, les plaisanteries fusaient, et tout le monde était sur son trente-et-un. Au réfectoire de l'internat, la nourriture abondait – des gâteaux par exemple, des plats munificents, des carafes pleines de jus de fruits rouges en quantité illimitée : mange et bois tant que tu veux, cher élève en fin d'études, et bonne chance !

Cependant, pour l'essentiel, la différence était majeure. L'écolier habituel recevait son diplôme non seulement en guise de récompense pour son travail, mais aussi comme un cadeau à ses parents, présents, plus agités que nécessaire, s'accordant en leur for intérieur avec l'idée que non seulement ils l'avaient forcé à surmonter sa négligence, mais que lui-même s'était révélé moins flemmard qu'ils ne l'avaient craint. Nous ne dirons rien des sujets brillants, ils sont une minorité sur cette planète.

Le diplôme des pensionnaires de l'internat – quel qu'il soit – avait coûté bien plus de souffrances et d'efforts qu'aux écoliers habituels. C'est pourquoi celui auquel on le remettait était fêté ; on lui tapait sur l'épaule bien plus longtemps que dans les établissements situés de l'autre côté de la route. C'était parce qu'on le connaissait de long en large, parce que chacun ici, du plus petit au plus grand, n'était pas seulement son voisin de banc d'école, mais aussi celui de dortoir, de réfectoire, de gymnase, de cour, quasiment un frère de sang. De cruels règlements de comptes peuvent avoir lieu entre frères, mais cela arrive aussi dans les familles normales… Et voici qu'était venu le moment de se réjouir, et de s'attrister. L'exultation tenait au fait que ce ou cette déshéritée s'était forgé un chemin à travers les infortunes d'orphelin, les larmes, les bagarres, les mauvaises notes, les punitions d'éducatrices pointilleuses, la vie dans le dortoir depuis la petite enfance. Ignorant tout des caresses, ces mômes à coquards et bosses reconnaissaient avec honte ne pas savoir où se trouvaient leurs p'tites mères titubantes ; ils avaient grandi habillés par l'État, jusqu'aux sous-vêtements et chaussettes qu'on enfile avec peine, jusqu'au costume ou à la robe minable portés sur scène, désormais plus en chœur ou en groupe comme avant, mais tout seuls, rougissant et pâlissant tandis qu'on leur adressait pour leur souhaiter bonne chance un feu nourri d'applaudissements enfantins dans lesquels se faisaient entendre l'espérance de voir aussi pareil jour solennel arriver – à déduire de toute la douleur et des craintes –, celle de laisser les souvenirs amers ici derrière soi, à l'internat, et qu'au-delà tout ne soit que bonté et bonheur…

Si ces applaudissements, presque des ovations, étaient tellement déchaînés, c'est que, dans la salle, ceux qui auraient dû souhaiter que les grands gamins et gamines habillés pour l'occasion leur montrent leur diplôme, leurs parents, âmes en peine, pères et mères que la langue ne s'embarrassait pas à nommer, avaient complètement disparu, et que, malgré cela, ceux qu'ils avaient trahis et qui n'avaient ni survécu ni poussé grâce à eux leur témoignaient un amour frappant, envers et contre tout.

Dans la salle, les enseignants, les éducateurs, et même Nikodime le gardien étaient présents, mais ni pères ni mères, comme s'ils étaient maudits, malheureux, disparus, trois fois mauvais. Alors on applaudissait encore plus fort, les enfants – gamins et gamines, petits, et plus âgés, et allez-y les adultes, battez d'autant plus des mains, en ce jour de joie et de douleur –, ceux qui avaient grandi ici et apparaissaient maintenant sur scène sous des projecteurs aveuglants, mon Dieu, il convenait de les applaudir pour les saluer avec chaleur, de toutes ses forces !

Les applaudissements avaient une signification très importante pendant la soirée de fin d'études à l'internat où l'on remettait les diplômes, puis le certificat de fin d'études de troisième avant que chacun ne retourne à sa place.

On applaudit La Hache, quand il obtint son diplôme. Puis ce fut la soirée avec gâteaux, jus de fruits, boulettes de viande, et tous les quatre, presque des frères, remplirent leurs poches de gâteaux sur les indications d'une cantinière.

La musique retentissait encore aux fenêtres du gymnase, que les gamins couraient déjà vers le bois de bouleaux, pressentant la suite des réjouissances. La Hache tenait un paquet blanc ; il suscitait une excitation secrète. Gnedom, Gochman, Makarov criaient des trucs absurdes, racontaient des sornettes, se réjouissant et s'horrifiant de ceci ou cela : ces discours de gamins presque adultes ayant poussé à l'internat sont impossibles à citer vu leur crudité, leur manque de sens perceptible, le découragement à grande échelle dû à l'écrasante force intérieure de sentiments cachés, accumulés au sein de chaque exclamation, chaque interjection. En particulier quand tout était hurlé en courant.

Ils s'assirent près d'une plantation de chanvre poussant de travers et La Hache s'empara d'une bouteille de vodka et d'une bouteille de cognac planquées l'année précédente. Elles furent extraites facilement de la souche allongée qui les cachait, et on le soulagea des gâteaux enfouis dans ses poches, tandis que les bouteilles circulaient, tout d'abord celle de cognac. Nos héros étaient hélas des fils à maman dans un certain sens ; à l'exception de La Hache, ils avaient connu le goût de l'alcool avant leur mise au monde. Pour au moins trois d'entre eux, les conséquences de l'alcool se faisaient sentir sans qu'ils puissent tout à fait avoir conscience de cet héritage transmis par leurs p'tites mères. En effet, les enfants nés de femmes ivrognes devenaient dépendants de l'alcool dans les entrailles de leurs mères. En effet, le fœtus est une partie de la mère, une partie de son organisme, et si celui-ci est constamment empoisonné par de la vodka le fœtus lui-même aura soif d'alcool ! Bien des efforts seront nécessaires par la suite pour venir à bout de cette dépendance, guérir les enfants, les libérer, et personne ne peut garantir que l'humain en question, une fois adulte, se souvenant du péché originel, ne répète le destin de sa mère. À y regarder de plus près, il ne sera pas si coupable : ça aura marché, la clé de l'héritage génétique se sera enclenchée.

Trois d'entre eux avaient passé leur enfance malheureuse sous cette marque au fer rouge. Seul La Hache avait en ce sens été épargné : personne ne s'était risqué à la lui apposer, se disant juste que le mot « inconnu » pouvait dissimuler ce qu'on voulait.

Ils commencèrent par le cognac et liquidèrent la bouteille : hâte, course, excitation.

Le cognac était fort, quoique pas tout à fait pur, semblait-il. Il était coupé avec quelque chose. Les têtes étaient en effervescence, ils se mirent à bavarder d'une voix encore plus sonore. Ils parlaient principalement de La Hache qui, tel un partisan en mission, leur avait caché jusqu'au dernier moment qu'il souhaitait entrer à l'institut technique pour devenir mécanicien. Sachant que ce n'était pas fraternel de se taire jusqu'au bout. Et sans lui, ce ne serait pas pareil…

Comment ce serait sans lui, ils ne le savaient pas. Mais dans les cœurs échauffés par le cognac le cafard bouillonnait. Pour ne pas éclater en sanglots, Gochman passa son paquet de cigarettes à la ronde. Ils se mirent à fumer.

La Hache sentit qu'il se brisait encore, lui aussi en proie au cafard, mais il ne voulait pas le reconnaître, il avait choisi son chemin. En bafouillant des lambeaux de phrases décousues, il se mit à expliquer pourquoi il lui fallait obligatoirement aller à l'institut technique et travailler le plus vite possible, et pourquoi pour eux c'était impossible. Cela sonna comme un discours confus et peu convaincant, parce que Koltcha ne pouvait dire à ses copains pourquoi il avait des chances de s'en sortir et pas eux ; ils discutèrent avec lui, la voix empâtée par l'alcool, menant, non pas une conversation, mais une querelle d'ivrognes.

Puis ils changèrent de sujet et évoquèrent leurs beuveries de l'internat et les lieux où ils se procuraient de l'alcool. Un jour, ils avaient suivi un camion à l'arrière découvert, qui livrait de quoi boire à un magasin du voisinage. Il y avait un treuil auquel, en prenant de gros risques, on pouvait s'accrocher pour grimper à bord afin de piquer quelques bouteilles dans une caisse. La plupart du temps c'était de la gnôle de bas étage qu'on ajoutait au vin dans les usines d'alcool locales, mais un jour ils avaient réussi à piquer de la vodka. Quelquefois, ils s'étaient lancés et avaient réussi à se procurer de quoi boire dans les magasins, pas par eux-mêmes, mais en demandant à un paumé quelconque parmi les innombrables qui erraient dans les rues à présent. Bien sûr, il fallait lui verser quelques décilitres d'alcool dans une boîte métallique de Coca ou de Pepsi que les poivrots ont tous sur eux de nos jours.

Un jour, Koltcha fut frappé de voir que l'alcoolique mal rasé sortait sa boîte métallique pliée en deux. De ses doigts crasseux, le guerrier tenace en avait écarté les deux bouts, et la cannette de soda avait plus ou moins retrouvé sa forme originelle – ou du moins on pouvait y boire et y verser un liquide transparent qui réchauffe. Le poivrot chevronné avait avalé sa dose sans ciller, froissé la boîte et l'avait remise dans sa poche. Avant, il avait insisté pour boire au goulot, mais La Hache, élevé dans le respect de l'hygiène, était resté inébranlable. C'était la preuve matérielle de l'inscription finale de la Russie dans la civilisation planétaire.

Les poivrots achetaient l'alcool commandé par les gamins sans plus de gêne que pour les hommes adultes qui leur donnaient des cigarettes. Il n'y eut qu'une seule occasion dont La Hache n'aimait pas se souvenir. Ils préparaient l'anniversaire d'un gamin, se mirent tous à contribution ; comme ils n'avaient bien entendu pas assez de fric, leur choix s'arrêta une gnôle de dernière qualité. Lorsque vint le moment de mettre la part de l'acheteur de côté, le poivrot de service, il est vrai trapu, coiffé d'un bonnet à pompon, un barbu au nez rouge qui attendait avec impatience pendant que Gnedom découpait le bouchon plastique avec son canif, lui arracha la bouteille des mains et se mit à boire avidement le liquide béni.

C'était antihygiénique, laid, en plein jour et à proximité du magasin, ce qui compliquait encore la tâche des gamins. Mais le poivrot se comportait de façon injuste, il avait avalé déjà un tiers de la bouteille. La Hache fit alors un signe de tête à peine perceptible, déclenchant le début d'une attaque collective éclair, répétée mille fois. Makarov bouscula le derrière du poivrot, La Hache lui imprima une poussée sur la poitrine, et Gnedom n'eut plus qu'à s'emparer à temps de la bouteille.

La porte du magasin s'ouvrit à cette minute, il en sortit deux autres vétérans de l'agression alcoolique. Se figeant, ils furent témoins d'un numéro d'acrobatie lorsque l'effronté qui avait violé les règles et cherché à doubler les pensionnaires de l'internat lança la bouteille par-dessus son bonnet, roula sur le dos du gamin qui se souleva légèrement pour accentuer l'effet de déséquilibre, et que la bouteille revint en la possession de ses véritables propriétaires.

Ce fut suffisant pour dissuader à jamais les cerveaux embrumés du peuple des soiffards d'essayer de rouler les gamins – parmi lesquels, du reste, on pouvait sans doute trouver les pères de ces mômes en roue libre.

CHAPITRE 11

Le dégingandé directeur connaissait-il les péchés de ses ouailles ? Oui et non. Chaque gamin se mettait à fumer au seuil de la huitième, et ne s'en cachait qu'à peine. Ayant atteint des hauteurs philosophiques parmi lesquelles on comptait indiscutablement l'humilité comme forme d'impuissance insurmontable, lui-même fumeur et bien que luttant contre l'usage du tabac, ne serait-ce que chez les plus petits, Georgi Ivanovitch n'était victorieux que dans les espaces limités des dortoirs et des salles de classe, cédant même dans les toilettes des plus petits. Comment suivre les actions dans la rue de deux cent cinquante mômes ayant traversé depuis la petite enfance les étapes de la sévère école de la liberté ?

En ce qui concernait la boisson, c'était impossible à définir précisément. L'odeur était difficile à capter, parce que ceux qui buvaient étaient les plus vieux et procédaient avec circonspection, en faisant très attention. Quand ils avaient bu, ils évitaient les travailleurs adultes de l'internat. On ne constatait pas non plus d'excès : personne ne s'enivrait ici, on se contentait d'essayer, de prendre sa mesure. Le directeur en était réduit aux conjectures.

Et voici que quatre des élèves au seuil de l'âge adulte hurlaient autour du bois de bouleaux, après avoir absorbé cent vingt grammes[1] de cognac de provenance inconnue auquel on avait clairement mélangé autre chose, quoi exactement, ils n'étaient plus en mesure de s'en rendre compte. Saisiraient-ils un jour ce genre de subtilité ? Impossible à savoir.

Un peu las de crier, les gamins se mirent à chanter. Parmi les méthodes d'éducation collective, Georgi Ivanovitch en avait importé une tout à fait remarquable. Dans le préau ou dans la classe – et par la suite pendant les activités extrascolaires –, on rassemblait les petits garçons, les filles étant réunies séparément pour une raison ou pour une autre. On donnait à chacun un épais livre de chansons. Au début Georgi Ivanovitch se mettait lui-même à chanter, mais il cessa très bientôt, parce que les voix désireuses de s'époumoner ne manquaient pas.

On distribuait le livre de chansons à tout un chacun, comptant avec justesse sur un progrès graduel. On choisissait la chanson en donnant son numéro de page. Comme il s'agissait de chansons populaires que tout le monde connaissait, aux mélodies faciles à retenir, les gamins ne regardaient plus le livre que d'un œil, et plus tard ils ne l'ouvraient même plus lors de ces séances.

1. Les quantités de liquide et notamment l'alcool sont commandées en grammes et non en centilitres.

Comment chantaient les orphelins ? Eh bien, comment chantent des gens sans voix et sans oreille, mais qui connaissent le texte. De façon pas très mélodique, notons-le, mais amicalement et harmonieusement. Ainsi l'internat dont nous parlons avait gagné ses titres de gloire en matière de chant, une particularité qui servait à convaincre divers inspecteurs de la qualité pas si mauvaise de son travail. Ces commissions sans fin pouvaient émettre les réflexions qui leur plaisaient, on les suivait patiemment et sans objections, sans s'épuiser inutilement ; on les écoutait, mais juste avant qu'ils ne s'en aillent rédiger leur rapport et leurs conclusions on les invitait au réfectoire ; on les installait à côté des enfants, toujours poliment ; ces étrangers si lointains, on les nourrissait des rations habituelles des enfants, et lorsque les cuillères retombaient et que les filles de service en tabliers de parade ramassaient la vaisselle en vitesse, on proposait aux enfants : nous avons des hôtes, si on chantait pour eux ? Alors tout le réfectoire, deux cents personnes (sans les plus petits) se mettaient aussitôt à chanter, pas tout à fait dans les règles de l'art, mais très amicalement, en souriant, et les hôtes, légèrement décontenancés, étaient contraints de suivre, sans connaître la moitié des paroles – toutes les discussions pédagogiques était ainsi résolues sans délai : les petites réflexions s'éteignaient d'elles-mêmes, et les grandes perdaient leur importance, se métamorphosant souvent en considérations générales.

Georgi Ivanovitch était-il un malfaiteur, un roublard, une sorte d'escroc pédagogique ? Absolument pas. Il était juste terriblement las de la responsabilité écrasante de père étatique de deux cent cinquante enfants et de ses craintes constantes, quoique cachées, pour leur santé et leur vie, le présent et l'avenir de ces pauvres gosses, pour lui évidents.

Il était fatigué par le fait que dans ses fonctions on l'attaque, on le submerge, on change tout sans fin – l'argent, la nourriture, les vêtements, le linge, les chaussures, les jouets, la peinture, et des milliers de choses nécessaires, qui ne semblaient dépourvues d'importance qu'aux yeux de ceux qui ne s'y consacraient pas. Il était fatigué de ces intrus – ces innombrables inspecteurs –, et chacun avait sa petite opinion, son arrogance, et son savoir invisible à l'œil nu. Il fallait donc s'en sortir, y compris par un moyen malicieux bien innocent tel que la chorale enfantine, face à quiconque était susceptible de s'y mêler.

En ce qui concernait les quatre bivouaquant dans le bois au sol inégal, La Hache était, malgré son flegme apparent, celui qui possédait le plus de voix et de don pour la musique. Il était au moins susceptible de se souvenir de la mélodie et de chanter juste. Les autres se distinguaient par la capacité de chanter tous ensemble et d'entonner les paroles de concert, sans rester en arrière – la pratique portait ses fruits.

Ils commencèrent par chanter « Les Trois », mezzo voce, comme pour se chauffer :

Galope le trio audacieux
Vers Kazan par la route principale

Et la cloche, cadeau de la ville de Valdaï
Retentit tristement sur une autre.

Les gamins savaient qu'il fallait chanter cette chanson à voix basse, comme s'il s'agissait d'un souvenir lentement évoqué tout d'abord, dépeignant au début où et quand ça s'était passé. Et plus fort ensuite quand l'action démarrait :

Le cocher est fébrile – il s'est levé à minuit
Dans le silence, la tristesse l'envahit
À chanter sur des yeux clairs il s'est mis
Les yeux de l'âme d'une jeune fille

Puis ils chantaient plus fort, avec la voix plus claire, comme s'ils étaient eux-mêmes cochers :

Vous les yeux, les yeux bleus
Un jeune homme vous avez dévasté
Pourquoi Ô méchantes gens
Un cœur avez-vous brisé ?
Je ne suis plus qu'un amer orphelin à présent
Soudain il agita le bras vers tous les trois
Et le trio le colosse apaisa
Et le rossignol entonna son chant.

Il fallait baisser la voix sur les trois derniers vers, comme si le trio s'éloignait petit à petit, laissant dans le cœur le chagrin.

Les gars se turent. Chanter les avait dégrisés. Il semblait que même les bouleaux aient écouté les voix enrouées des gamins. Des gosses simples, vivant chez leurs parents, auraient-ils chanté ainsi s'ils n'étaient inscrits dans une chorale, sans raison, à l'unisson et harmonieusement ?

D'ailleurs, il leur restait quand même quelque chose, des gâteaux posés contre la pousse de chanvre. Quand les gars se détendaient, se sentaient bien – ce qui arrivait aussi à l'internat quand ils chantaient – ils aimaient particulièrement les chansons sur les cochers. Les cochers autrefois, comme les chauffeurs de nos jours, étaient des gens d'une espèce particulière, des voyageurs au long cours : loin de chez eux, seuls, se languissant de leur famille, la leur étant toujours celle de la route. Était-ce pour cette raison que ces gamins aimaient les chansons sur les cochers ? Peut-être ressentaient-ils quelque chose d'équivalent.

La Hache entonna *Steppe, la steppe tout autour*, où un cocher meurt de froid dans la steppe glaciale, rendant hommage à ses parents et restituant son alliance à sa femme, lui ordonnant de ne pas se morfondre toute seule, mais de se marier à quelqu'un d'autre et de vivre heureuse.

Nos gars étaient au bord des larmes. Ils auraient pu se laisser aller, dans la pénombre de l'été septentrional en ce soir de juillet, lorsqu'il fait encore jour, mais qu'une larme peut passer inaperçue, délicatement dissimulée par l'ombre discrète et la vitesse furtive et honteuse à laquelle elle coule sur la joue. Mais non, ils ne se l'autorisèrent pas. Ils étaient fondamentalement le fruit de l'éducation de l'internat, le trouble tournoyait dans les profondeurs de leurs êtres, sans droit de s'exprimer à l'extérieur – un véritable trouble, ni hystérie ni perturbations, recouvrant ce qui se tramait en eux.

Ils se turent, chacun absorbé en lui pour un instant, perdant le contrôle de la réalité qui les entourait.

Le cœur de La Hache s'envolait avec un peu de retard lorsque, juste au-dessus de son oreille, une branche craqua, une détonation – lui sembla-t-il en tout cas – et qu'apparurent devant eux trois types en veste de cuir noir – l'uniforme porté par les jeunes dans toute la Russie, ceux dont les moyens d'existence prêtent à confusion et qui circulent dans des jeeps de marques occidentales ou orientales –, la jeune garde d'une puissance mise en pièces : des cogneurs ou des vautours.

Celui qui se dressait en avant un peu plus bas que les autres avait une dent en or brillant dans le crépuscule incertain de la nuit estivale, il avait les yeux clairs et souriait, coiffé avec une frange blonde plus longue qui se fondait dans le reste de la chevelure sur le côté gauche. De son allure, en dehors de la veste de cuir, n'émanait rien de mauvais, aucune menace, à la différence des deux autres dont l'attitude trahissait une certaine tension.

– Vous chantez bien les gars, dit le blond en s'accroupissant.

Son regard s'arrêta sur la souche, les gâteaux, les bouteilles – l'une vide, l'autre pleine. Il parla à nouveau :

– Vous faites une petite soirée ?

Gochman, Makarov et Gnedom restèrent assis, mais se contractèrent, prêts à bondir. La Hache, le plus vieux d'entre eux, se leva.

– Vous êtes de l'internat, demanda le blond.

La Hache confirma.

– Une fin d'études, c'est ça ? risqua le blond.

Après avoir considéré le groupe assis, il émit un doute.

– Vous êtes encore petits.

– C'est moi, dit la Hache.

– Quoi ? Toi ?

Le regard de l'hôte inattendu se leva vers lui.

– C'était ma dernière année, précisa Koltcha.

– Fin de troisième ? interrogea le blond.

– Oui.

– Et qu'est-ce tu vas faire maintenant ?

– M'inscrire à l'institut technique pour devenir mécanicien automobile.

– Ma foi, c'est un bon métier déclara le blond, en regardant ses camarades. Pas vrai les gars ?

Ils émirent des grondements approbateurs.

– Dites, demanda le blond toujours en souriant, vous acceptez les invités ?

Les pensionnaires de l'internat s'animèrent, comme s'ils fêtaient quelque chose dans un local confortable, et que des convives surgissaient.

Il n'y avait pas de verre, ils avaient bu le cognac au goulot, il fallait en passer par là aussi avec la vodka. Lorsque La Hache lui tendit la bouteille débouchée, le blond lui demanda :

– Comment tu t'appelles ?

– Nikolaï.

– Et ton nom de famille ?

– Hachorov.

– Tu n'as ni père ni mère ?

La Hache, qui fixait le blond jusque-là, baissa les yeux et hocha la tête. Il était malaisé de reconnaître sa biographie devant un homme qu'il voyait pour la première fois.

Mais le blond cessa de sourire, se leva, allongea le bras portant la bouteille et dit solennellement d'une voix empreinte de gravité :

– Je bois au gars Koltcha Hachorov, orphelin complet. La vie ne lui a pas accordé beaucoup de bonheur jusqu'à présent. Elle n'a pas été tendre, la joie ne lui a pas souri. Et voilà qu'aujourd'hui, en cette aube estivale dans ce bois de bouleaux, sa vie vient de changer par enchantement. Il ne le sait pas encore, mais la vie va lui apporter l'amour et le bonheur. Assez de grisaille ! Fini de se traîner dans le cafard, comme si tu étais vaincu ! Non, tu es encore à l'aube de l'existence, de même que le matin vient de commencer. Et l'avenir est devant toi !

La Hache commença par écouter ce discours comme s'il était question d'un autre, mais ensuite ce fut comme si on lui avait ouvert les yeux. Il considéra le blond d'un regard où la brume s'était dissipée.

Devant lui se tenait un beau jeune homme. Un ami véritable. Un frère même, parce que seuls les frères peuvent prononcer de telles paroles empreintes de sérieux et de bonté.

– Hier soir encore, dit le blond, tu étais un enfant. Mais ce matin tu es devenu un homme. La vie est devant toi. La route d'un adulte s'étend devant toi.

Il renversa la tête et but un tiers de la bouteille en quelques gorgées. Koltcha comprit aussitôt qu'il ne fallait pas chercher à boire autant que lui, que ce serait idiot par rapport à lui-même, et un manque de respect vis-à-vis des invités. Il avala trois gorgées respectables, ni grosses ni petites; et le blond passa la bouteille à ses compagnons en veste de cuir noir. Puis la bouteille retourna aux frères de l'internat.

Le blond examina La Hache. Un examen sérieux et sans sourire. Ensuite il lui tendit la main et en serrant cette petite paume il conclut :

– Salut ! Et félicitations !

Ils s'éloignèrent dans les profondeurs du bois, le cuir luisant derrière les bouleaux, puis ils disparurent. Les gamins se taisaient. Ils n'avaient plus envie de chanter.

Une dizaine de minutes plus tard, ils entendirent sept coups de feu, l'un après l'autre. Ils apprirent par la télé qu'on avait vidé un chargeur.

DEUXIÈME PARTIE

LE VALET DE CŒUR

CHAPITRE 1

Dès les premiers de sa vie à l'institut, Koltcha comprit qu'il ne fallait pas attendre de continuité, et qu'à chaque carrefour de l'existence, tout serait à recommencer depuis le début.

S'habituer à un nouveau lit à grille de fer émettant un grincement désagréable, à de nouveaux lavabos, froids, sales, où le savon disparaissait aussitôt qu'on l'oubliait une minute, à un réfectoire peu accueillant, perpétuellement enfumé, quoique comme ancien de l'internat on le nourrisse gratuitement – médiocrement et dans l'inconfort.

Sa chambre au foyer, bien que conçue pour quatre personnes à la différence de l'immense dortoir de l'internat, n'éveillait en lui que tristesse, non pas parce que les murs n'étaient que recouverts à moitié d'une couche de peinture gris-bleu, mais à cause des gens qui l'habitaient.

Deux de ses condisciples s'appelaient Piotr, ils se distinguaient l'un de l'autre par la taille – l'un d'entre était large d'épaules, grand pour son âge, avec des petits yeux translucides qui clignaient sans arrêt, et le second était au contraire assez frêle avec de grands yeux aux prunelles noires. Les deux Piotr venaient des villages de la campagne environnante et ils savaient tous deux conduire un tracteur. Tous deux brûlaient d'une passion prématurée, legs de leur vie à la campagne : ils passaient tout leur temps libre à chercher de l'argent, acheter du vin et le boire en l'accompagnant de la bouffe du village que leur refilaient leurs parents une fois par semaine, à moins qu'ils n'aillent la chercher eux-mêmes en autocar.

Ils ne buvaient que du vin, pas de vodka, et expliquaient cette différence par le prix et la nécessité d'avoir la tête claire le matin, bien qu'en réalité ils aient souvent l'air chiffonnés et pâteux, en dépit de leur jeunesse.

La Hache se joignit à eux une fois ou deux. Mais il déprimait avec eux. Ils étaient ennuyeux, méfiants et ne parlaient que de la vie au village, qui n'intéressait pas Koltcha. La Hache comprit bientôt que ces gars-là se gardaient de lui, cachaient leur argent le plus loin possible, entraient brusquement dans la chambre de façon inattendue, lorsqu'il y était seul, occupé à lire, par exemple un de ses manuels, et qu'ils attachaient leurs affaires en reniflant de façon à ce que l'on comprenne qu'ils vérifiaient si quelqu'un n'avait pas fouillé leurs sacs.

L'âme de l'orphelin est ainsi faite qu'elle saisit sans erreur chaque coup d'œil soupçonneux infailliblement et s'en offusque. À l'internat, parmi les siens il n'avait pas connu le soupçon. Et là, Koltcha ressentit pour la première fois ce qu'est un regard à la dérobée, vit comment ils cachaient leur argent dans la poche arrière, comment ils posaient leurs pantalons sur la chaise le plus près possible, ou encore sur le lit, gardant sous l'oreiller la partie ventrale.

Il se mit à éviter ses condisciples du village, n'échangeant avec eux que de rares paroles, puis cessa de s'asseoir à la table commune.

Le troisième de ses compagnons s'appelait Sergueï. La Hache se heurta aussitôt à lui. Il avait deux ans de plus que les autres, avait visiblement redoublé plusieurs fois et n'était venu ici que pour obtenir son permis avant d'aller à l'armée et un certificat quelconque pour être chauffeur chez les militaires.

Il était plus grand que tous les autres, plus fort et plus costaud physiquement. Cependant il était horriblement primitif. Ses mots préférés étaient « étouffer », « presser », « planter », – un jour il pressa les deux Piotr à la fois, s'attaquant simultanément à La Hache :

– Eh toi, dit-il en mettant quelques pièces sur la table, cours me chercher une bière.

Une telle insolence estomaqua La Hache. Répondre quelque chose, même grossièrement, était absurde, Koltcha le savait, de même qu'il comprenait que Sergueï cherchait la confrontation ayant décidé de le soumettre à ses volontés. Il se contenta donc de s'approcher de la table en silence, compta trois roubles alors qu'une bière en valait dix – compta l'argent par curiosité –, et le jeta sur le lit où, les jambes encore chaussées posées sur le pied métallique du lit, reposait Sergueï la Peste.

Celui-ci bondit avec une vivacité inattendue et frappa Koltcha de sa paume énorme quelque part entre la joue et la gorge. La Hache s'effondra, provoquant le rire froussard des deux Piotr. Il sauta sur ses pieds, muet de rage, mais se calma, évaluant l'inégalité des forces et les moyens de porter un coup. Cependant, dans les départements du poids et de l'âge, la lutte était inégale. Koltcha se précipita bravement au combat et tomba de nouveau plusieurs fois.

Le sang ne coulait pas, Sergueï malgré sa bêtise à front de taureau, connaissait la différence entre une bagarre de mômes et le tabassage des plus jeunes ; il infligeait une correction à La Hache en se jouant de lui, comme s'il s'amusait avec un chaton. Chaque fois qu'une attaque de Koltcha était repoussée, c'était dans une explosion de rires, jusqu'à ce que, finalement, brûlant de honte et de haine, celui-ci ne s'enfuie dans le couloir, puis dans la rue.

Ça ne lui était encore jamais arrivé : il avait été envoyé au tapis cinq fois et battu haut la main. De plus, c'était lui qui avait provoqué la bagarre. Provoqué et perdu !

Ce qui le plongeait dans des affres. C'était la première fois qu'il ne parvenait pas à se maîtriser, cet étrange trouble intérieur le coupait en deux, comme une hache bien affûtée fend une souche de bouleau : la bûche semble garder son intégrité, mais à l'intérieur elle est brisée. Cet imbécile de Sergueï l'avait battu, lui démontrant qu'on ne peut pas sauter sur n'importe qui. En effet, il n'avait plus avec lui sa bande de petits guerriers fondant comme des cigognes sur n'importe quelle carcasse, chacun portant sa petite pique, son coup. D'homme à homme, en face d'une taille et d'une force supérieure, tant que personne n'intervenait, il ne fallait pas être naïf !

En fait, les ruses de l'internat ne marchaient plus. Cette vie exigeait autre chose.

À présent, même un idiot l'aurait compris, c'était comme ça que Sergueï allait essayer d'en faire un valet ! Il avait perdu la boule ! Qui c'était ce mec-là ? Un balaise avec des poings. Et l'outrecuidance en plus, évidemment. Il n'avait encore pas prononcé une seule parole intelligente. Il faisait le coup de poing, mais craignait qu'on ne l'envoie en Tchétchénie !

Koltcha errait dans les rues, se calmant sans trouver de réconfort, c'était impossible. Il était bien sûr hors de question de se soumettre, mais la paix ne reviendrait pas. Il était clair que la vie lui présentait une nouvelle épreuve, celle de ne plus pouvoir compter sur le passé, pour surmonter la force, il n'y aurait désormais que la force. Fût-ce celle de l'esprit.

CHAPITRE 2

Une vie empoisonnée commença pour Koltcha. On mange, on boit, parfois même on rit. L'ennemi ne harcèle pas à chaque instant, assis à l'autre bout de la classe, mais on ne vit plus !

À chaque seconde, on se sent vulnérable, on s'attend à une phrase blessante, un geste, une saillie adressée à soi. Oui on a refusé de se soumettre et on ne se sent pas brisé, mais l'opinion du groupe vit en dehors de soi, le verdict qu'on est un faible, peut-être pas encore esclave, mais bientôt, et que le caïd c'est cet abruti de Sergueï dont personne ne se permet de se moquer, alors que c'est un crétin balourd.

La moitié de la classe est dans le même cas, mais ils vivent en ville et rentrent chez eux après les cours, hors de portée de l'Abruti, alors qu'au foyer on est toujours susceptible d'être victime de sa bêtise et de sa bestialité.

À la différence des deux Piotr, Sergueï ne buvait pas systématiquement, mais picolait de temps en temps, et Koltcha se surprit à avoir peur. Devant une force saoule, toute résistance était absurde, il valait mieux se cacher, et La Hache, sans le reconnaître intérieurement, alla se planquer à l'internat.

Il apparut devant Georgi Ivanovitch, le salua poliment, demanda :

– Je peux passer la nuit chez nous ?

L'adulte prenait tout pour argent comptant, donna son accord, en se méprenant :

– Qu'est-ce qui t'arrive, on te manque ? Il n'est pas trop tard, tu peux revenir chez nous !

Revenir ? Koltcha se posa la question : pourquoi pas ? Aussitôt, ça s'envenima : tu tombes en morceaux aussi vite ? À cause d'un certain Sergueï ? Et puis quoi, ensuite ?

Il sourit au directeur, ce qui induisit celui-ci plus loin encore en erreur. Bien sûr, ça lui manque, et est-ce que c'est si grave si nos ouailles d'hier reviennent chez nous bavarder avec leurs camarades, et même dormir ici, voici son lit, bien bordé, il est resté inoccupé : tu es toujours le bienvenu.

Mais et les autres gamins ? Voyant en Koltcha un vainqueur qui étudie à l'institut technique, quasiment un mécanicien, un adulte, on pourrait même dire, un humain, ils seront ravis..

Koltcha étreignit ses petits frères, serra volontiers la main des autres, caressa la tête des petits qui couraient vers lui comme vers un archange scintillant de la lumière dorée de la bonté et de la liberté, et la gorge serrée il enfouit cette tromperie en lui-même.

Bon Dieu, quel vainqueur pouvait-il être alors qu'il n'était en réalité qu'un chien battu !

Il passa trois nuits à l'internat, entrecoupées d'intermèdes il est vrai, avant de se dire que c'était une voie trop facile. Sergueï l'Abruti et les deux Piotr s'approchèrent de lui à nouveau. Koltcha tenta de s'équiper de verre blindé et transparent. Il écouta les grossièretés proférées à son endroit par Sergueï, comme si c'était un bruit lointain Les Piotr faisaient partie des gens toujours d'accord avec le plus fort, ils s'avançaient comme des pantins muets, dans la demi-conscience de Koltcha.

Il fallait reconnaître que, dans les livres qu'il lisait, les trois quarts lui échappaient, et c'était comme s'il était devenu stupide, relisant plusieurs fois les mêmes passages. Il fallait remettre l'Abruti et les Piotr à leur place !

Sergueï le traitait de fils de l'orphelinat, bien qu'il vienne de l'internat, ce qui n'avait rien à voir. Mais il prononçait ce mot comme si c'était une injure. Koltcha était abasourdi, qu'y avait-il de honteux, même s'il venait de l'orphelinat ? Qu'il n'ait pas de parents ? Les enfants étaient-ils coupables ?

Bon Dieu, il mit longtemps à comprendre le sens de l'intonation injurieuse. Si un homme a des parents, est-ce que c'est un mérite ? Était-on coupable de ne pas en avoir ? Dans un cas comme dans l'autre, le nouveau-né n'était pas responsable de la situation, fils ou fille : c'était une loi mathématique.

Mais les mathématiques ne gouvernaient pas l'esprit des gens, voilà où était l'os. C'étaient d'autres calculs, complètement différents. Les enfants se lient souvent les uns avec les autres non par intérêt, mais parce qu'ils peuvent se rendre visite, s'appeler au téléphone, jouer ensemble comme les y poussent leurs parents, voyant dans les parents du copain une autorité ou une relation utile. Mais à quoi tout ça pouvait-il bien servir à un orphelin ?

Koltcha était parvenu à ces conclusions comme au travers d'un bois d'épineux dans une aire de reboisement. Les parents des Piotr leur rendaient visite avec des morceaux de lard. Si Sergueï était présent, ils le saluaient poliment, supposant que ce malabar pouvait représenter une menace pour leurs fils, alors qu'ils n'adressaient à Koltcha qu'un signe de tête sachant qu'il était orphelin : aucun profit en vue.

La Hache sortait de la chambre quand ces couples de parents apparaissaient, ne se connaissant même pas entre eux parce qu'ils vivaient dans des villages différents. Extérieurement, ils ne se ressemblaient pas : larges et costaud pour Piotr le Costaud, comme des poissons de la même espèce, par exemple des carpes d'eau douce, et maigrelets comme des gardons pour Piotr le Gringalet. Mais leurs colis étaient étonnamment semblables : du lard, du saucisson de porc maison, des cornichons molossol en boîtes d'un litre pour qu'ils ne pourrissent pas avant les prochains jours fériés – ce dont s'alimentent les gens des villages environnants pas très généreux, en particulier envers les autres, notamment envers le gamin sans parents.

À chacune de ces visites, Koltcha se sentait un peu plus fragilisé. L'idée ne lui venait pas de compter qu'ils partageraient la nourriture avec lui, mais il ressentait intérieurement que des adultes qui franchissaient le seuil de la chambre du foyer, le saluant à peine, lui jetant des regards en coin, priaient pour qu'il s'en aille, ne soit pas témoin de la remise de bouffe, ne compte sur rien, et débarrasse le plancher des vaches. Koltcha ne les comprenait pas et avait presque de la compassion pour eux. Se pouvait-il qu'ils ne comprennent pas que personne ici ne souffrait de la faim, Dieu merci on n'était pas en guerre, mais que, si la nécessité s'en faisait sentir, il irait manger chez Dacha la Rombière, qui le nourrirait en toute légalité avec l'autorisation du directeur du déjeuner de l'internat en plus de celui de l'institut.

Mais il était clair que ces radins ne connaissaient pas les règles de Koltcha et qu'ils avaient l'habitude de soupçonner tout le monde de les envier. Eux-mêmes enviaient certainement quelqu'un, et avaient transmis ces soupçons à leur progéniture, qui ne pouvaient plus s'en débarrasser dans son misérable triangle des Bermudes entre lard, cornichons molossol et saucisson maison.

Un soir, tandis que le gros et le maigre Piotr dénouaient leurs sacs – chacun avait le sien – et commençaient à dresser la table, La Hache éclata de rire. Il lui était venu une idée inattendue : s'il avait eu des parents grippe-sous, il serait devenu un fiston grippe-sou comme eux. Il aurait mâchonné son lard avec un copain radin et n'aurait même pas pensé à avoir une planque commune pour leurs réserves de radins. Il avait pensé à ça et s'était mis à rire. D'un coup, la moutarde monta au nez des deux Piotr, et s'interrompant l'un l'autre ils lui dirent :

– Pourquoi tu te marres, espèce de boursier ?

– C'est l'État qui te nourrit. Alors que nous, on doit se nourrir nous-mêmes !

– Et c'est pour ça que vous m'enviez ? dit Koltcha de manière inattendue.

Ils furent un peu embarrassés. La Hache jeta son livre sur la couverture et sortit fumer une cigarette. Ils l'avaient encore piqué au vif, mais la vie lui ordonnait de retenir ses coups. On ne peut pas à chaque fois casser la gueule, et il avait déjà fait l'expérience de se frotter à plus fort que lui. Ils n'étaient pas plus forts que lui, mais ils étaient deux. Et d'ailleurs, qu'est-ce que ça pouvait faire ? Ils avaient raison, pensa-t-il. Koltcha était boursier, si maigre soit la bourse, et sa bouffe était gratuite alors qu'ils devaient payer ou bien se nourrir eux-mêmes. Alors oui, il était un putain de boursier. Et quoi d'autre ? Rien.

Il fallait s'armer de patience, serrer les dents et supporter tout ce qui était supportable. Et profiter de ce temps pour comprendre : il était au fond du fond, le plus humble même à l'institut technique, et il n'avait que deux moyens pour survivre – soit retourner à l'internat, reconnaître sa défaite, son incapacité à vivre en liberté, à gravir les obstacles sous le toit d'un chenil habituel, soit se rompre à tout ça, vaincre sa faiblesse, refaire le chemin déjà parcouru à l'internat, celui du faible et soumis au fort et dominant.

À l'internat, Koltcha s'en était sorti simplement. Il n'avait même pas remarqué, en grandissant et surmontant ses faiblesses, comment de quantité négligeable il s'était transformé en figure de premier plan – il avait déjà fait ce chemin, et sans s'en prendre aux autres.

Mais dans cette vie semi-adulte existaient d'autres règles, et il fallait l'admettre : il fallait tout recommencer à zéro.

CHAPITRE 3

Dès qu'il en avait l'occasion, il déployait tous les efforts possibles.

Cette école se distinguait de l'internat par des traits éclatants – les cours avec les schémas des différents branchements d'une automobile, et au-dessous les modèles de moteur, et les travaux pratiques dans les ateliers semblables à des garages ordinaires, avec des voitures démontées. Certaines d'entre elles, propriété de l'institut, servaient uniquement à l'apprentissage, mais on réparait souvent ici des véhicules de transport en fonction – par contrat conclu entre diverses organisations et l'institut technique –, et on les réparait donc pour de bon, en payant même un peu les gars qui participaient.

Les figures principales à enseigner la mécanique étaient le complètement chauve Vassili Vassilievitch, surnommé Vass-Vass, un homme d'un âge indéterminé, mais de toute évidence loin d'être un vieillard – énergique, disert, sachant tout, et tels étaient sa chaîne et son boulet ! – et le vieillard ouvertement déclaré Ivan Ivanovitch, taciturne, à l'opposé de Vass-Vass, flétri, lent, ne sachant pas tout, mais le maître de l'atelier à qui tout était possible.

Ces deux personnages s'étaient liés et opposés immédiatement, comme il arrive souvent dans les lieux d'enseignement. Évoluant autour d'un objet – l'automobile – et en comprenant presque tout, ils transformaient ce « presque » en brûlantes et incessantes confrontations publiques, en présence des élèves ou en leur absence, assis par exemple assis sur deux tabourets de pêcheur en toile de bâche, une tasse de thé – ou quelque chose de plus fort – à la main, d'homme à homme, trouvant d'éternels thèmes de discussion technique. Il semblait même ne raisonner dans la vie que quand il était question de voitures.

Il convient de remarquer que ces deux antipodes étaient les principaux penseurs et la force motrice de l'institut technique autour desquels se mouvait, se chauffant aux rayons de leur distance professionnelle, Stepan Illitch, le directeur et enseignant des disciplines d'études générales, choisi au petit bonheur – un prof, c'est un prof –, absolument inexpressif, en tout cas perdant complètement toute faculté de s'exprimer, s'il en avait jamais eu, face à Vassili Vassilievitch et Ivan Ivanovitch.

Les âmes désireuses d'apprendre – et parmi elles, celle de La Hache – naviguaient entre pratique tranquille et théorie assourdissante, reconnaissant la justesse de l'une et de l'autre, s'efforçant de réunir ces deux rives opposées du savoir. Évidemment la théorie et les schémas de coupe longitudinale des branchements d'une voiture étaient importants, mais quand on tourne une clé et que tout pète, qu'on s'écorche les mains, qu'on souille les autres bagnoles de noir, c'est tout de suite un savoir d'un autre ordre, plus concret, sans rien à voir avec les représentations sur papier.

Sans qu'il s'en rende compte, Sergueï l'Abruti et les deux Piotr poussaient Koltcha à redoubler d'efforts : il examinait longuement les découpes de pièces détachées, restait très tard à l'atelier de travaux pratiques, écoutait ouvertement les discussions des deux maestros de l'automobile au sujet de l'installation d'un système d'allumage avancé ou de l'électronique dans les voitures de marque étrangère, ce genre de détails comparables sans doute au pilotage à haute altitude pour les aviateurs.

Au début, il comprenait mal ces détails techniques partant dans tous les sens et assimila le plus élémentaire – comment le carburant se comprimait et explosait dans son compartiment, comment le moteur fonctionnait, comment l'embrayage fonctionnait, comment l'arbre à cames commençait à tourner, mettant les roues en mouvement. Petit à petit un tableau se dessina, et les paroles des experts acquirent un sens.

Comme il arrive souvent dans les écoles quand on constate que l'élève ne cherche pas à se débarrasser en vitesse de ses travaux, Ivan Ivanovitch et Vass-Vass approuvaient un tel intérêt. Ils s'intéressèrent alors de plus près à sa biographie, s'ouvrirent à lui avec la même bienveillance, ce qui n'excluait pas pour autant leurs désaccords techniques.

Appelant La Hache auprès de lui, comme s'il était le premier élève qui lui tombait sous la main, Ivan

Ivanovitch lui demandait de soutenir ceci et de soulever cela, et Vassilievitch tentait de persuader Ivanovitch qu'on pouvait s'y prendre autrement, et il expliquait en paroles de quelle manière.

– On peut comme ça, disait Ivanitch en adressant un clin d'œil à La Hache, ou comme ça !

Ivanovitch demanda d'abord à Koltcha une clé de douze, de dix, puis il lui apprit ce que révélait la jauge d'huile dans une voiture ordinaire, fit la démonstration d'exemples rudimentaires de chargement des accumulateurs dans les moteurs de poids lourds, lui enseigna à composer un mélange d'électrolytes, l'obligea à verser l'huile du carter et tout ce qui était indispensable pour se débrouiller avec une voiture.

Lorsque Ivanovitch et Vassilievitch picolaient après la journée de boulot, ils ne renvoyaient pas Koltcha, mais l'invitaient à s'asseoir et à manger ce qu'ils avaient. Ils ne lui proposaient pas à boire, ce n'était pas de mise, mais à manger quelque chose – vas-y –, et La Hache ne refusait pas. Il se lavait les mains, s'asseyait sur un vieux pneu, prenait un petit pain au saucisson, non qu'il ait faim, mais parce qu'il appréciait à sa juste valeur l'invitation des véritables as du métier.

Il finit par saisir beaucoup de choses au fur et à mesure et devint le plus rapide de son groupe pour changer les roues.

Les sempiternels désaccords entre Vassilievitch et Ivanovitch et leur compétition offraient en temps utile l'opportunité et le temps de s'entraîner, mais après une ou deux tentatives, les élèves vivant en ville rentraient chez eux en vitesse, laissant la chance d'acquérir cette compétence à ceux qui vivaient au foyer : ils pouvaient s'exercer jusqu'au soir, si Ivanovitch le permettait.

Puis vinrent le jour et l'heure. Ivanovitch et Vassilievitch organisèrent un chronométrage à la seconde, sur deux Jigouli exposées dans l'atelier. Koltcha changea la roue en un clin d'œil, en se servant adroitement d'un cric. Il arriva en tête du classement pour la vitesse d'exécution. Le second, malheureusement pour Koltcha, se trouva être Sergueï l'Abruti, et il fut vainqueur du marathon lorsqu'il fallut changer les quatre roues des deux voitures, l'une après l'autre, changeant celle qu'on avait déjà changée avant, et en diagonale : la roue avant gauche devait être placée du côté arrière droit en se servant de la roue de secours. Cela exigeait de la force et de l'endurance. Koltcha rendit les armes tandis que Sergueï hurlait, criait comme un simple d'esprit, ouvrant sa bouche rouge, crachant des postillons. Bien que La Hache se réjouisse tout de même de ses performances et trouve une explication à la victoire de Sergueï, celui-ci lui avait gâché l'humeur, surtout qu'ayant bu pour fêter son classement cet imbécile avait agité le poing et dit :

– Comparé à moi, t'es un faible, et viens pas chialer ! Faiblard fils de personne !

Il s'était mis à rigoler. Koltcha était sorti dans le couloir et avait fumé longtemps, tant qu'il n'était pas mort de froid. Il s'était ordonné de ne pas chialer.

Un jour, visiblement soucieux, Ivan Ivanovitch demanda à Vassili Vassilievitch :

– Tu as une description de Mercedes ?

– Laquelle ?

– Le modèle 260.

– Ce n'est pas le plus élaboré, répondit le théoricien en chef. Dépourvu d'ordinateur de bord. Bien sûr que j'ai ça.

– Donne-la-moi, que je la feuillette un soir ou deux, quelqu'un que je connais voudrait y jeter un coup d'œil.

En entendant ce dialogue, Koltcha ne lui accorda pas d'importance particulière, parce qu'il y avait des modèles de marque étrangère dans les travaux pratiques. Plutôt, il est vrai, des Toyota ou des Nissan. C'était la première fois qu'il était question de Mercedes. Quelques jours plus tard, quand il arriva à l'atelier, Ivan Ivanovitch, à moitié courbé sous le capot, travaillait entouré de gars larges d'épaules en veste de cuir.

La calvitie de Vassilievitch scintillait, semblable à une grosse ampoule électrique. Elle se déplaçait constamment, et derrière elle, attentifs à ses avis, les invités suivaient. L'accompagnant de ses commentaires, Vassilievitch aidait Ivanovitch à dévisser les boulons, ouvrir divers couvercles, regarder, souffler et essuyer.

La Hache s'approcha d'Ivanovitch sans bruit, capta son regard tendu, hocha la tête et se mit, par habitude, à exécuter les ordres à voix basse.

Il n'avait pas examiné les types larges d'épaules, mais en les regardant il les reconnut tout de suite. Le Blond, croisant son regard, s'écria :

– Mais c'est Nikolaï Hachorov ! Qu'est-ce que tu fais là ?

– Ah ah, qu'est-ce que tu viens de me dire !

Il tendit la main à Koltcha et celui-ci la serra en souriant.

– Mais tu as des relations ! ricana Ivanovitch. La Hache haussa les épaules, ne sachant que répondre.

D'autres gamins vinrent du réfectoire, tournant autour de la Mercedes, caressant la carrosserie, shootant dans les pneus pour se convaincre de leur élasticité remarquable, ne serait-ce qu'en comparaison des Jigouli.

Sergueï parla plus fort que tout le monde de sa voix de stentor.

– Il faut bien dire, annonça-t-il, qu'en matière d'automobile ils nous ont dépassés non de cinq ou de dix ans, mais pour toujours.

– En quoi ils ne nous ont pas dépassés, mec ? dit Le Blond en se tournant vers lui. Tu peux me répondre ? En fusées cosmiques ? Ou en préservatifs ?

Tous se mirent à rire éperdument, et Sergueï plus volontiers encore que les autres.

– Ils nous ont dépassés, les salauds, dans tout et pour toujours, dit Le Blond. Ils nous dépasseront bien plus encore, si on se met à sangloter !

Ivanovitch finit sa plongée dans le moteur, referma le capot, s'assit au volant, tourna la clé de contact. Le moteur commença à ronronner tout doucement, comme un poêle. Le Blond se mit à se marrer :

– Ivan Ivanovitch ! Tu es un grand Russe, comme Lesskov ! Tu as relancé la puce allemande !

Le jour suivant, Koltcha alla à la bibliothèque de l'institut et demanda un livre sur Lesskov. Il ne finit la lecture des récits de Lesskov que tard dans la nuit.

Pour ne pas déranger ses compagnons de chambrée, il lui fallut lire dans le couloir sous la lueur chiche des ampoules, en s'appuyant sur le mur froid et humide. Avant la soirée de la veille, n'ayant jamais lu ce récit, il n'avait jamais entendu parler de Lesskov et de sa puce. Il savait à présent de quoi il était question, et quels étaient les éloges faits par Le Blond à Ivan Ivanovitch.

Comme d'habitude, celui-ci il s'approcha, accroupi, prit son paquet de cigarettes, en alluma une, et tira de sa poche une liasse de billets crissants. Troublé, Ivan Ivanovitch la donna à Koltcha.

– C'est ce que tu as gagné, dit-il, pour hier.

La Hache refusa, mais il se mit en colère, commença à jurer, et finit par dire :

– Ils m'ont tellement bien payé ! Et m'ont ordonné de te donner ça ! Ainsi qu'à Vassilievitch. Mais ne l'ébruite pas, on doit se taire.

Mais quoi ? – Comme s'il était complètement idiot !…

CHAPITRE 4

Peut-être une semaine plus tard, Piotr le Costaud appela La Hache qui était à l'atelier. Ses yeux de poisson s'efforçaient d'exprimer un sentiment violent, mais sans y arriver – ils restaient semblables à eux-mêmes, superficiels et insipides. Ses sourcils roux, clairs, exprimaient autre chose.

– Ils sont venus ici… Ils t'ont demandé…

La Hache riant, incrédule, du tableau dépeint par Piotr, venait de sortir de l'atelier et avait vu la Mercedes sur laquelle était appuyé Le Blond.

– Koltcha ! cria-t-il en guise de bienvenue et agita la main, une cigarette serrée entre les doigts.

Lorsque La Hache s'approcha, il proposa :

– Tu veux qu'on aille faire un tour en voiture ?

Il était seul, ce jour-là, sans ses éternels compagnons en veste de cuir, et portait un blouson de jean. Comment refuser une telle proposition ?

Koltcha courut au foyer, se lava, s'ébroua comme un jeune chiot dans une gerbe d'éclaboussements, enfila une chemise propre, la plus belle qu'on lui ait donnée à l'internat pour sa fin d'études, et il retourna à la voiture rhabillé avec élégance, solennel.

Il s'assit à côté du Blond, qui démarra en souplesse. La Mercedes sortit de la cour de l'institut, se déplaçant sans hâte sur l'asphalte, amortissant le choc des petits cahots sur la route. Quel rêve, cette bagnole, qu'elle était chic !

– Faisons connaissance, dit Le Blond. Je sais déjà depuis longtemps comment tu t'appelles. Moi, c'est Valentin. Ne me surnomme pas Valka, ça ne me plaît pas.

Ses grandes dents blanches étincelaient. Les traits de son visage étaient soulignés par ses cheveux clairs, presque blancs, et ses yeux bleus éclataient de santé, irradiant bienveillance et affabilité.

Il était beau garçon, ni tout jeune, ni encore tout à fait adulte, et si à ce visage débonnaire on ajoutait sa façon de parler, calme et dépourvue de grossièretés, on pouvait penser qu'il préparait une thèse dans une grande école, qu'on avait devant soi un contemporain éduqué, visiblement talentueux sur qui fonder de grands espoirs.

– Tu sais Nikolaï, tu as un visage intelligent. Comme moi ! Et je suis fatigué des gueules de bouledogues qui m'entourent.

La Hache comprit qu'il faisait référence à ses compagnons, et sourit.

Il n'avait lui-même pas encore prononcé un mot. Il était attentif à chacune des paroles de Valentin, respirait les bonnes odeurs de la Mercedes, le cuir et l'eau de Cologne de qualité, mélangées à l'arôme des cigarettes de marque étrangère, dans le confort inconnu jusqu'alors d'un trajet dans cette remarquable voiture – quelque chose de différent, que la vie ne lui avait jamais offert, se rapprochait de lui et l'accueillait dans son étreinte.

La voiture roula jusqu'aux confins de la ville, près d'un rond-point d'asphalte désert où se dressaient des portails, et où traînaient des capots et divers accessoires signifiant que les conducteurs débutants pouvaient s'entraîner là.

Valentin s'arrêta, mais sans couper le moteur, sortit, fit le tour de sa voiture et ouvrit la portière de Koltcha.

– Alors, dit-il surpris. Qu'est-ce que tu attends ? Mets-toi au volant ? Tu n'as pas envie de l'essayer ? Tout le monde en a envie !

Paralysé par la surprise, sentant ses bras et jambes se refroidir tout à coup, Koltcha sortit de la voiture et s'assit sur le siège du conducteur. Valentin, tournant une manette quelconque, rapprocha le volant de lui.

– Tu sais où sont les commandes, le frein, l'embrayage, l'accélérateur ?

La Hache hocha la tête, pas encore revenu à lui.

– Desserre le frein à main.

Tout se déroula comme dans un conte de fées. Koltcha démarra en souplesse, comme s'il était derrière le volant d'une Mercedes, et passa la seconde pour prendre de la vitesse. Ce n'est qu'après, le jour suivant et le troisième jour, qu'il noya le moteur, que la voiture fit des embardées à la suite de mauvais coups d'accélérateur ; mais la première fois, une présence toute-puissante lui porta secours d'un cœur aimant. La Hache démarra en douceur, passa la seconde, puis la troisième sans faire bondir la voiture, sans forcer le moteur. Il se mit à tourner sur le circuit, se délectant du volant, lui obéissant au doigt et à l'œil, et son âme se joignit au métal qui en était dépourvu, au plastique, au cuir, avec un sentiment enchanteur de plaisir joyeux s'éveillant en lui pour la première fois.

Il ne voyait plus rien d'autre que le capot noir étincelant et l'asphalte gris devant lui et il aimait pour la première fois – oui, aimait ! – ce capot, ce morne asphalte – on pouvait donc aimer cette réalité sans aucun rapport avec soi – obéissante, précieuse, nécessaire – enivré par un sentiment de joie.

Finalement, se souvenant de la théorie, Koltcha débraya, mit le levier de vitesse au point mort, freina en douceur. Il serra le frein à main.

– Tu sais déjà conduire ? demanda Valentin étonné.

– C'est la première fois…

Le Blond considéra La Hache, incrédule tout en ayant complètement confiance en lui, admiratif, et il lui adressa quelques mots que La Hache n'avait jamais entendus auparavant.

– Tu es un maître… C'est le Seigneur qui t'envoie… Et si en plus tu possèdes l'art de la mécanique… C'est inestimable…

Koltcha était ému par la bonté de Valentin. La voiture roulait avec fluidité, et il était ébranlé par son succès inattendu et la surprise reconnaissante de ce beau gars adulte, si généreux. Son cœur battait trois fois plus vite, il avait le visage en feu, ses doigts, ses bras, ses jambes, tout raides si peu de temps auparavant, irradiaient de la chaleur.

La Hache, dans tous ses états, ne comprenait pas le sens de la proposition du Blond, énoncée presque négligemment, par bon cœur, comme un présent du Ciel, comme toute cette soirée heureuse.

– Tu veux travailler avec nous ? demanda Valentin d'un ton anodin.

Koltcha était prêt à dire sans entrer dans les détails : bien sûr, je veux, mais il n'en eut pas le temps, parce que Le Blond apporta les précisions lui-même :

– Ça consiste en quoi ? Oh, c'est facile. Conduire la voiture, la réparer si nécessaire. Mais ça vient après les affaires. Recouvrer les dettes, aller et venir.

Quelles dettes ? Koltcha avait la question sur le bout de la langue, mais il se dit qu'elle était malvenue – qu'elle embarrasserait cet homme si munificent et bon avec lui.

Mais celui-ci l'entendit sans qu'il ait besoin de la formuler.

– N'ai pas peur, dit-il. Je veux t'aider. Qu'est-ce qui t'attend dans l'avenir ? Par exemple, où est-ce que tu vas vivre après l'institut ?

Koltcha haussa les épaules. Il n'y avait pas encore songé sérieusement. Il voulait d'abord acquérir une spécialité, et on verrait par la suite.

– Bon… Chez nous tout est déjà préparé d'avance, tout est bien rôdé. Tu y vas et tu les secoues…

Le Blond eut un petit rire.

– … les pommes sur un pommier.

Il arrêta la voiture, se tourna vers La Hache.

– Tu as un troupeau de bouledogues sur tes arrières, tu n'es pas seul.

Il s'absorba dans la réflexion, eut un instant d'absence avant d'ajouter :

– On dit parfois que nous sommes des loups… mais les loups sont des créatures utiles… les infirmiers de la forêt, qu'ils nettoient des faibles et des malades. C'est nous…

Il poursuivit ensuite, avec chaleur :

– Et puis tu sais, il faut bien que quelqu'un essore ces marchands. Regarde comme ils se sont engraissés, sans compter qu'ils commencent à sortir de leurs échoppes. Et dans les magasins qu'est-ce qu'il se passe ? Les prix montent en flèche, les gens se font avoir. Les Azéris gèrent, les Tchétchènes dirigent. Alors il faut leur passer la muselière. Mais le pouvoir n'y tient pas. Il y a longtemps qu'il a trahi. Donc, quelqu'un d'autre doit faire le boulot. Quelqu'un pour ramener l'ordre chez soi, sans ce pouvoir de vendus.

Il renversa la tête en arrière, soupira, ajoutant calmement :

– Oui, si tu veux savoir, notre entreprise est noble. Et tu gagnes mille fois plus que dans un garage. Sans rien faire d'autre que bien avoir en main les moutons !

Koltcha ne lui coupa la parole qu'à ce moment-là :

– Je n'ai pas le permis et ne l'aurai pas de sitôt…

Il voulait parler de son âge, mais on aurait juré que Valentin savait tout sur lui.

– Je te procurerai un permis, répondit-il. Et tu sauras conduire en une semaine.

Koltcha apprit à conduire assez bien en dix jours d'entraînement quotidien. Il n'était plus à bord d'une Mercedes, mais d'une Jigouli déglinguée, avec la lourde respiration des bouledogues en veste de cuir, Andreï et Anton, qui avaient accompagné Valentin le soir du bois de bouleaux. Ensuite La Hache fit connaissance avec le reste de la bande. Ils seraient douze, et lui Koltcha était le douzième. Valentin en parlait de temps en temps, rappelait y compris pour lui-même que, croyant aux signes dur comme fer, il ne voulait pas de treizième ; mais en recruter deux d'un coup pour franchir le chiffre fatidique n'avait aucun sens non plus, parce qu'il y avait alors forcément un treizième, et dans ce cas le membre fatal de l'équipe pouvait être n'importe lequel d'entre eux. Non, on resterait douze. En ce soir heureux de la Mercedes, au moment de dire au revoir, Valentin prononça encore une phrase qui ne stupéfia La Hache que bien plus tard. Il l'entendit même comme une plaisanterie, une saillie spirituelle d'un intime à qui on ne peut en vouloir de ce qui n'était même plus une idée, mais de la clairvoyance. En effet, il portait son nom depuis déjà quinze ans, ses surnoms d'enfance inventés à l'internat, mais pas une fois ni lui, Koltcha, ni ses copains de toujours n'avaient pensé à une telle contraction, un surnom aussi miraculeux.

Souriant, Valentin lui dit en le quittant :

– Ton surnom a de la classe, tu ne trouves pas ?

Koltcha secoua la tête.

– Il vient des premières lettres de mon nom : Nikolaï Hachorov[1] ! Et alors ?

La Hache ne comprenait toujours pas

– Non, ton surnom est Personne. Personne. Pour rien. Nulle part.

1. En russe, les noms et prénoms Nikolaï Toporov (de « topor », la hache) qui donne par contraction : « nikto » ou « personne ».

CHAPITRE 5

Koltcha ne dit rien. Ni oui, ni non. Valentin l'avait attiré à lui, appelé, lui avait proposé de se joindre à lui, et ça suffisait. Ça suffisait pour que la vie de La Hache devienne un conte de fées – par un coup de baguette magique.

Au début, une Jigouli déglinguée venait le chercher, et il partait au circuit d'apprentissage en compagnie d'Andreï et d'Anton – Valentin les avait affublés de surnoms italiens, Andreotti et Antonioni –, pour accumuler les kilomètres, apprendre à accélérer et à freiner, tourner, se sortir des labyrinthes : mais si personne ne le voyait en dehors des deux bouledogues, tous voyaient cependant que des types en veste de cuir venaient chercher Koltcha.

Lors de leurs fréquentes entrevues, Valentin n'était pas avare de sentences qui se révélaient exactes, de façon stupéfiante. Entre toutes ses thèses, il y avait l'affirmation selon laquelle le peuple était mesquin et peureux. Koltcha prit à peine le temps de réfléchir que Sergueï l'Abruti le confirmait.

Sans aucune entrée en matière, il se tournait vers Koltcha en souriant, en le regardant dans les yeux, tentait de discuter de tout et de rien. Il avait visiblement peur, et ça dérangeait La Hache : il n'avait pas peur de lui, mais de ceux qui le soutenaient. Il s'attendait peut-être à être châtié pour ses insultes et son comportement inacceptable.

Cette crainte ridicule surgie en Sergueï mettait Koltcha en rage. Il avait souffert d'un sentiment semblable juste avant, sans vouloir admettre sa peur. Il lui avait été malaisé de vivre en contournant ce Sergueï pour éviter les confrontations. Et celui-ci aimait profiter de son avantage. La supériorité était maintenant du côté de La Hache. En s'en apercevant, il ne s'en réjouissait pas, au contraire ça le perturbait, parce qu'il n'était pas craint en tant que La Hache, mais comme un type épaulé par des forces dangereuses.

Valentin disait vrai : le peuple est mesquin et couard.

Ainsi les deux Piotr, invitant La Hache à partager leurs victuailles et leur vin. Même leurs parents, ayant visiblement appris quelque chose par leurs deux jeunes conducteurs de tracteurs, s'étaient mis à lui faire des courbettes en entrant dans la chambre et même à baisser la voix quand Koltcha lisait un manuel ou un livre, pour ne pas le déranger.

Que dire ! L'atmosphère s'était vidée de toute charge agressive. L'apparition de Valentin avec ses deux gorilles avait rebattu les cartes du destin, et Koltcha avait les atouts en mains à l'institut.

Même lorsque les gars déconnaient aux interclasses, se bousculaient, faisaient des crocs-en-jambe, s'envoyaient des chiquenaudes, personne ne s'approchait de Koltcha ; tous l'évitaient volontairement, tournaient autour de lui en cercles concentriques, sans un mot, et que Dieu les préserve d'un faux mouvement. La Hache n'exprimait aucune supériorité, ne faisait pas la moindre allusion à une quelconque menace, s'efforçant d'autant plus de ne donner aucune raison de croire à une force occulte derrière lui.

Les adultes – et si on était sérieux, il n'y en avait que deux, Vassili Vassilievitch et Ivan Ivanovitch – ne remarquèrent rien au départ parce que La Hache, comme avant, traînait à l'atelier jusqu'à une certaine heure, assimilant un savoir important, couvrant ses mains d'éraflures utiles. Ça se passa sans bruit, et même agréablement, comme une Mercedes sur un bitume de bon aloi, tant qu'on ne captait pas, que l'information ne fuitait pas et qu'il ne devint pas lumineux que Koltcha Hachorov était devenu quelqu'un de complètement différent.

Les Jigouli disparurent, la Mercedes passa de plus en plus souvent la nuit au garage de l'institut. Valentin payait l'institut conformément au contrat passé avec celui-ci. Il roulait maintenant dans une Volvo 940 toute neuve, et les clés de la Mercedes traînaient à présent dans la poche de Koltcha, qui se baladait en jean, avec une raie dans les cheveux dessinée chez la coiffeuse de luxe Zinanda, tout juste installée, dont les publicités passaient toutes les cinq minutes à la télé, aux cheveux teints avec la teinture « Vella » dans une couleur rousse et éclatante, effrontée.

À la télé, Zinanda était nue sous sa robe de chambre, ses tétons pointaient sous le léger tissu crissant, et pour la première fois de sa vie Koltcha frémit d'un frisson incompréhensible et rougit.

La coiffeuse parcourait son crâne à coups de ciseaux, découpant une construction visible par elle seule, lavait les cheveux de Koltcha à l'eau bouillante, tout en répétant : « Ce n'est pas trop chaud ? » et celui-ci avait honte de reconnaître qu'il supportait à grand-peine ce shampooing. En revanche, une fois la raie bien dessinée, la chevelure séchée au sèche-cheveux, et ensuite fixée avec de la laque, La Hache voyait dans le miroir quelque chose de très raffiné, ressemblant à Valentin, pas balourd, pas primitif, quasi télévisuel, grande école, élitaire.

Valentin le regardait avec plaisir, comme un sculpteur contemple son chef-d'œuvre et il lui tapait sur l'épaule. Koltcha était soufflé en entendant le prix réclamé par la coiffeuse. Valentin payait sans barguigner, ils sortaient, et Koltcha prenait le volant de la Volvo – sans souci, calmement, parce qu'il avait en poche depuis déjà un certain temps un permis où l'on avait avancé son année de naissance de trois ans. Il était fier de maîtriser non seulement le Code de la route, mais des véhicules de grande classe dignes des meilleurs chauffeurs.

– Vas-y, arrête-toi, lui ordonna Valentin quelques rues plus tard. Lorsque Koltcha s'arrêta au bord du trottoir, il poursuivit. Regarde-toi dans le rétro. Tu es devenu un homme. Et quel homme. Et maintenant, regarde-moi. Je suis aussi un homme. Tu es d'accord ?

Koltcha était d'accord. Il se mit à rire.

– Bon, eh bien s'il en est ainsi, conduisons-nous comme des hommes.

Le Blond fouilla dans sa poche, en sortit deux gros billets et les tendit à Koltcha.

– Prends-les, ne refuse pas. Allons dans un bon magasin et paye des cadeaux à tes gars.

– Quels gars ? répondit La Hache sans comprendre, pensant qu'il s'agissait de ses condisciples du foyer.

– Comment ça lesquels ? s'étonna Le Blond. Ceux avec qui tu picolais du cognac !

La Hache rougit. Et voilà. Il s'était passé trois ou quatre semaines, la vie ne l'avait pas ménagé, il avait dépensé ses forces à apprendre à conduire, et à l'atelier bien entendu, mais il demandait comme un imbécile à quels copains il devait faire des cadeaux ! Bien sûr, à Makarov, Gnedom, Gochman !

Valentin, tu es le patron !

C'est la première fois qu'il pensait comme ça – le patron. Et c'était exact. Le Blond n'avait pas une seule fois évoqué ça. Mais c'était lui qui avait transformé la vie de Koltcha. Lui avait donné de l'argent – ce qu'il venait de faire. Il l'avait métamorphosé de la tête aux pieds. Lui avait lâché, comme un prince, les clés de la Mercedes en main. Avait transformé par enchantement les rapports de tout son entourage avec lui.

Et c'est comme ça que Valentin devint le patron de la vie de Koltcha. Ça ne s'inventait pas. La Hache n'avait pas choisi le chemin le plus facile, refusant d'aller en seconde, première, terminale, l'attestation de majorité, trois ans de tranquillité à l'internat, sans jamais penser que le bonheur pouvait s'offrir à lui.

Et voilà, c'était fait. Du coin de l'œil, Koltcha se contempla dans le rétroviseur, l'orienta sous un angle pas très propice au reflet, mais il se vit. Et pensa sans interruption qu'il ressemblait à son patron, à Valentin quoique ce nom sonne un peu à la française et que Le Blond l'aime beaucoup – ami, chef, supérieur ? Non, patron !

Qu'il en soit ainsi. Était-ce une tragédie lorsque quelqu'un apparaissait dans la vie d'un chien errant, d'un bâtard ? Ce genre de clebs, ce genre de chiots aimaient trois fois plus fort que les autres l'homme qui les avait arrachés aux flaques boueuses, leur avait permis de se réchauffer, leur avait donné une écuelle de lait chaud et un nom.

Même si le nom qu'il avait à présent était étrange : Personne.

CHAPITRE 6

Ce fut finalement une véritable parade, semblait-il, c'est en effet ainsi qu'on appelle les moments les plus solennels au cirque, quand tous les artistes sortent en manège avec des bannières, en beauté, en costume étincelant d'or et d'argent, dans des vêtements des couleurs les plus vives – la musique retentit, le cirque brille de tous ses feux, et qu'on le veuille ou non, tout en soi bouillonne, la joie réchauffe, mais un frisson nous parcourt des reins à la nuque et on se surprend à se dire qu'on n'est plus maître de soi-même, mais qu'on est dirigé par ce manège circulaire et cette musique sonore.

Ils défilaient dans le bâtiment du dortoir, en légère violation du règlement de l'internat, souriant aux lamentations de Zoïa Pavlovna, de garde ce soir-là. Ils entrouvrirent l'une après l'autre les portes des chambrées, et des mômes en caleçons, des petites filles un peu plus âgées dans leurs petites robes de chambre multicolores de coton imprimé coururent vers lui – vers le beau et généreux Valentin, et vers lui le jeune prince qu'ils ne reconnaissaient pas. La Hache et Valentin leur distribuèrent à tous d'une main prodigue des bonbons au chocolat. Les bonbons tombaient par terre, les enfants se courbaient, se bousculaient, tombaient à genoux sautaient, criaient, couraient, et d'autres portes s'ouvraient, et d'autres gamins cavalaient dans les couloirs.

Valentin avait apporté un paquet de cinq kilos de bonbons, il y en avait assez pour tout le monde. Quand il devint clair que chacun en aurait au moins un, il fit exprès de tous les lancer en l'air, créant une joyeuse pagaille, du vacarme et de la gaieté.

Cependant la pagaille n'est jamais complète et définitive ; par conséquent, Koltcha, aussi assourdissant que soit le brouhaha, entendit des exclamations sonores qui lui étaient destinées :

– Regardez, c'est La Hache !

– Comme il est élégant !

– Et comme il est beau !

Et des salutations, également à son endroit :

– Salut, Koltcha !

– Bonsoir, Hachorov !

En guise de réponse, il souriait, hochait la tête, disait »Salut ! Salut ! » Il jubilait, reconnaissant une fois de plus la pertinence de Valentin, qui, au courant on ne sait comment du règlement de l'internat, avait insisté pour faire cette apparition tardive, avant la nuit de sommeil, lorsque tout le monde était déjà dans les chambrées, mais que personne ne dormait encore et qu'en revanche tout le dortoir était réparti sur un seul couloir. Tout le monde pouvait donc entendre, les voir et être témoin de leur venue.

Bien entendu, Valentin était la figure essentielle de la parade de fête, tel un mécène, riche et généreux dans l'âme, mais c'était quand même Koltcha le point de mire. Il ne pensait pas à ça, ne se voyait pas comme ça, et ne s'était pas préparé à endosser le rôle du personnage principal, mais plus il approchait du seuil de son dortoir, plus cela se précisait.

Les gamins, en particulier les petits, lui prenaient les mains, pleines de paquets en plastique entassés par grappes, criaient son prénom, les plus vieux lui tapaient sur l'épaule, les filles caressaient sa coiffure sophistiquée, et quand ils entrèrent dans la chambrée de Koltcha avec Valentin, accompagnés par la foule, ce fut un triomphe. Sur un roulement de tambour débuta un silence relatif, parce que le silence absolu ne se faisait à l'internat qu'au cœur de la nuit, et aux portes grandes ouvertes ne se bousculait, ne s'excitait, ne bouillonnait plus qu'à peine une foule silencieuse. Koltcha entama sa vertueuse mission :

– Doyen Makarov ! appela-t-il, et Makarov s'avança vers lui dans un caleçon et un maillot de corps pas de première fraîcheur.

– Jette-moi ça ! ordonna Koltcha, provoquant les rires. Mais prenant pitié de son ami, il se corrigea : tu peux garder ton caleçon.

Lorsque Makarov jeta son maillot de corps, serrant ses bras autour du torse, Koltcha sortit du tas de paquets un tee-shirt avec le logo Adidas – un rêve inaccessible à nombre d'entre eux –, puis une casquette à grande visière rouge, et pour finir, apothéose de la bonté et de la justice, un jean de première classe.

Makarov s'empara de tout, suscitant des cris d'approbation et des soupirs d'envie. Lorsqu'il remonta la fermeture éclair jusqu'en haut de la braguette de ce pantalon bleu de marque étrangère, il présentait aux yeux du public tout à fait un autre homme. Et quand il enfila tout, y compris le blouson de jean bleu, une rafale d'applaudissements éclata.

Ensuite, Koltcha appela Gochman. Le silence se fit et Makarov dit :

– Il est à l'hôpital.

– Qu'est-ce qu'il a ? dit La Hache, sans s'émouvoir outre mesure.

Il était ivre de son triomphe et sortit une tenue semblable pour Gochman.

– Makarov, donne-la-lui !

Celui-ci s'avança jusqu'au lit de Gochman et plia correctement tous les vêtements. Pendant ces quelques minutes, le vacarme ne s'éteignit pas tout à fait, mais se calma. Il repartit de plus belle lorsque Koltcha appela Gnedom.

Celui-ci éclata d'un gros rire, exhibant ses longues dents chevalines, tourna la visière de la casquette de l'autre côté du crâne, entama une danse, une fois rhabillé de l'uniforme bleu. Il ne tenait plus en place, ni assis, ni debout, et sur lui le jean paraissait amidonné d'une main de fer – ce changement de tenue ne lui allait pas, il avait engoncé, mal à l'aise – ça sautait aux yeux. Il y a tout simplement des gens à qui les vêtements d'outre-mer ne conviennent pas, ils sont faits pour porter nos fringues russes – de la toile, de la laine tricotée, de la popeline, et quand ils enfilent de l'importation mieux vaut ne pas les regarder, c'est à fendre l'âme. C'était le lot de Gnedom, chevalin de naissance.

Mais cela ne gâcha en rien le triomphe de Koltcha. Le but était atteint. Ses trois amis, bien que l'un d'entre soit à l'hôpital, avait reçu de ses mains de généreux cadeaux, et quelle importance qu'il ait eu en tête qu'il s'agissait d'une avance pour il ne savait pas encore quoi au juste. Le principal, c'était qu'ils voient tous que tout allait bien pour La Hache, qu'il ait l'air d'un prince aux yeux des cent gamins de l'internat, ce qui signifiait qu'il ne s'était pas trompé lorsqu'il avait préféré au toit de l'internat où il aurait pu encore traîner trois ans en sécurité l'institut technique, où il gagnait visiblement sa vie correctement.

Il s'ensuivit une brève conférence de presse, aussi éclairante que spontanée, parce qu'on avait fourni la réponse cardinale à la question cardinale, et cette visite tardive atteignit des hauteurs insoupçonnables.

Un gamin cria :

– Tu sais conduire ?

Tout le monde gronda de nouveau. Quelqu'un s'écria :

– Possible que tu ne saches pas ?

Mais Koltcha comprit la question, et le cœur battant la chamade il répondit :

– Regarde à la fenêtre, d'accord ? Quand on s'en ira !

Après encore d'autres questions et d'autres réponses, des exclamations et de l'exultation, les deux visiteurs inattendus du soir sortirent dans la cour.

Koltcha jeta un coup d'œil sur les fenêtres de deuxième

étage et mit un coup de coude à Valentin. Des visages enfantins étaient collés à toutes les grandes vitres. Ils regardaient la cour aux lumières certes moins puissantes que celles d'une arène de cirque, mais tout de même suffisamment éclairée pour distinguer dans l'obscurité le lustre luisant de la Volvo bleu nuit qui semblait noire dans l'obscurité. C'était le signe d'une vie éloignée de cet endroit et de sa façon de vivre, un spectre attirant, inaccessible, mais que l'un d'eux était parvenu à atteindre – l'un de nous. La Hache, regardant de temps à autre en haut vers les fenêtres, s'approcha de la voiture. Il attendit que Valentin s'installe à l'arrière, ouvrit la portière côté chauffeur et se tourna vers le bâtiment du dortoir.

Il était légèrement mal à l'aise, mais cette nouvelle vérité à laquelle il avait mordu, une vérité si différente comparée à celle que vivaient et à ce que rêvaient ces gamins, pouvait être confortable – ces garçons et ces filles pressés contre le verre au deuxième étage du bâtiment des dortoirs auxquels il appartenait encore hier.

Non, il ne considérait pas comme un grand péché sa parade dans les couloirs de l'internat. Au bout du compte, il avait insufflé de l'espoir. En montrant aux autres quel était son destin, il leur avait prouvé qu'il ne fallait pas désespérer. Que tout dépendait d'eux, et qu'il ne fallait pas avoir peur.

Si tu veux – tu atteindras ton but.

Il s'assit au volant sans se presser, claqua la portière, et démarra la Volvo pour rouler vers la sortie de la cour.

Il ne parvenait pas à apaiser les battements de son cœur.

CHAPITRE 7

Koltcha rentrait maintenant très tard au foyer, mais personne ne songeait à le lui reprocher. Valentin ne dînait pas avant neuf, parfois dix heures du soir, et ça se passait très souvent dans un nouveau restaurant. Il semblait que la moitié de la ville soit prête à ouvrir les bras à ce mec blond avec une dent en or qu'il chaussait ou enlevait suivant comment il était habillé.

La Hache avait besoin d'un peu de temps pour tout comprendre, il lui était donc nécessaire d'être présent à chaque dîner : Il lui arrivait d'être plongé dans la confusion. Il y avait du caviar sur la table – rouge et noir –, et lorsque Valentin avança vers lui une assiette avec ces petites sphères brillantes de caviar d'esturgeon, Koltcha eut envie de vomir.

Valentin le regarda attentivement, silencieux tout d'abord, et lui demanda d'un ton sérieux :

– Donc, apparemment, tu n'en as jamais vu ? Jamais mangé ?

Koltcha tourna la tête, commença à dire qu'il n'en voulait pas, mais sa docilité habituelle le trahit ; il s'entêta et se dit qu'il ne pourrait jamais rien faire par lui-même.

Valentin mit du beurre sur un morceau de pain, y déposa une cuillère de caviar et poussa un gloussement de plaisir en dégustant ce mets recherché. Quand il eut englouti la tartine, il dit, soucieux :

– Il va falloir t'apprendre à apprécier ça...

La nourriture qu'ils consommaient était excellente. Divers pâtés, du saucisson, du jambon. Valentin accompagnait tout cela de cognac Hennessy dans des bouteilles rondes et gonflées, ensuite on leur apportait de la soupe de poissons ou du bortch préparés dans les règles de l'art. Koltcha était bouleversé, la nourriture seule l'enivrait, il n'était pas censé boire. Il raccompagnait le patron chez lui en voiture après avoir dîné à la même table que lui.

C'était le plus énigmatique. Le Blond lui ordonnait de le conduire à un endroit à proximité. Au carrefour de rues quelconques. À un cinéma ou à un magasin. Puis il lui ordonnait de freiner – sans compter qu'il fallait s'exécuter à l'instant même, sans mettre le clignotant de préférence, ni se rapprocher du bas-côté, et pour cela il fallait qu'aucune voiture ne colle au train –, ensuite il fallait s'arrêter brièvement, le patron sortait, et la portière à peine claquée s'éloigner à toute vitesse.

De l'extérieur, il semblait que la voiture ne s'était pas arrêtée, roulait à une vitesse constante sur la route, avait juste un peu ralenti.

Valentin ordonnait toujours de ne le déposer que dans des rues mal éclairées, il bondissait au-dehors, se dissipant aussitôt dans la nuit, et même Koltcha ne pouvait déterminer où couchait son patron.

Petit à petit seulement, se dessinèrent quatre points autour desquels gravitaient les routes empruntées par la voiture de Koltcha – Volvo ou Mercedes – et les quartiers de la ville dans les tréfonds desquels disparaissait le patron.

La Hache ne s'en étonnait pas, peu empressé de poser des questions. Après sa triomphale visite à l'internat, il s'était dit qu'il devait se réjouir de sa nouvelle situation, qu'il fallait apprécier les bons rapports avec Valentin, sa générosité, mais plus encore les promesses et espérances de destin, et ses cadeaux réels. Quand serait-il devenu un mécanicien expérimenté après l'institut ? Là, il était carrément au volant de voitures de luxe dont les clés étaient dans sa poche toute la journée. Quand aurait-il pu se payer un jean ? Or là, en un clin d'œil, il avait un uniforme chic, et Zinanda, bombe sexuelle, lui coupait les cheveux sérieusement, pas comme à un môme, et on la payait un mois de salaire pour ça.

Une fois par semaine, Valentin glissait quelques gros billets dans la poche poitrine du blouson en jean de Koltcha. La Hache n'avait jamais eu dans les mains d'aussi gros billets auparavant, et on les lui refilait négligemment, presque en s'excusant d'une somme aussi minime. Koltcha, remerciait éperdument Valentin, mais celui-ci, fronçant le sourcil, répondait : « Laisse tomber ! » ou « C'est de la petite monnaie ! », ou « Tu l'as gagné, c'est à toi ! ».

Plus que toute autre, cette dernière expression plongeait Koltcha dans la confusion. Comment lui,

La Hache, avait-il gagné ses gages ? Qu'avait-il fait ? Il était resté au volant d'une belle voiture – l'un dans l'autre, il avait dîné avec Valentin, ce qui coûtait déjà une fortune ! Puis il l'avait raccompagné, avait laissé la bagnole à l'atelier de l'institut, et c'était là tout son boulot. Auquel il fallait ajouter ses trajets hebdomadaires avec Andreï et Anton ou d'autres mecs du même genre.

Il suffisait d'y aller, écouter leurs ordres, freiner ici, se lever là, attendre près de tel ou tel endroit.

Ces loustics en cuir noir descendaient de voiture et remontaient bientôt, on changeait de bagnole presque à chaque fois, mais tout ça ne troublait qu'à peine La Hache – il était prêt à s'asseoir au volant d'une cochonnerie de camion déglingué, si Valentin lui en donnait l'instruction.

Et le patron aimait beaucoup les voitures, et ne pas en avoir suffisamment l'attristait sérieusement – rien que ça !

– Il nous en faut plus, disait-il chaque fois qu'on abordait ce thème.

Et petit à petit, on acquit une Jigouli dernier modèle, puis, par la suite, une Jeep Cherokee pas de toute première jeunesse.

L'élève de l'internat ne réfléchit pas trop à ce qui se passe autour de lui ; il vit par inertie, se déplaçant, riant, apprenant sur ordre, sonnerie ou cri, mû par l'instinct grégaire, c'est-à-dire libéré de toute responsabilité. De par son éducation, Koltcha, était peut-être plus que quiconque susceptible de freiner à temps, non pas la voiture, mais sa conscience.

Il conduisait les types en vestes de cuir et il était capable de ne pas penser à ce qu'étaient ces types en réalité, ces Andreï, Anton, Semione et Gregori… La première fois, dans ce bois au mois de juillet, il avait tout de suite fait la différence entre le blond souriant et ses gorilles. Il n'avait attribué une âme qu'à une seule des trois vestes identiques, les deux autres étaient restés dans sa conscience comme des mannequins nécessaires et utiles à leur chef, mais dont celui-ci se distinguait radicalement.

À présent, il semblait qu'ils soient tous les fruits d'un même arbre, mais cela ne semblait ainsi que vu de l'extérieur. Les vestes de cuir s'asseyaient dans la bagnole et en sortaient, mais La Hache ne pensait jamais à qui ils étaient en réalité, au fait de savoir s'ils avaient des mères, des épouses, des enfants, où ils vivaient, où ils s'en allaient, et pourquoi ils réapparaissaient.

Il était censé les conduire – il les conduisait. Ils lui ordonnaient de freiner – il s'arrêtait. Ils lui demandaient d'être à tel endroit à tel heure – et sans prêter attention à leur ton, ni à quelle sorte d'ordre on lui avait donné, aux mots qu'il avait employés, il se trouvait à l'endroit précisé à l'heure dite.

Pensait-il participer à quelque chose de désagréable, d'indigne, voire de criminel ? Si on le lui avait demandé directement, il aurait répondu par la négative. Il était facile de lui en faire le reproche, mais c'était injuste.

Un tel reproche, une telle réprobation signifiait ne pas comprendre la nature de l'éducation reçue par le gars surnommé Personne dans une institution pour orphelins.

Au reste, même Valentin qui avait conçu ce surnom ne l'utilisait jamais. Avec les autres il était sans aménité, ne les ménageant pas de son vocabulaire imagé. Il se plaignit plus d'une fois, en voiture avec Koltcha, de la balourdise et de la cupidité de son équipe, qu'il fallait tenir étroitement sous le joug.

– Tu comprends, disait-il à Koltcha comme s'il parlait à un égal, voire à son frère, plus les gens accumulent de richesses, plus ils en veulent. Quand ils étaient pauvres, ils étaient bêtes, ils se sont enrichis et ont pris de la cervelle. Regarde-les bien.

Une autre fois, examinant longuement Koltcha au volant de la Volvo, Valentin lui dit :

– Dans toute la kermesse, il n'y a que toi et moi qui soyons réellement du même sang.

Koltcha jeta un regard au patron avec un sourire poli, mais s'abstint de poser des questions, bien qu'il ne comprenne rien. Valentin savait tout sur lui, entendait et sentait ce qui se passait en lui. Il s'étonna :

– Tu n'as pas lu *Le Livre de la jungle* ?

Deux nuits de suite, La Hache assimila Kipling. Mais même en découvrant dans ce livre quelque chose de connu, il ne se mit pas à réfléchir plus avant, ne se demanda pas : sommes-nous des bêtes sauvages, même si ne sommes ni bons, ni sans défense ? Il se contenta de lire en vitesse, rendre le livre à la bibliothèque et s'arrêta là, freinant de nouveau des quatre fers.

À son propre sujet, il se disait qu'il avançait pas à pas, ne bougeait pas à moins d'y être invité, et se comportait comme s'il avait été congelé. Et il pensait que tout cela l'aidait beaucoup. Il sentait que ça plaisait à Valentin.

Celui-ci aimait bien le côté taciturne, la précaution, la capacité à ne pas se faire d'idées farfelues, ne pas aller plus vite que la musique. Et Valentin appréciait aussi son dévouement. Pas pour ses affaires pour l'instant invisibles, puisqu'il y restait extérieur, mais pour lui-même. Personnellement.

CHAPITRE 8

Comme il détonnait par rapport aux autres, ce blond Valentin ! Comme il était complexe ! Et quel talent inhabituel il possédait !

Eût-il vécu en d'autres temps, fût-il né dans un autre pays, il serait devenu un politicien important, le maire du palais ou l'éminence d'un roi ou Premier ministre. Dans d'autres circonstances, dans une guerre civile, par exemple, il aurait pu être un défenseur habile, un chef de guerre, un authentique héros. Ou encore, maîtrisant parfaitement la bureaucratie, décider du destin des autres, distribuer les richesses étatiques. Il aurait tout aussi bien pu devenir, tribun, triomphateur, Robin des Bois, honoré par les faibles, secrétaire du Comité central…

Toutes ces capacités et facultés remarquables bouillonnaient en lui, tenant compte, il est vrai, des circonstances et du lieu de son activité : une Russie saignée à blanc, une petite ville oubliée de Dieu tout-puissant, se condamnant à l'acceptation résignée du cours d'une vie déprimante…

Tout comme La Hache qui n'avait pas appris à prévoir la suite des évènements, Valentin ne s'était pas rompu à réfléchir au conditionnel : qu'en serait-il si jamais… Il vivait donc en poursuivant un but à brève échéance, et jouissait des présents accordés par le dieu du jour. Gourmet de naissance, philosophe empirique, il se découvrait en découvrant les gens, il savourait chaque minute délectable, bonheur passager et découverte inattendue, tout en restant lui-même complètement fermé.

Un jour, il remarqua que le taciturne La Hache avait une connaissance très étendue des chansons, et il se souvint de la façon dont les pensionnaires de l'internat avaient chanté dans le bois de bouleaux. Ils roulaient par une journée d'hiver, passant au milieu d'arbres couverts de givre, Valentin se mit à chanter les premières paroles à mi-voix, songeur :

Matinée brumeuse, matinée grise
Champs mélancoliques de neige recouverts…

Et Koltcha, en dépit d'un fragile ténor de gamin, entonna la suite d'une voix forte, assurée :

On se souvient du passé, la volonté indécise,
Longtemps enfouis dans l'oubli, surgissent des visages délétères,

Valentin tressaillit, se tourna vers Koltcha, et lui emboîta le pas en se remettant à chanter dans une sorte de défi. Koltcha joignit sa voix à celle du patron, sans se tourner vers celui-ci, dans un même défi plein d'assurance, entièrement absorbé par le sens des paroles :

On se souvient des discours sans fin, enflammés,
Des regards si avides, si humblement croisés,
Les premières entrevues, les rendez-vous derniers,
La voix basse des sons bien-aimés.

Valentin se détourna alors de Koltcha, se redressa, chantant de tout son cœur, se décontractant, s'abandonnant, heureux de ne pas chanter seul et que ce gamin connaisse la chanson. C'était harmonieux, amical, beau et triste :

On se souvient de l'étrange sourire des séparations,
Tant de choses lointaines ou familières,
En écoutant des tours de roue incessants le son
Contemplant pensivement l'immense ciel sans repères.

Ils se turent, en écoutant le ronronnement des roues, pas celui d'un destin étranger, mais du leur.

Koltcha, élevé dans l'insensibilité de l'internat, fixait de nouveau la route sans forcer le mouvement, s'efforçant d'oublier cette langueur liée à la chanson, sans approfondir plus avant – il avait chanté, et c'est tout. Valentin, lui, s'était au contraire laissé porter par le courant, il était plongé dans ses pensées, et peut-être tout à fait ailleurs.

Il revint lentement dans l'habitacle chaleureux et embaumé de la voiture, de nouveau de plain-pied dans le présent, regarda Koltcha une nouvelle fois et lui demanda :

– Tu connais beaucoup de chansons ?

– Un livret entier !

La Hache retira une de ses mains du volant et écarta les doigts d'une dizaine de centimètres.

– Gros comme ça.

– Je ne m'y attendais pas, soupira Valentin, et il lui adressa un éloge teinté d'incompréhension. C'est bien !

À présent, ils chantaient tous les soirs, et deux guitares étaient apparues dans le coffre de la Mercedes ou de la Volvo. Après avoir bien dîné et bu une demi-bouteille de Hennessy, Valentin faisait un signe de tête à Koltcha, celui-ci s'emparait d'une guitare, et ils chantaient longuement. Le patron regardait avec mépris ses sous-fifres en veste de cuir, ceux-ci, soucieux de ne pas démériter à ses yeux, essayaient de reprendre en chœur, mais ça ne marchait pas pour la simple raison qu'ils ne connaissaient pas les paroles, ou seulement deux lignes, obligés de se taire une fois qu'ils les avaient chantées, contrairement à ce petit démon de l'institut technique, qui connaissait tout !

Cependant, la surprise le céda bientôt à la jalousie, l'envie, le mécontentement. Koltcha s'en rendait compte, mais la façon dont le considéraient les gorilles le laissait froid, c'est le premier avantage du meneur. Ils chantaient, le chef et lui, celui-ci avait de surcroît un livret de chansons que Koltcha traînait avec lui et dont il se servait au dîner comme d'un dessert, quoiqu'il n'ait lui-même nullement besoin de ce dessert.

Par conséquent le seul et unique à ne pas jalouser son savoir encyclopédique en matière de chansons était Valentin, le patron, ce qui convenait parfaitement à Koltcha. D'ailleurs, pour parler franchement, si Valentin, comme les vestes de cuir, avait lui aussi envié La Hache, tout en lui proposant de continuer à chanter, Koltcha n'aurait pas cessé de le faire. C'était aussi un privilège de l'internat : on était entier. De naissance, Koltcha ne connaissait ni richesses, ni énigmes, ni grands secrets, ni arrière-pensées.

Mais Valentin était dans d'excellentes dispositions à son égard, il soulignait même la supériorité sur lui de ce gamin, auquel il insufflait subrepticement une chaleur amicale, et une reconnaissance illimitée.

En effet, auprès de Valentin, il y avait des opportunités supplémentaires.

Un jour, assis à l'arrière avec La Hache, il ordonna à Andreï, alias Andreotti, de se mettre au volant et, bien qu'Anton lui ait chuchoté quelque chose à l'oreille, il agita le bras impatiemment. Ils roulèrent jusqu'à un petit magasin spécialisé dans la radio, et Valentin appela Koltcha pour qu'il vienne avec lui.

Un gorille en veste de cuir semblable à ceux de Valentin se tenait à l'entrée. En apercevant le chef de Koltcha, il s'écarta soit dans un mouvement de frayeur, soit dans une demi-courbette. Le marchand ventripotent au visage rond vint à leur rencontre, tenta de glisser quelque chose à l'oreille du Blond, mais celui-ci désigna Koltcha et lui dit :

– Souviens-toi de lui !

Il rit avant d'ajouter :

– C'est mon héritier. Allez sois pas radin, donne-lui une belle balalaïka.

La grosse bulle se dirigea vers son comptoir, agitant ses mains grasses, et commença à montrer des magnétophones à cassettes de différentes tailles. Koltcha fit grise mine en regardant les prix.

Une fois de plus, Valentin perçut aussitôt le malaise de La Hache. Il éclata de rire, alla au comptoir et s'empara d'un beau magnétophone à cassettes rouge stéréophonique et le tendit à Koltcha.

Celui-ci jetait des coups de droite et de gauche, toujours aussi éberlué tandis que Valentin lâchait négligemment au commerçant :

– Si celui-ci ne lui plaît pas, tu lui changes pour n'importe quel autre.

Koltcha croyait que le patron allait payer la facture sans la regarder comme pour les jeans de ses camarades et chez Zinanda la coiffeuse, mais Valentin se contenta d'un signe de tête à la grosse bulle :

– Mets ça sur nos comptes.

Puis ils sortirent.

La Hache ne refusa pas ce cadeau supplémentaire, mais pour parler franchement il s'en serait bien passé. Quand est-ce qu'il aurait le temps d'écouter des cassettes et la radio ? Il ne mettait quasiment plus les pieds au foyer – il commençait par aller en cours, ensuite à l'atelier, avant d'être jusqu'au soir en voiture, où il y avait un mini-cassette et la radio sur n'importe quelle fréquence.

Mais il accepta humblement la balalaïka, songeant que c'était une prime. Pour quoi ? Pour les nombreuses chansons qu'il connaissait ? Pour son obéissance ? Et, bien entendu, parce que le patron le distinguait des autres. Sans doute parce qu'il était le seul adolescent dans une bande composée de jeunes hommes. L'unique mineur. Et orphelin par-dessus le marché.

CHAPITRE 9

Quel que soit le mal que se donnait Koltcha pour se cacher la vérité, elle s'imposait à lui, le pénétrait par les phrases qu'échangeaient Andreï et Anton, l'invariable itinéraire qu'il parcourait avec les vestes de cuir, le cafard surgi de nulle part émanant du patron qui s'exprimait avec une chaleur difficilement compréhensible…

Puis le jour arriva où le chef en personne annonça à La Hache qu'un autre s'installerait au volant à partir de maintenant, qu'il était temps qu'il prenne part aux affaires.

Son entrée en fonction dans de nouvelles occupations n'étonna pas trop Koltcha, parce que le patron n'avait ménagé ni son temps ni ses efforts pour le préparer, c'était devenu clair à ses yeux.

Andreotti et Antonioni étaient devant, La Hache marchait derrière eux. Ils entraient dans un hall d'immeuble, ouvraient les portes des bureaux de rombières et de types, toujours effrayés, mais continuant à faire semblant d'avoir l'air cordial et surpris.

Les mecs en veste de cuir n'entamaient pas la conversation, la plupart du temps ils ne s'asseyaient même pas dans les fauteuils qu'on leur offrait, mais recevaient des enveloppes ou bien des liasses de billets dans des paquets de journaux et les jetaient négligemment dans leur sac qui se balançant désormais à l'épaule de La Hache, qui se contentait de refermer la fermeture éclair.

Le soir, Koltcha donnait ce sac aux mecs avec qui il se déplaçait selon l'itinéraire convenu et, ayant vérifié si besoin était, le refilait au caissier Tarakanov. Celui-ci, avec le même genre de dégaine que tous les autres de l'équipe, ne se tapait pas la ronde des itinéraires, on ne le voyait jamais dans la journée. Il n'apparaissait qu'avant le dîner, auquel il participait, mais sans boire, tendant à chaque fois au préalable à Valentin un tas de paperasses portant les chiffres du butin de la journée.

En un mois, La Hache connaissait sur le bout des doigts tous les endroits contrôlés par l'équipe : les bases, les entrepôts, les magasins et même les échoppes, parmi lesquelles il retrouva celle où dans sa prime jeunesse il avait piqué des Snickers, une ou deux bouteilles, et des couches pour Makarov. Dans les yeux de cette rombière, semblable aux p'tites mères, régnait une horreur éternelle, et lorsque Valentin ordonna à La Hache de faire un grand pas en avant, selon lequel il devait devenir le collecteur des dons, les gorilles derrière lui menaçant ceux qui osaient même renifler, il commença par elle.

Elle ne reconnut pas Koltcha, ses yeux s'écarquillèrent sur les représentants de la vie culturelle et sociale italienne Andreotti et Antonioni, appelé Andreï et Anton dans les masses populaires. Il fut nécessaire que La Hache lui enjoigne de se presser un peu :

– Alors !

Le regard de la marchande se posa sur le mineur, elle eut un sourire contraint et tendit une liasse pliée en deux de petites coupures, manifestement pour faire impression. Après leur tournée ils recomptaient l'argent, c'est pour cela qu'ils marquaient les enveloppes à réception – qui avait remis l'enveloppe et la somme qu'elle contenait – pour voir si ça correspondait ou non à ce qui était dû. La marchande avait tendu l'argent sans même l'envelopper.

Koltcha se tourna vers les gorilles, ils lui firent un signe à peine perceptible des yeux, et il fallut compter les billets avant de les glisser dans le sac de l'encaisseur où figurait le logo Adidas.

Petit à petit La Hache s'habituait et prenait goût à l'argent et sa puissance, mais seulement petit à petit. Il n'était pas si facile pour son âme d'orphelin de rompre avec l'existence indifférente de l'internat, par conséquent il comptait les billets avec une légère répugnance, presque avec aversion. Ils étaient sales, ces signes de chance et de défaite, certains étaient chiffonnés par un trop long usage, d'autres étaient crissants et lisses, innocents et propres comme des enfants inconscients de leurs responsabilités.

En gros, ils étaient étrangers à La Hache, passaient de main en main, et ne lui appartenaient pas. Lui n'était que l'intermédiaire entre cette bonne femme et Valentin, le facteur remettant l'envoi, mais, si une lettre fermée ne suscitait aucun sentiment chez celui qui l'apportait, de l'argent, même pas dissimulé dans du papier journal, avait quelque chose de désagréable…

Il fallait cependant surmonter ça, et Koltcha le surmontait, se contentant de se laver longuement les mains le soir avant le dîner, l'heure tant attendue où Valentin, oublieux de l'argent, prenait la guitare, chantait les premières paroles, « Ce n'est qu'au soir que le bleu se réchauffe », avant de jeter un coup d'œil au visage de Koltcha comme s'il le provoquait – l'avait-il pris en défaut. Alors celui-ci enchaînait, sans se démonter :

– Seules les étoiles allument le ciel…

La détente du soir commençait. Koltcha, qui avait changé de fonction dans l'équipe du chef, faisait peu à peu connaissance avec le Hennessy, le cognac favori de Valentin, et cela servait de signe de reconnaissance, parce que les cinq ou six gorilles dînant avec le chef ne touchaient pas au Hennessy, baptisé boisson du chef, ne goûtant qu'à des vodkas d'appellations diverses et de fabrications multiples.

Koltcha captait encore du coin de l'œil le regard jaloux que lui lançait un des hommes présents. Certes, il ne s'agissait que de coups d'œil furtifs, sans importance, dépourvus de toute menace sérieuse, des éclats d'un léger déplaisir : soit un désaccord avec les caprices aristocratiques du chef ou bien avec le manque d'humilité du débutant sans famille…

Outre l'âge de Koltcha, encore mineur, et son statut d'orphelin, c'était son absence d'origine qui amoindrissait la jalousie des hommes ; ils acceptaient que La Hache obtienne des droits nouveaux, dont on n'avait jamais entendu parler auparavant.

Il devint le premier parmi les quatre ou cinq à parcourir la sphère d'influence. Il prenait l'argent et le jetait dans le sac Adidas après l'avoir compté. Les gorilles se contentaient d'être là en soutien, et Valentin avait écarté toute résistance de leur part d'une simple phrase :

– Il est mineur donc quasi intouchable, dit-il un soir au dîner. Vous, contentez-vous de regarder. Creusez-vous un peu la cervelle. Ça ne s'accommode pas de la même manière, ce sont des plats différents.

Que ce soient les gorilles qui donnent le sac à Koltcha ne le troublait pas du tout. Le principal, c'était qu'il connaisse l'itinéraire, les adresses, les gens et les sommes à percevoir. Et le patron enrichissait beaucoup son vocabulaire.

Koltcha savait à présent comment on désignait l'argent réuni : le tribut, la dot, le pot-de-vin. Ou encore : le gage de sécurité.

– En fin de compte, expliquait le patron, nous portons la responsabilité de leur bien-être et de leur sécurité. Personne ne s'en prend à nos ouailles, personne ne les vole, ils sont sous notre protection. Comme tout labeur, il exige un petit sacrifice. De leur part. Et, ça peut arriver, de la nôtre. Le plus important c'est de préserver le statu quo. Tant que ça dure, tout est tranquille. Et nous touchons, notre tribut. Notre dot. Notre pot-de-vin.

Il éclata de rire de rire effleurant les cordes de guitare. Adressant un clin d'œil à Koltcha, il lui dit :

– N'aie pas peur. Que Dieu nous en préserve, s'il se passait quelque chose, je te sortirais de n'importe quel guêpier. Je mourrai s'il le faut, mais te sauverai.

La Hache était gêné, il baissait les yeux. Il ne voulait absolument pas que Valentin périsse, qu'est-ce qu'il ferait sans lui, sans frère aîné, mais celui-ci poursuivait, parfois en présence des gorilles, et peut-être de leur désaccord muet.

– Tu es mon héritier. À la tête d'une telle affaire, il ne peut y avoir que quelqu'un comme toi. Pas encombré par une famille, une maison ou des enfants. Eux…

Il indiqua les vestes de cuir.

– …C'est autre chose. Se garder d'eux n'est pas un péché. Mais toi et moi, notre père… le vent l'a emporté…

Les gorilles se mirent à jacasser entre eux, mais le patron leur rit au nez.

– Ça va bien, vous autres, dit-il, ne vous plaignez pas. Vous êtes si mal ? Je suis radin ?

– Non, chef, t'es pas radin ! s'écria Antonioni.

– Qui serions-nous à cette heure sans toi ? demanda un des gorilles aux mains et au visage taillés dans le granit.

– Eh oui ! dit le patron en riant, exhibant ainsi tout l'éclat de sa dent en or. Vous n'êtes pas d'accord avec moi ? Sur notre Koltcha ?

– Pour nous, c'est le fils du régiment, dit Andreotti.

– Exact ! le flatta Valentin sans sourire. C'est le fils du régiment. De notre petite troupe.

Il demanda soudain, sans attendre de réponse :

– Et qui se soucierait de lui ? Notre État national ? Il s'est tant que ça soucié de vous ? De vos petites femmes pour ceux qui en ont une ? De vos enfants ? Alors, Koltcha Hachorov, vis heureux puisque c'est comme ça. Secoue le marronnier ! Mets-t'en plein la lampe !

CHAPITRE 10

Un jour, après les cours, Gochman fit son apparition. Koltcha prit peur quand il le vit. Ce brave type avait tellement maigri que le jean tout neuf qu'il mettait sans doute pour la première fois pendait sur lui comme sur un portemanteau.

Ils se donnèrent l'accolade – La Hache avait appris cet usage avec Valentin – et Koltcha entreprit de demander à Gochman ce qui s'était passé. Mais le copain s'y refusa d'un grand geste du bras, se cabra et, puisque La Hache devait faire sa tournée, lui demanda de l'accompagner pendant qu'il était encore temps. Une fois dans la Mercedes, comme si de rien n'était, il dit à Koltcha qu'il était atteint de leucémie.

– Mais ça ne tient pas debout ! dit La Hache. Tu manques de sang ? Il faut manger des fruits, de la viande, je vais t'en payer.

– Non ! répondit Gochman en riant. Je manque de globules rouges. J'ai trop de globules blancs.

– Tu as au moins des globules blancs !dit La Hache en tentant de plaisanter, mais il se troubla, réalisant qu'il n'y connaissait rien.

Ils se turent quelques instants, puis Koltcha posa une question :

– Et qu'est-ce qui va se passer maintenant ?

– Rien.

– Comment ça se soigne ?

– Il faut faire une greffe de moelle épinière. Elle ne peut venir que des parents, frère ou sœur.

Gochman eut un sourire forcé, et agita le bras :

– ... Comme si j'avais des frères !...

Koltcha tressaillit comme sous un électrochoc, il donna même un coup de frein tant il était surpris. L'idée occupa son esprit environ une seconde, et il fut envahi par une sensation de froid terrible. On aurait dit qu'un mur s'était écroulé dans son dos, qu'il s'était retourné et avait contemplé un abîme, un demi-pas et l'on disparaît dans le néant.

Qu'avait dit Gochman ?

– Comme si j'avais des frères !

Et les sœurs ? Et la mère, le père de Gochman ? Où étaient-ils ? Seuls les parents convenaient à cette opération pour donner la moelle épinière au gamin, mais il n'en avait pas. Et Koltcha non plus.

Et ça le frappa : la valise ! Georgi Ivanovitch conservait sa valise à lui. On racontait ça, presque tout le monde en avait une.

Et Gochman ? Vu qu'il était encore pensionnaire de l'internat, il n'avait pas le droit de la regarder. Mais pourquoi ? Et si cette valise contenait une identité quelconque ? Un nom, un papier sans importance ?

Ah... La Hache freina de nouveau et se mit à rouler

moins vite. S'il y avait eu une valise, le directeur n'aurait pas manqué de la lui donner. Pour commencer. Ensuite, on n'y conservait pas de paperasses. Dans les calbombes, il n'y avait qu'un fatras, des babioles, c'était clair comme deux et deux font quatre. Quoi, ils étaient complètement idiots, à l'internat ? Ils fouillaient chaque valdingue dix fois, examinaient le contenu, faisaient des recherches, et rassemblaient tous les fils de l'écheveau à la vitesse d'une machine à coudre pour constituer le dossier personnel…

Quoi qu'il en soit, La Hache ne se mit pas à pleurer, les larmes ne lui vinrent pas aux yeux, il ne renifla pas, et ne dit rien de spécifique à Gochman.

– T'inquiète, mon pote ! On s'en sortira !

Il jeta un coup d'œil à son copain et s'aperçut que celui-ci le fixait avec intensité. Il secoua la tête comme pour s'ébrouer de ce regard qui l'emplissait de confusion, mais en vain, comme si quelque chose d'incompréhensible l'étreignait, quelque chose d'inexplicable, malaisé, inconfortable, peut-être de la honte… Les gens sont brusquement plongés dans un état inhabituel, qui surgit d'eux et autour d'eux, une illumination, par exemple, susceptible de les entraîner vers quelque chose d'essentiel, de décisif, de courageux, une sorte de clairvoyance, dissipant le brouillard de l'invisible et de la fausseté, un vague épuisement, le trouble, l'hypothèse et souvent la prédiction de ce qui arrivera forcément, qu'on le veuille ou non…

Le trouble, l'amertume, un pressentiment écrasant pesait sur Koltcha. En proie à la honte, il comprenait clairement que cette hypothèse avait trait à Gochman, mais aussi à lui-même, et ce qui le concernait l'agitait plus et l'effrayait plus que ce qui concernait la vie de Gochman.

Il était entièrement consumé par ce trouble intérieur. Son maillot de corps était trempé, quand il aborda l'internat avec son véhicule.

Émacié, presque transparent, méconnaissable par rapport à sa précédente incarnation, extraordinairement bouffie, Gochman serra la main de Koltcha, en précisant qu'il vivrait encore trois semaines « à la maison », c'est-à-dire à l'internat, avant de retourner à l'hôpital, et il sortit de la Mercedes.

Avant de céder le volant à Andreotti, La Hache se rendit à l'endroit prévu pour la collecte en faisant un détour. Il se déplaçait, parlait, si nécessaire comptait l'argent dans cette apesanteur mystifiée, quand on vit soi-disant comme d'habitude, mais qu'on ne sent plus rien en réalité, ni ses bras, ni ses jambes, ni son corps, et que les paroles qu'on prononce semblent lointaines.

Pendant presque toute sa vie consciente, Koltcha avait contemplé ces p'tites mères éméchées avec étonnement, puis avec mépris, n'établissant jamais de liens entre celles-ci, semblables à des pingouins, et lui-même, mais il était tout à coup lumineux que Gochman avait en toute hâte besoin d'une de ces bonnes femmes. Une mère. Pour qu'elle lui ramène un frère ou une sœur. L'existence de Gochman, sa durée sur terre, dépendait, semblait-il, d'une mère maudite. Où était-elle ? Où s'était-elle enfuie ? Quel droit avait-elle de disparaître ?

Quant à lui… qui était-il ? Soit, il méprisait les p'tites mères, toutes identiques. Et que se passerait-il s'il devait subir des épreuves telles que celle de Gochman ? Qui allait voir Gochman à l'hôpital ? Georgi Ivanovitch le directeur ? Dacha la Rombière ? Même si elle y allait, généreuse et bienveillante, cela suffisait-il pour s'en sortir, ce qui était vital pour Gochman ?

Koltcha mêlait à contrecœur son sort et celui de Gochman. La façon dont il se mettait à la place de Gochman, et inversement, était pour le moins brumeuse, tout ça était étouffant, lourd à porter, sans issue.

« Et si je meurs, pensa Koltcha pour la première fois de sa vie en se posant la question, qui viendra au cimetière ? »

Koltcha et Gochman s'emboîtaient comme des poupées russes, ils différaient comiquement par leurs dimensions, et leurs vêtements n'avaient rien à voir, mais ils avaient été destinés par une volonté quelconque pour vivre l'un dans l'autre, se ressembler non pas extérieurement, mais par un destin malicieux. Construits, unis par une force invisible, ils se brisaient dans une vulnérabilité identique…

La Hache ne put se soigner qu'avec un verre plein de Hennessy. Il rentra en grâce à ses propres yeux, entendit, tandis que s'effaçaient ses hallucinations apparues avec Gochman, sa malédiction.

Il n'avait pas faim, mais quelque chose s'échappa de lui, un cri, on bien un gémissement, et Koltcha après son deuxième verre, sans savoir pourquoi entonna précisément cette chanson. Valentin ne la connaissait pas, il feuilleta fiévreusement le livret, mais ne réussit pas à la trouver assez vite. Il se tut rapidement.

Koltcha chanta seul, sans accompagnement, sa voix était l'une des meilleures du pensionnat, ce qui ne signifiait pas qu'elle était bonne, mais seulement puissante, perçante, tranchante chez les gamins. Il faut remarquer que, lorsqu'un gamin chante, un gamin solitaire d'une quinzaine d'années, que prenant conscience soudainement de sa malédiction sa voix s'emplit de désespoir, il ne chante plus, il crie, parfois d'une voix rauque, sans aucun sentiment, sans espoir, sans amour, ce qui donne le frisson, quelque chose de sourd et d'incompréhensible, mais de familier à ceux que la douleur a marqués.

À travers le brouillard nocturne, sous le ciel obscurci
J'entends plus clairement des cigognes le cri
Le cœur se rue vers, volant de si loin,
De pays froids, des steppes mises à nu
Voici qu'elles volent si près, sanglotant, sonore, buccin
Comme si des nouvelles funèbres par elles parvenues
D'un pour vous inhospitalier pays,
Cigognes, avez-vous volé pour passer la nuit ici ?

Valentin avait depuis longtemps instruit les gorilles de ne pas se goinfrer pendant qu'on bouffait, ils se taisaient même maintenant tandis que seul le gamin chantait, sans être accompagné par le patron. Mais il chantait de telle manière, comme un sanglot, comme si son âme se déchirait et s'enrouait, bien qu'aucune larme n'embue ses yeux, avec un désespoir si inintelligible qu'il effrayait même ces mecs sans pitié.

Je connais ce pays où le ciel est impuissant,
Où la terre refroidit, et le suaire m'attend
Où dans les forêts dénudées hurle un vent déprimé
– Soit ma terre natale, soit le pays de mes aînés.

Il y avait encore un couplet à cette chanson et Koltcha l'entonna, en baissant la tête, pas pour les hommes adultes assis tout autour de lui, mais pour lui-même ; pour la première fois, parce qu'il fallait qu'il se dise quelque chose, il ne trouvait pas ses propres mots. Cette étrange douleur débordait de lui, à travers les paroles d'une chanson écrite par un sage. Ce n'était pas une chanson – mais le cafard.

Il leva la tête et vit des larmes dans les yeux de Valentin. Les gorilles avaient la tête penchée.

Il était tout de même quelqu'un, il parlait même d'eux.

CHAPITRE 11

Après cette soirée, Valentin loua un studio pour La Hache.

Koltcha essaya de lui dire que ça ne lui servait à rien, mais le patron se mit à rire et lui répondit de ne pas refuser les cadeaux. La Hache ne se calmait pas, il n'était plus dans son assiette lorsqu'il imaginait passer la nuit tout seul, il fallait y réfléchir… Il n'avait jamais passé une nuit solitaire de toute sa vie. Mais Valentin ne voulait pas réfléchir, s'obstinait. Lorsque Koltcha tenta de lui dire pour la cinquième fois, qu'il n'avait pas besoin d'un appartement, il se mit en colère :

– Pourquoi crois-tu qu'il t'appartiendra ? Il sert aux affaires c'est tout. Tu y seras de garde, tu piges ?

La Hache ne pigeait rien, mais se tut, habitué à attendre que tout s'explique de soi-même.

Le studio que lui loua le chef appartenait à une femme solitaire et était installé pour plaire à une femme. Sur un grand lit laqué s'élevait une pyramide d'oreillers, et le divan était orné de broderies en tissu blanc ; la table de toilette était couverte de bimbeloterie purement féminine – de petits éléphants, de petites poupées de porcelaine, divers flacons et autres abominations. C'était absolument étranger à La Hache, qui trouvait vague et repoussant tout ce qui n'était pas nécessaire à la vie, mais ne faisait que la décorer. Koltcha ne reconnaissait que ce qui était utile. L'utile se concentrait dans la cuisine, propre quasiment jusqu'à la stérilité. En entrant dans le studio pour l'examiner avec Valentin, La Hache décida en son for intérieur que tout était bien comme ça, si c'était ce qu'exigeait le patron, mais qu'il dormirait sur le divan dans la cuisine, sans toucher ni au lit qui ressemblait à un tombeau hindou, ni à la table de toilette, ni à la table étincelant de laque comme un piano de concert. La cuisine et le divan lui suffisaient amplement, et il vivrait ainsi pour ne pas souiller les tapis étendus partout sur le sol.

Valentin ne lui ordonna toutefois pas de déménager du foyer de l'institut pour l'instant, et Koltcha, en s'installant, ne déménagea dans son nouveau domicile que sa belle « balalaïka », parce qu'il craignait constamment qu'au foyer on ne la lui vole.

Certes, on devinait au foyer qu'il ne serait pas sans danger de voler La Hache et on ne touchait pas à ses possessions les plus visibles. Mais de ce côté de la barricade, on ne sait pas toujours ce qu'on pense de l'autre.

Au foyer, il avait toujours son lit, et après le déjeuner, par exemple, il passait dans la chambre, s'allongeait à sa place, sans défroisser l'oreiller en partant, comme s'il venait de sortir de la pièce pour se rendre à proximité. Mais il passait la nuit dans un nouvel endroit.

Quelques soirées de suite, Valentin le raccompagna en voiture après le dîner, c'est-à-dire que le chauffeur de service ne déposait pas le patron en premier, mais commençait par Koltcha. Le chef se comportait de façon étrange. Il lançait de fréquents regards à La Hache en parlant de tout et de rien et il semblait à chaque fois à Koltcha que le chef cherchait à découvrir quelque chose à son sujet.

Mais quoi ? Koltcha était depuis longtemps coquille vide, c'est-à-dire que Valentin n'ignorait plus rien de lui.

Puis La Hache découvrit deux valises métalliques. Revenu chez lui un soir, il était assis devant la télé, il buvait du thé en mangeant un biscuit qui lui tomba des mains et roula sous le lit entouré d'un rideau de lames d'osier descendant quasiment jusqu'au sol, orné de motifs comme un vêtement de femme. Koltcha se glissa dessous pour récupérer son biscuit et vit, luisant vaguement dans la pénombre, la masse de ferraille, comme dans les films américains – en métal ondulé.

Il regarda les valises, voulut les toucher, mais se retint. Le jour suivant, ça lui trottait dans la tête d'en parler à Valentin, mais il décida de prendre son temps et d'attendre un peu.

Il regardait sous le lit chaque soir, aussitôt rentré chez lui. L'une d'elle disparut tout d'abord, puis la seconde. Ensuite, elles refirent leur apparition chacune à son tour. Bien sûr, ça ne le concernait pas, mais à la réflexion il décida qu'on ne devait pas le prendre pour un gosse en bas âge. Il fallait comprendre qu'il connaissait l'existence des valises. Mais si cela appartenait à la propriétaire qu'il n'avait jamais vue. Et alors ! Si des gens allaient et venaient chez lui en son absence, emportant et rapportant des valises, et qu'il en était le gardien, de quoi s'agissait-il ? Était-il là en sentinelle ou non ? Gardait-il quelque chose, ou bien ça n'avait rien à voir ? Et si c'était Valentin qui l'avait désigné à cette fonction, devait-il lui en parler ?

Lorsqu'ils se retrouvèrent seuls tous les deux dans la voiture, Koltcha demanda à Valentin :

– Je suis responsable des valises ?

– Non. Mais n'en parle à personne !

– Je me tairai, répondit Koltcha.

Ce soir-là Valentin monta de nouveau dans le confortable studio, et la conversation se poursuivit.

– Elles contiennent de l'argent, dit le patron en tirant sur une Pall Mall.

Koltcha n'exprima pas la moindre surprise.

– Beaucoup d'argent, continua Valentin en jetant un coup d'œil inquisiteur à La Hache.

Ayant retourné dans sa cervelle toutes les possibilités, et surtout spectateur assidu de films étrangers, celui-ci s'y attendait : il ne pouvait s'agir que d'argent. Ou de pierres précieuses. Mais d'où seraient-elles sorties ?

– Ce n'est pas dangereux ? se permit-il de demander.

– Très dangereux, répondit le patron. Mais c'est la moins dangereuse des options dangereuses : les garder ici, près de toi. Je pense, poursuivit-il en parlant plus lentement, qu'on penserait à toi en dernier.

Il se tut, et Koltcha comprit tout. Plus aucune question ne lui venait à l'esprit. Alors, Valentin lui dit les choses suivantes :

– J'ai plus confiance en toi qu'en tous les autres. Le plus important, c'est que tu ne dises rien à tes copains de l'internat. Et ne crains rien, tu n'es pas responsable de ces valises. Je suis le seul à en répondre. Et c'est temporaire, jusqu'au printemps.

Il approcha sa chaise de La Hache en lui tendant une main ouverte et la referma sur les doigts de Koltcha. Il déclara :

– Je te destine à un rôle particulier. Tu sauras lequel plus tard. Pour l'instant, reste toi-même. Ne change pas. Tu me plais comme ça. Taciturne. Renfermé. Certes encore un peu cave…

Il lui mit une tape sur la joue.

– On achètera peut-être cet appartement, je le mettrai à ton nom. J'en ai besoin, tu comprends ? Et toi aussi.

Il se leva et arpenta sans bruit les tapis moelleux. Il dit sans regarder Koltcha, comme s'il donnait des ordres :

– Je t'explique un peu plus. Tu es à présent passé par le cycle entier. Tu connais notre travail, les adresses, les gens, les enjeux. Je ne tiens pas à être racketteur toute ma vie. Nous changerons bientôt de spécialité. Et tu ne passeras pas toute ta vie à collecter le tribut. Nous trouverons quelque chose de mieux. De plus réfléchi. De plus gai. Et de plus solide. Par conséquent tu dans l'ombre à présent. Tu redeviens simple chauffeur. La dernière roue du carrosse. Mais en réalité la seconde.

Il se rassit et fixa Koltcha.

– Mais tais-toi. Pas un mot aux gorilles ! Excuse-moi d'avance, mais je dois maintenant changer d'attitude avec toi. Je vais te rudoyer. T'engueuler. Mais n'y fais pas attention. C'est toi que j'aime. Tu es mon bras droit. Tu es mon héritier, s'il m'arrive quelque chose tu seras le seul à tout savoir. Tu as compris ?

Koltcha écarquillait les yeux en direction de Valentin. Il l'aimait plus encore. Ils parlaient de choses dangereuses, peut-être terrifiantes. Il ne comprenait pas tout et ne s'insurgeait pas, Valentin lui expliquerait en temps utile.

Un certain trouble envahit de nouveau La Hache. Mais à présent son pressentiment portait des vêtements de couleurs vives – ils brillaient d'or, de rouge et de bleu. Ce qu'évoquait le grand Valentin était secret et dangereux, certes, mais à qui faire confiance, si ce n'était à lui. Et peu lui importait d'être la dernière roue du carrosse. Qu'il en soit ainsi, il roulerait pour son chef, pour son frère.

Mais celui-ci parlait très sérieusement. D'une confiance au plus haut degré. Le genre de discours qui pousse à se lever. Et à saluer, posant la main sur la casquette.

Depuis longtemps, il était clairement le soldat de Valentin. Mais voilà qu'on lui expliquait qu'il allait devenir l'adjoint secret du chef. Et si Valentin était colonel, cela signifiait qu'il était commandant. Ce n'était pas si simple, pas du tout un jeu d'enfant. Les militaires étaient responsables les uns devant les autres, et le commandant répondait de ses devoirs au colonel.

Le plus effrayant, le plus impardonnable chez les militaires, c'était la trahison. Un militaire ne trahit pas son armée. Le seul châtiment alors était l'exécution par fusillade. Mais si ton colonel, ton commandant est aussi ton frère, alors quel était le châtiment ?

Alors, il en était ainsi.

C'était la pire de toutes les trahisons.

Le frère devait abattre son frère le traître.

Koltcha était prêt à y faire face et à payer. En l'acceptant, il avait conscience de la voie dans laquelle il s'engageait. Valentin fumait sans discontinuer en parlant. Et il ne fumait ses cigarettes qu'à moitié. Il les allumait, puis les écrasait. Il était nerveux. Il ne plaisantait pas, il disait la vérité, il s'inquiétait.

Puis il s'approcha de la porte, se retourna vers Koltcha, le serrant brusquement dans ses bras. Avec force. Il lui dit de nouveau :

– Je t'aime et j'ai confiance en toi. Tu es le type le plus sûr que j'aie à ma disposition.

Quelque chose en Koltcha s'égarait, se contractait, glapissait, mais il tenait le coup.

En le lâchant, Valentin se mit à rire. Il dit :

– Et je t'ai mis à l'épreuve. Bravo. Tu n'as même pas touché aux valises. Une maîtrise de soi digne d'un agent secret !

CHAPITRE 12

Il l'avait baptisé agent secret ! Possédant la maîtrise de lui-même !

Cela agitait Koltcha. Et l'obligeait à penser ne serait-ce qu'un peu à ce qu'il était. En était-il vraiment ainsi ? Peut-être ne s'agissait-il pas de maîtrise de soi, mais de crainte, de refus de fourrer son nez où il ne fallait pas ? Ou de l'habitude entretenue à l'internat : ne rien faire sans ordre, naviguer dans le courant. De toute façon, tu n'es pas totalement responsable de toi jusqu'au bout. C'est l'internat, l'État, ou encore quelqu'un d'autre qui répond de toi.

Il avait entendu un jour une bonne femme, envoyée d'une commission quelconque pour étrangler Georgi Ivanovitch, dire d'une voix de stentor dans le hall « Les enfants de l'État ! Les enfants de l'État ! » Koltcha avait alors pouffé et pensé que cette bonne femme faisait partie de l'Inspection automobile. On y séparait les voitures en deux catégories, étatiques et privées. Cette bonne femme de l'Inspection automobile, c'était sûr, ne dirigeait pas seulement les autos, mais aussi les enfants, et elle savait qu'il existait des enfants de l'État, comme ceux de l'internat, dépourvus de parents, et des enfants privés.

Tout le monde savait que les voitures portant les immatriculations d'État des flics étaient moins prudentes, roulaient plus vite et donc avaient plus d'accidents, et que personne ne se lamentait sur ces bagnoles bonnes pour la casse comme se lamentaient les automobilistes ordinaires à la moindre éraflure sur leur capot. Pourquoi ? Parce que leur voiture – c'était la leur, mais elle appartenait à l'État – on la réparait toujours pour une somme ridicule, et si on ne la réparait pas on la remplaçait – le préjudice n'était pas bien grand.

C'est ainsi que le gardien Nikodime expliquait certaines phases essentielles de la vie, en fumant des Canal Bielomor, des cigarettes tombées désormais en désuétude, et en donnant des exemples qu'on n'apprenait pas à l'internat.

Qu'on le veuille ou non, ça passait dans le sang, et les mômes avaient éprouvé plus d'une fois la condescendance de l'État à leur égard, à la différence de ceux qui avaient des familles. S'ils péchaient devant les adultes ceux-ci agitaient le bras : « Ah, les mômes de l'orphelinat ! »

Malédiction ! On avait depuis bien longtemps rebaptisé l'orphelinat, maintenant internat, mais comme avant on les appelait orphelins, ce qui leur conférait certes une liberté supplémentaire, justifiée par une sorte d'inviolabilité, mais tout autant par la négligence, le manque de respect. Les éducateurs et Georgi Ivanovitch le répétaient, pour que les gamins ne soient pas ébranlés, ne s'écartent pas du droit chemin, ne deviennent pas des voyous, mais soient éduqués, nourris par un État bienveillant, s'il était possible. Et la patrie ne les égarait pas et les emmenait vers des lendemains meilleurs.

Répétons-le : Ces discours s'éteignaient avec le temps, mais ils restaient vivants dans les esprits des enfants tant qu'ils ne s'étaient pas effacés tout à fait, même chez ceux qui étaient sortis de l'internat, par exemple La Hache.

À présent, essayant maladroitement de réfléchir sur lui-même et ses actes, il souriait, admirant la générosité de Valentin, et se renfrognait, parvenant à la conclusion qu'il avait obtenu ces éloges indûment, que son ami frère et patron avait confondu l'habitude prise à l'internat de ne pas se mêler des affaires d'autrui, mais de continuer sa route, sans violer les règles tant que c'était possible, ce qui signifie un long chemin, sans accélération brutale, sans forcer le moteur, tout ce que l'État pardonne en réalité. Mais voilà, à quoi ça tient, personne ne le sait…

Cependant dissuader Valentin eût été indigne, et La Hache alla plus loin par inertie, comme le lui avaient prescrit les sermons de l'internat.

Et le patron, ainsi qu'il l'avait annoncé, changea brusquement.

Un soir, regardant le gamin, il étala du caviar noir sur un morceau de pain blanc et le lui tendit. Lorsque Koltcha se détourna, tout de même prêt à prendre ce qu'on lui offrait, il lui reprit le morceau de pain et lui adressa certaines paroles à voix haute, en jurant sans mesure.

Surpris, La Hache frémit, mais, se souvenant de leur conversation, se mit à sourire.

– Voilà un drôle de gus ! lança le patron, et en plus, il se permet de sourire !

Puis il ordonna à Koltcha d'aller s'asseoir ailleurs.

Dans la pièce, le silence se fit, mais les gorilles digéraient le changement surprenant pour leurs têtes massives au cou de taureau. Il sembla néanmoins à Koltcha qu'ils attendaient ce moment, car tous s'animèrent à l'unanimité, se mirent à parler, trinquèrent, le collectif des experts en une seule spécialité s'échauffa, trinqua, – cessant d'être éberlué par des chansons ou des mots inconnus, ou par le respect artificiel sans aucune justification pour ce gamin, ce jeune chiot.

Koltcha mangea, riant en son for intérieur, ou plus exactement tentant de le faire, parce que ce n'était pas tout à fait aussi simple, se faire réprimander, gifler en public, savoir que ce n'était qu'une mascarade, rien de sérieux et faire semblant d'être peiné. Finalement, il était peiné pour de bon. On lui avait fait subir une vexation en public. Et ça soulageait tout le monde, visiblement. D'autre part, personne n'avait pris fait et cause pour Koltcha. Ce qui signifiait qu'ils ne le feraient jamais. Tous prenaient au sérieux son changement de place à la table, le fait qu'il passe à l'arrière-plan et qu'on annule la séance de chant.

Koltcha mangeait, tête basse, perturbé, s'exhortant en vain à ne pas se contracter. La réaction des gorilles, sans lui porter un coup véritable, l'égratignait. Ces hommes taillés en armoire à glace aux gros doigts écartés en éventail l'enjambaient sans s'émouvoir. Hier encore ils lui demandaient les paroles des chansons pour mêler leurs voix à celle du chef, avoir l'air dignes. Aujourd'hui, c'était comme s'il n'existait plus. Il avait disparu sans disparaître, il était mort sans mourir.

La Hache leva les yeux quelquefois, cherchant les yeux de Valentin, mais celui-ci regardait ailleurs. Le lendemain, Koltcha était de nouveau au volant de la voiture.

La seule chose qui le consolait… C'était qu'il conduisait de nouveau sa Mercedes favorite, qu'il entendait une musique en sourdine, respirait la bonne odeur du cuir et des cigarettes de luxe. Andreotti et Antonioni étaient assis à l'arrière, mais ils s'adressaient maintenant à Koltcha avec désinvolture, sans toutefois franchir la frontière invisible qui sépare les subalternes des supérieurs.

Le cœur de Koltcha battait à un rythme régulier. Si Valentin l'avait baptisé agent secret, c'est ainsi qu'il devait se comporter. Il se souvenait de Tikhonov dans le rôle de Stierlitz[1], s'efforçant de se glisser dans sa peau, la différence tenait à ce que les gorilles n'étaient pas ses ennemis. Il devait juste se planquer en lui-même, rétrécir, se faire chétif insecte sans aucune importance comparé à eux.

---

1. Stierlitz, espion soviétique infiltré au plus haut niveau de l'état-major SS pendant la Seconde Guerre mondiale et héros de la série culte *Dix-sept moments de printemps*.

CHAPITRE 13

Ce soir-là, ils étaient sur leur trajet habituel, la radio jouait un air en sourdine, et les deux « Italiens » étaient assis à l'arrière, sortant comme prévu aux endroits définis. Le sac Adidas s'emplissait d'enveloppes et de liasses entourées de papier journal, sans que Koltcha y prête la moindre attention. Lorsque les gorilles descendirent de voiture, il se figea.

Ce genre de moment arrive parfois : l'homme contemple un point précis, se pétrifie, sa respiration se fait plus lente – comme s'il dormait, reprenant ses forces.

C'est peut-être pour ça que La Hache manqua quelque chose et ne s'alarma qu'avec un certain retard.

Ce qu'il avait loupé s'imprima en lui comme le son produit par deux bouchons de champagne ou deux coups de canne sur un matelas poussiéreux. Il s'étira, s'installant plus confortablement, il n'avait pas coupé le moteur conformément aux règles en vigueur. La Hache le fit tourner un peu plus vite.

Ensuite, sa vision latérale repéra qu'Andreï traînait Anton. Celui-ci avançait encore, très faiblement en appui sur ses jambes. Koltcha se tourna vers eux, il lui sembla tout à coup que la rue s'était obscurcie alors qu'on était à la mi-mars et que le crépuscule était déjà tardif.

Le premier réflexe de La Hache fut de bondir hors du véhicule pour venir en aide à ses compagnons, mais il se souvenait des instructions et se contenta de se retourner pour leur permettre d'ouvrir la porte arrière droite. Andreï l'ouvrit en grand, haletant, grondant, se mit à pousser Anton, mais on ne les appelait pas gorilles pour rien. Anton était large et lourd, alors son équipier l'enfourna dans la Mercedes par morceaux : d'abord le tronc, ensuite les jambes. Une fois qu'il avait installé son équipier sur le siège arrière, Andreï s'assit près de Koltcha. Le moteur ronronnait déjà impatiemment, la vitesse était enclenchée, il suffisait d'embrayer. Koltcha lança la voiture comme dans le manuel. La Mercedes bondit telle une grenouille et s'envola dans la neige rose du printemps, projetée sur le côté par ses pneus…

Andreï avait de la peine à retrouver son souffle. Il n'avait pas le sac Adidas et répondit à la question muette de Koltcha :

– C'est la guerre !

Ils fonçaient dans les rues qui s'obscurcissaient, et le souffle rauque d'Anton se faisait entendre sur le siège arrière.

– C'est la guerre, répéta Andreï. On ne tire pas tout de suite, en principe.

Koltcha n'avait pas besoin de lui pour savoir que, lorsque surgissait un désaccord entre bandes, on se réunissait pour parlementer et trouver un accord de paix.

Mais on se mettait à tirer quand on ne parvenait pas à s'entendre. Le monde des hors-la-loi, bien qu'à la marge, était ordonné par des règles précises, il ne fallait pas croire qu'il était dirigé par des sauvages. Si l'on se mettait à tirer sans avertissement, c'était mauvais signe, ce n'était pas un simple désaccord, mais un problème d'un autre ordre.

Tout ce qui suivit alla très vite, rien d'effrayant, comme si c'était naturel…

Le souffle rauque s'était éteint sur le siège arrière, Andreï ordonna à Koltcha de s'arrêter, et celui-ci freina en douceur pour ne pas faire d'embardée : grâce à Dieu, il avait des pneus neige. Andreï sauta hors du véhicule, ouvrit la portière arrière, se colla à Anton, jura, revint à sa place. Il se remit à jurer.

– Quoi ? demanda Koltcha.

– C'est fini ! répondit Andreï.

Il extirpa un téléphone portable de sa poche intérieure, composa un numéro et obtint le patron au premier essai.

– Anton est parti, rapporta-t-il.

À l'autre bout du fil, on demanda où l'incident s'était produit. Andreï répondit :

– Au garage.

Puis il demanda :

– Où est-ce qu'on le transporte ?

Ayant reçu les indications nécessaires, il répondit, comme à la guerre :

– Fin de communication.

Refermant le portable, il se tut un instant avant de reprendre :

– Arrête-toi devant le cinéma. Descends de voiture et rentre chez toi.

La Hache rentra chez lui. Il se lava longuement les mains au savon, pour se nettoyer de quelque chose.

Vers trois heures du matin, Koltcha se réveilla, parce qu'on l'observait dans le noir.

Il sursauta, frissonnant, mais ce fut la voix douce de Valentin qui s'éleva dans l'obscurité.

– N'allume pas la lumière. La voiture est à l'institut. On a lavé le sang, mais tu vas acheter un bon détergent et le passer sur le cuir et les tapis de sol. Ne va nulle part tant que je ne te l'autorise pas personnellement.

Il fumait, et un gros point orange brillait dans les ténèbres.

– Quand j'étais enfant, dit-il, mon père dessinait des lettres dans l'obscurité, m'apprenant l'alphabet. Tu peux le faire. Lire ?

Et se mit à écrire des lettres orange dans l'air.

Koltcha sourit dans le noir, il ne savait pas qu'on pouvait discuter en silence à l'aide d'un bout incandescent de cigarette.

Valentin dessinait les lettres et La Hache les lisait.

Et le message était le suivant :

« L'APPARTEMENT EST À TOI ».

TROISIÈME PARTIE

VAINS EFFORTS

CHAPITRE 1

Il n'était jamais allé en voyage d'affaires, mais il avait l'impression d'en revenir. Ce qui avait changé était sorti de sa vie parce qu'il était ailleurs, occupé à autre chose, était de retour, avait retrouvé son importance. Les maîtres-artisans de l'atelier, Vassili et Ivan, les enseignants perpétuellement en désaccord, les deux Piotr, Sergueï et sa frange s'enroulant sur son front comme une chenille – tout avait retrouvé sa place de façon stupéfiante, emplissant de nouveau l'espace et la vie, repoussant dans les coulisses ce qui occupait tout l'horizon la semaine précédente.

Seule demeuraient la Mercedes lavée et briquée de fond en comble, garée dans un coin, et les clés de contact pesant dans la poche. Tout le reste, comme un trouble fugace, se cachait dans l'ombre, disparu, envolé.

Valentin ne se montrait pas, les gorilles ne faisaient aucune apparition. Koltcha n'entendit parler d'aucun meurtre. Il dormit même au foyer une ou deux fois, mais il ne se passa rien, il n'y eut aucune conséquence : ni bonne, ni mauvaise.

Sans toutefois le repousser, l'appartement rempli de coussins, le sien, ne lui plaisait pas beaucoup. Il ne parvenait pas à penser qu'il en était propriétaire : cela lui demandait encore un effort, il ignorait lequel. Koltcha ne comprenait pas grand-chose, mais il ne croyait pas sérieusement à cette histoire d'appartement. Comme si ça ne le touchait pas. Mais qu'il en soit ainsi, si ça arrangeait le patron.

L'anesthésie – c'est ainsi qu'on désignait l'insensibilité à la douleur obtenue grâce à des injections, des cachets ou l'inspiration de gaz spéciaux avant une opération – de l'internat fonctionnait parfaitement. Koltcha se surprit en train de penser à répétition que la mort d'Anton ne l'avait pas du tout effrayé. Et il ne s'agissait pas d'une mort banale, c'était un assassinat. En se creusant un peu la cervelle, n'importe qui se serait senti pour le moins mal à l'aise. Premièrement c'était une attaque pas ordinaire, deuxièmement Andreï aurait dû se faire descendre lui aussi, troisièmement ils auraient pu se faire tuer tous les trois, y compris La Hache.

Mais Koltcha ne se perdait pas en conjectures. La deuxième et la troisième hypothèse lui vinrent à l'esprit, sans toutefois l'effrayer. Franchement, même en roulant dans la Mercedes avec Anton à son dernier souffle sur le siège arrière, il n'avait pas perdu le contrôle de ses émotions. Et ce souffle rauque ne l'avait pas terrifié parce que, pour une raison ou pour une autre, tout cela lui semblait très habituel.

Le ciel ne s'était point illuminé d'un rouge lueur de cauchemar, le moteur de la voiture n'avait pas été secoué par des soubresauts de tension, les mains de La Hache n'avaient pas tremblé d'incertitude.

Tout était précisément comme d'habitude. Peut-être qu'en l'occurrence Andreï avait été d'un certain secours en faisant sortir Koltcha du véhicule, et n'avait-il pas déjà vu de nombreux épisodes de ce genre ? Quoi qu'il en soit, il n'avait pas eu peur.

La quiétude de son entourage participait sans doute à cela. La vie autour de lui poursuivait son cours ordinaire, dans lequel La Hache considérait à nouveau les petits détails revenus au premier plan.

Certains d'entre eux étaient agréables. Dans le groupe Koltcha se distinguait des autres, mais à présent, on ne se tenait pas simplement à l'écart, on le craignait. La Hache l'avait remarqué auparavant, mais occupé par son travail il n'avait pas beaucoup fait attention à ces changements d'attitude. Ces changements étaient fondamentaux et durables, et même Sergueï le Requin, dangereux avec ses nageoires affûtées, s'écartait méticuleusement en frôlant la Hache. En revanche, le gros poisson tyrannisait toujours les carpes, parmi lesquelles on trouvait les deux Piotr.

Koltcha ignorait ces transformations. Bien entendu, la raison principale était respectable, il ne dormait presque plus jamais au foyer. Quand il le fit malgré tout une fois ou deux, contre la volonté du patron, il comprit que Piotr le Maigre et Piotr le Gros servaient véritablement de laquais à Sergueï. Peu habitué à s'émouvoir, il s'était tu la première fois et la seconde, décidant d'éviter une situation épineuse : les Piotr et leur avarice paysanne ne lui inspiraient aucune sympathie.

Mais Sergueï l'Abruti les maltraitait trop ouvertement. Ils mettaient la table pour lui le soir, et il exigeait encore de la bière. Le pouvoir sur Koltcha lui avait échappé, il avait pris les Piotr en otages.

Passant la nuit au foyer après le meurtre d'Anton, La Hache enregistra les nouvelles règles de leur chambre. La seconde fois, se taisant encore, il s'en émut intérieurement. Le matin suivant, lors d'un interclasse, il s'approcha des Piotr en train de fumer dans l'escalier. Ils accueillirent son approche en baissant les yeux, le regard éteint. Koltcha se souvint comment Sergueï l'avait maltraité peu de temps auparavant, mais avec l'aide des Piotr, et il ne s'attendait pas du tout à ça. À présent, le pouvoir avait changé de camp. Il était maintenant incarné par le maigre Koltcha, dont le puissant Sergueï cherchait les faveurs. Il était clair que La Hache, derrière lequel se profilaient les vestes de cuir, était susceptible de se souvenir des vexations.

Koltcha se mit à fumer en leur compagnie, puis il leur proposa de jouer à l'ancien jeu de l'internat. Ils sourirent en l'écoutant, mais ils avaient peur. Koltcha était là pour l'instant, mais demain il serait ailleurs, et ils resteraient seuls face à l'Abruti. Et dans la même chambre. Mais Koltcha était incapable de s'en empêcher : il avait envie de jeter Sergueï à bas du piédestal sur lequel il s'était lui-même juché, ne comptant que sur la faiblesse des autres. C'était le premier signe de lâcheté. Celle-ci sourdait d'ailleurs de lui sans se cacher.

À sa propre stupéfaction, Koltcha l'attrapa par le cou, plaçant ses mains en arrière du menton et demanda d'une voix indifférente :

– Tu sais où se trouve la base du crâne ?

Sergueï bêla et se débattit sans parvenir à se débarrasser de Koltcha. La Hache se pencha vers lui et dit :

– Une petite torsion sur le côté, et tu es mort.

Sergueï balbutia :

– Lâche-moi, lâche-moi !

On entendait la terreur dans sa voix.

Koltcha ôta les mains de sa gorge et s'écarta. Un groupe entier l'entourait, et La Hache vit leurs yeux s'emplir de crainte.

Il n'y avait pas ici d'enfants de chœur, et ceux-ci n'apprenaient pas la mécanique, mais ils ne le regardaient ni avec approbation, ni avec contentement – La Hache avait réagi avec sévérité. Ce qu'exigeait la situation.

Le jour même, Sergueï déménagea dans une autre chambre du foyer où il avait, selon les témoignages des deux Piotr, une conduite des plus discrètes.

Mais Koltcha se sentait plein de dégoût. Il semblait que l'internat serve d'excuse à tout ce qui lui arrivait. Personne ne l'avait jamais soumis à une pression telle que ce Sergueï. Peut-être qu'indépendamment de celui-ci se mêlait à cette attaque ostentatoire un ressentiment contre les humiliations, telles que celles qu'il avait lui-même infligées à Sergueï ? Possible. Toutes les justifications étaient disséquées dans l'esprit de La Hache, mais son âme était la proie d'un cafard écrasant. L'attitude de Sergueï avait depuis longtemps évolué à son égard, la crainte et la lâcheté l'étouffaient, mais La Hache n'était pas devenu plus fort, ce n'était pas de lui qu'on avait peur, mais des adultes derrière lui. Il avait donc utilisé la crainte suscitée par autrui…

Les deux Piotr – le costaud et le maigre – s'abaissaient devant lui, l'invitaient à partager leur dîner, lui promettaient de lui payer de la bière et de la vodka. Plus ils étaient serviles, plus Koltcha se dégoûtait, plus il compatissait avec le lâche Sergueï.

Parmi tous ses tourments, il reconnut soudain un mensonge.

Ce mensonge était honteux.

Il aurait été juste de se sentir coupable devant un homme bon, mais Sergueï n'entrait pas dans cette catégorie. Pourtant il avait honte d'avoir châtié cette brute imbécile.

Tout était confus dans l'esprit et dans le cœur de Koltcha. Il n'avait pas l'habitude des équations où tout était mensonge et camelote…

CHAPITRE 2

Une semaine et demie plus tard, Valentin fit son retour dans la vie de La Hache d'une manière très étrange. Après les travaux pratiques à l'atelier et une toilette légère, Koltcha mit le cap sur son appartement. Il trouva la porte entrouverte, les meubles changés de place et les coussins entassés dans un coin. C'était Zinanda la coiffeuse qui présidait à tout cela. Vêtue d'une longue robe d'intérieur, elle nettoyait de petits objets sur la petite table de toilette en parlant avec deux hommes d'âge incertain. Ils refaisaient le sol à l'ancienne place du lit. Koltcha comprit aussitôt de quoi il s'agissait bien que les deux valises ne soient nulle part en vue. En creusant un trou pour les cacher, les artisans avaient enlevé une masse de béton qui devait être recouverte de rondins auxquels on clouerait les planches du parquet.

Ils n'avaient pas l'air de se soucier du sens de leur travail et parlaient de choses et d'autres. Zinanda n'eut pas la moindre réaction de surprise en apercevant Koltcha et elle l'obligea à traîner des seaux pleins de gravats dans la benne à ordures de la cour.

Les artisans avaient déjà terminé leur boulot, plaçaient les rondins au sol, les poussant plus bas pour pouvoir poser le parquet sans que la moindre dénivellation trahisse la cachette. Après cela, ils aidèrent La Hache à sortir les gravats. Bien que la coiffeuse ne les presse aucunement, attendant qu'ils finissent leur boulot avant de les rétribuer si généreusement qu'ils sortirent le derrière en avant, multipliant les courbettes pour Zinanda en l'appelant patronne, le travail avait été vite expédié.

Elle se comportait bien en patronne, ordonna de remettre le lit à sa place, montrant précisément à quel endroit, frappant les oreillers avec assurance en les posant. Elle avait l'air de se sentir chez elle. Koltcha pensa que c'était sans doute à elle que le patron avait acheté l'appartement. Il n'en avait aucune preuve en dehors du comportement de la coiffeuse.

C'est avec toujours autant d'assurance qu'elle ouvrit l'armoire près de la fenêtre, où La Hache n'avait jamais risqué un coup d'œil ; elle en sortit une serviette propre, un caleçon, et un maillot de corps, emportant tout à la salle de bains, et ouvrit l'eau en hochant la tête vers Koltcha avec un sourire :

– Allez, lave-toi.

Il entra dans la salle de bains et vit que l'eau était bleue et pleine de mousse. Il voulait demander à Zinanda ce qu'elle y avait ajouté, mais il se ravisa : la coiffeuse s'y connaissait de toute façon.

Koltcha se déshabilla, pénétra dans l'eau qui avait un parfum piquant. Il en avait jusqu'au cou. Il se souvint des occasions où Valentin l'emmenait se faire couper les cheveux chez Zinanda, qui lui composait une coiffure véritable, traçant une raie impeccable, renforçant le tout avec de la laque, tandis que ses tétons pointaient sous la blouse.

La Hache ferma les yeux et se mit à sourire soit en raison du caressant parfum qui montait de l'eau mousseuse, de la chaleur qui pénétrait toutes les parties du corps, soit en raison d'une vision ancienne le perturbant plus que l'assassinat d'Anton.

La Hache pensa au gorille. Un sort inhumain. On avait tué un homme et écarté Koltcha de tout. Il ne savait même pas où on l'avait enterré et qui était présent ce jour-là. Et que savait-il au fond sur Anton, que le patron appelait Antonioni comme le metteur en scène italien ? Absolument rien. Un gorille. Comme tous les autres. Chacun d'eux menait une autre vie, à part du boulot, sans vestes de cuir. Sans doute avaient-ils des parents, voire des femmes et des enfants. Valentin y avait fait allusion. Mais La Hache n'avait jamais vu ni femme ni enfant, comme s'ils n'existaient pas, comme si le bavardage à leur sujet – des allusions vagues et contraintes – touchait quelque chose d'irréel, des souvenirs. Anton n'évoquait aucun souvenir. Il parlait très peu, pas une phrase cohérente, pas une seule proposition un peu longue. Il avait fait son apparition en silence, et sa disparition passait inaperçue. Et il était mort de telle façon qu'on aurait pu croire qu'il était parti régler une affaire et allait revenir d'un instant à l'autre.

Koltcha prit une grosse inspiration, plongea la tête sous l'eau autant de temps qu'il puisse le supporter, la ressortit à la surface. Il songea qu'il en était de même pour lui. Il ne savait rien d'Anton, mais que savait celui-ci sur lui ? Et que savaient sur lui les autres gorilles ? Qu'il venait de l'internat ? Qu'il chantait ? Qu'il savait conduire bien qu'il soit encore mineur ? Qu'il avait été distingué par Valentin ?

Et il eut un coup au cœur : il avait peut-être été distingué parce qu'il n'était personne. Même si derrière ce mot se dissimulaient les premières syllabes de son prénom et de son nom, il n'était vraiment personne. Comme cet Anton. Disparu, mort et enterré.

C'était tout ? Il ne savait pas pour Anton – après tout il avait peut-être des proches, mais lui, La Hache ? S'il subissait le sort d'Anton, qui le rechercherait ? L'internat ? Il n'y était plus. L'institut technique ? Le directeur n'était ni chair ni poisson. Les enseignants Vassilievitch et Ivanovith ? Ils se contenteraient d'une déposition à la milice. Qui le chercherait ? Insisterait, pleurerait, se plaindrait quelque part ?

La Hache était assis dans l'eau bleue parfumée couverte d'une mousse transparente, son corps était décontracté, réchauffé, mais quelque chose d'autre, incompréhensible faisait irruption dans cette chaleur. Il se tendit, pétrifié tandis qu'il creusait l'amère vérité.

Zinanda entra sans frapper, silencieusement, à moins que sous le poids de son énigme Koltcha n'ait rien vu, il vit ses mains tenir l'éponge, s'ébroua, mais bondir hors de la baignoire était idiot. Il se plaignit, cherchant à résister, mais la coiffeuse lui frottait déjà les omoplates d'une main ferme, lui courbant le visage à la surface de l'eau.

– Ne crains rien, dit-elle en s'esclaffant. Fini de vivre comme un chien !

Puis elle lui lava la tête avec d'adroits mouvements de coiffeuse, elle fit la remarque qu'il y avait longtemps qu'il n'était pas venu la voir, ne s'était pas fait couper les cheveux et que, s'il adoptait une coiffure, il fallait l'entretenir en permanence.

Zinanda se tourna vers le lavabo, se lava les mains jusqu'aux coudes, avant de se retourner vers Koltcha

– N'aie pas peur, tu es plongé tout entier dans la mousse.

Elle disparut, alors La Hache retrouva sa respiration, se détendit et secoua la tête. Il se frotta la poitrine avec l'éponge, se leva, se rinça.

Il mit longtemps à se décider à sortir de la salle de bains – comment allait-elle le regarder, que dirait-elle ? Mais elle était peut-être déjà partie – c'était la meilleure solution. La présence de la coiffeuse était incompréhensible. Valentin ne pouvait-il pas louer les services d'un homme pour superviser le boulot ? Le lui confier à lui ?

Visiblement non. Avec cette idée pas des plus originales, Koltcha se peigna devant le miroir et sortit dans le couloir. La chambre était éclairée par des lumières tamisées alors que la cuisine était illuminée. Koltcha s'y dirigea.

Zinanda portait la même longue robe d'intérieur couvrant ses jambes, mais elle s'était recoiffée, maquillée. Elle était assise contre le mur devant une table de dimensions moyenne rouge vif couverte d'assiettes pleines de mets divers. Deux verres remplis d'un blanc liquide étincelaient.

– On mange ? demanda la coiffeuse en levant son verre.

Koltcha se jeta sur cette idée, elle le sauvait de cette salle de bains où Zinanda lui avait savonné le dos et la tête, sans qu'il l'ait demandé ou autorisé, trinqua rapidement et avala l'alcool.

Touchant à peine à la nourriture, ils burent un second, puis un troisième verre. Ce ne fut qu'à ce moment-là qu'il sembla à Koltcha qu'en lui quelque chose ralentissait, puis s'arrêtait. Il examina attentivement la coiffeuse, établit qu'elle ne le regardait pas, fixant son assiette, mais qu'en revanche elle ne portait rien cette fois encore sous la robe d'intérieur, et se tournait volontairement pour qu'il puisse la voir sous toutes les coutures.

Ses cheveux étaient blancs et propres, comme sa peau, et elle donnait l'impression d'une créature prenant soin d'elle-même ; sa poitrine était légèrement découverte, tendant la robe, et entièrement blanche. Koltcha se consumait intérieurement, il voulut dire quelque chose, mais n'y réussit pas, de sa gorge ne sortit qu'une phrase misérable prononcée d'une voix rauque :

– On boit encore un verre ?

– Tu ne vas pas t'écrouler ? dit-elle d'un ton protecteur, la voix assurée et sachant de quoi elle parlait, toujours sans lever les yeux vers lui.

– Non, répondit bravement La Hache, sentant qu'en réalité cette table rouge couverte d'assiettes, ce buffet, cette cuisinière à gaz et la replète Zinanda commençaient à lui faire tourner la tête.

Ils burent, Koltcha prit une rondelle de saucisson moelleuse, mordit dedans, en observant la coiffeuse minutieusement.

Pour ses quinze ans, c'était une vieille ! Vingt ans de plus que lui, selon toute probabilité. Peut-être vingt-cinq. Mais elle était appétissante. Et il ne savait pas quoi faire, comment se conduire.

– Bon alors, demanda la coiffeuse d'une voix sereine. Tu as essayé ne serait-ce qu'une fois ? Avec des jeunes filles ?

Koltcha fut de nouveau consumé d'un feu intérieur. Il prit son courage à deux mains, réfléchit à la façon de répondre. Finit par dire la vérité. La tête lui tournait.

– Ça se voit, constata Zinanda.

Elle ne quittait plus La Hache des yeux. Comme si elle avait une idée derrière la tête.

– Les garçons dépucèlent les jeunes filles. Mais c'est moi qui vais te dépuceler.

Et elle éclata de rire. Puis elle se leva lentement du tabouret, prit Koltcha par la main et l'entraîna dans la chambre. Le lit était défait, Zinanda y conduisit Koltcha et tira sur la ceinture de sa robe d'intérieur.

La pièce tournait déjà devant ses yeux, mais elle se mit à tournoyer sur un rythme plus rapide encore.

CHAPITRE 3

Valentin fit son apparition le soir suivant.

Koltcha s'était réveillé seul ce matin-là, avant cinq heures.

Il avait fait le tour de l'appartement sans trouver le moindre signe d'une présence féminine. Ni robe d'intérieur, ni tube de rouge à lèvres, ni même un élastique pour attacher les cheveux. Comme s'il avait rêvé Zinanda la coiffeuse. Un jour gris et ennuyeux s'étira ensuite tant bien que mal, sur toute la route Koltcha dut résister au sommeil, et après les cours il ne se rendit pas à l'atelier, mais rentra à la maison.

Ce qui le réveilla au soir, c'était la lumière allumée, au-dessus de lui Valentin le regardait. Lorsque La Hache tressaillit, il sourit et agita la main.

– Vas-y, dit-il en riant. Reprends tes forces.

Puis après une pause il demanda :

– Comment était mon petit cadeau ?

– Lequel ? demanda La Hache en se levant.

– Ah t'es un numéro, toi ! T'as pas compris, jeune chien ! Zinanda ! Il faut bien un jour arrêter la diète.

De nouveau Koltcha fut la proie de ce feu intérieur.

– Ne rougis pas, ça m'est arrivé aussi ! dit Valentin en riant. Mais souviens-toi du cadeau. Penses-y, ne m'oublie pas.

Sans plus regarder Koltcha, il se tourna, empoigna les valises métalliques sur le seuil, elles pesaient visiblement lourd, il les apporta dans la chambre. Ensuite, il tira le lit métallique. La Hache l'aida à soulever le couvercle de la cachette, à y déposer les valises argentées. Lorsqu'ils eurent tout remis en place, Valentin lui ordonna d'un regard d'aller s'asseoir sur le divan. Il s'installa en face sur un fauteuil. Lui offrit une Pall Mall, et tira une bouffée de la sienne.

– Bon maintenant, dit-il, tu es responsable de ce chargement. Demain on fera une nouvelle serrure. Il n'y aura que deux clés. L'une d'elles est à toi. Tu la porteras autour du cou. Voilà comment.

Il tendit à Koltcha une chaînette de métal.

Ils se turent. La Hache ne posa encore une fois aucune question, sachant que le patron lui cracherait le morceau en cas de besoin.

– Bon, puisque tu manques autant de curiosité, écoute !

Valentin n'arborait pas sa dent en or, et le regarda attentivement, un peu tristement.

– Règle numéro un : n'essaie pas de tout savoir. Je suis le seul à vraiment tout savoir, et c'est pour ça que c'est plus dur pour moi. Lorsqu'il y a quelque chose que tu ne sais pas, c'est une inconnue qui ne te prend pas la tête, pigé ?

Koltcha hocha la tête. La chaleur s'accumulait en lui,

mais il était choqué par les paroles de Valentin à propos du « cadeau ». On pouvait donner des femmes en « cadeau ». Pour être utilisées. Provisoirement. D'accord…

À l'internat, on avait pas mal avalé de saletés – petits aspirateurs. On savait s'exprimer comme des poivrots invétérés. Et leur vie d'enfant passée leur avait appris à digérer les vilénies humaines sans pousser de cris d'orfraie – ils étaient eux-mêmes les enfants du mal. Mais La Hache n'avait jamais entendu parler d'un truc pareil : faire cadeau d'une femme.

Valentin se doutait qu'il choquait le gamin en faisant cette révélation. En l'examinant de son œil de loup, il calculait où il lui fallait emmener le louveteau. Non, ce n'était pas un levreau qu'on poussait par jeu dans une certaine direction, pour, l'ayant définitivement effrayé, d'une légère pression sur la mâchoire l'étouffer et le jeter en l'air déjà crevé, son sang jaillissant encore, s'arrêtant bientôt, avant de le découper en morceaux, mais un louveteau – sa progéniture, peut-être son élève, en un mot un membre de la meute qui devait s'incliner devant les plus vieux, mais se comporter bravement face aux créatures d'une autre engeance, connaître le danger, savoir le contourner sans bruit et sans un signe, marcher en deuxième ou troisième position derrière la mère expérimentée et plus âgée, tout en gravant dans sa mémoire les aptitudes de la meute, sa morale et ses lois.

Valentin, fauve adroit et puissant, contemplait calmement avec amour et même tendresse son jeune protégé, qui était perplexe. C'était l'état le plus favorable pour qu'il franchisse quelques obstacles difficiles, qu'il avance dans une éducation complexe, parce que, quand un jeune est perplexe et pense à autre chose, il lui est plus facile de faire face à un nouveau risque, un nouveau danger, sans y réfléchir.

– Les options sont les suivantes, égrena lentement Valentin comme s'il fendait au merlin un bois friable, mais tout de même assez dur. Premièrement : ils nous écrasent. Je te le répète, je t'en ai déjà parlé, tu seras le dernier auquel ils songeront. L'intervalle ne sera pas long, mais il y en aura un avant qu'ils ne pensent à toi. Pendant ce temps, tu prendras la voiture et planqueras les valises. Deuxièmement : mutinerie dans nos rangs. Peu probable, mais je m'occuperai de tout moi-même. La pire : ils se débarrassent de moi par surprise. Alors tout passe sous ta responsabilité. Il faudra que tu t'en sortes avec habileté. Ensuite, que tu règles les comptes et payes des tueurs à gages. Ce n'est pas facile. Cela exige qu'on te forme. Tu apprendras.

La Hache se taisait, écoutait, gravait dans sa mémoire, pour se souvenir ensuite de ces instructions, à la phrase, au mot près, tout savoir par cœur.

– Tout ce qui restera, prends-le pour toi. Ce n'est pas le trésor de guerre collectif[1], tu comprends ? Tout est à moi. Mais si on arrive à s'en sortir, on ira ensuite nager dans d'autres courants. Tu iras en fac de droit,

1. Le mot russe est *obschak*, le trésor du milieu auquel chaque parrain verse son obole, servant aux besoins des détenus, aux situations de crise, confié au truand le plus en vue du moment et objet de guerres criminelles sans fin.

ou d'économie. Tu deviendras le dirigeant d'une organisation quelconque.

– Laquelle ?

– N'importe laquelle. Magasins, entreprise du bâtiment, banque. Il ne faut pas que tu disparaisses. Sinon, c'est la fin de tout. Bats-toi mec, apprends tant que tu es en vie. Nage !

Il se tut, alluma une nouvelle cigarette. Poursuivit.

– Et ne crains rien. Je ne t'envoie plus sur le terrain. Je nommerai pour ça des suppléants. Anton n'est pas mort tout seul. Trois d'entre nous ont souffert. Dans un but prophylactique. Ils viennent d'une autre ville… Mais le commanditaire n'est pas loin, on va le dénicher. Quelqu'un veut une part de notre domaine, nous ne sommes plus seuls en ville.

La Hache prêtait non pas l'oreille, mais les deux. « Trois d'entre nous ont souffert », avait-il dit. Ils avaient été assassinés aussi ? Le patron entendait toujours les questions muettes, un flair de loup.

– N'aie pas peur. Ce genre de pertes ne va pas nous effacer. On va prendre d'autres mesures contre les coupables. Et le commanditaire va payer plein pot. Ainsi que l'exécutant.

Valentin se leva, arpenta la pièce, et demanda soudain :

– Tu ne veux pas faire des recherches pour retrouver ta mère ?

– Quelle mère ?

– La tienne !

La Hache était secoué, il s'était passé trop de choses depuis vingt-quatre heures.

– Pour quoi faire ? demanda-t-il tout d'abord, et sans attendre la réponse il dit non.

– Allez, allez, dit Valentin en riant. Je connais un endroit où ça peut se faire. On y va. Bon, si tu ne veux pas… rien de grave.

Il traîna un Koltcha protestant faiblement dans la rue, s'assit au volant de la Volvo.

Le printemps planait sur la terre, accélérant sa marche avec ses ruisseaux dorés et tintinnabulants, ses gammes d'oiseaux, ses vents tièdes. Les blessures humaines et leurs tristesses ne concernaient pas le printemps, ni la richesse, ni la misère, mais seuls le vrai et le faux – la prédestination de tous. Et cela recelait une vérité incompréhensible.

Pourquoi est-ce que c'était pour tout le monde pareil ? Pourquoi les déshérités ne jouiraient-ils pas ne serait-ce qu'un peu plus des caresses du soleil et du goût sucré de la neige qui fond ? Pourquoi ne pas priver les méchants des douceurs de la nature ? Que les branches des saules chargées de feuilles ne les saluent pas avec bienveillance, que la lueur des ruisselets frémissants ne leur communique point un sentiment de bonheur …

Mais non. Pour une raison ou pour une autre, c'était pour tout le monde pareil, tout le monde avait droit au bonheur plein d'espoir du renouveau de la nature.

CHAPITRE 4

C'était un long bâtiment de deux étages qui avait dû avoir son heure de gloire, dont le plâtre jaune paille s'écaillait à présent, situé aux confins de la ville. On arrivait à l'entrée en suivant une allée bordée de tilleuls. Les arbres se dressaient comme de puissantes colonnes noires au-dessus desquelles des branches nues s'entrecroisaient, constituant une sorte de toit qui devait protéger le passant de la pluie en été.

La Volvo roula jusqu'à l'entrée même par ce corridor, s'arrêta. Après quelques instants d'hésitation, Valentin demanda à Koltcha de l'attendre.

Il entra dans le bâtiment, et ce n'est qu'à ce moment-là que La Hache prêta attention à l'écriteau bleu où était inscrit en lettres blanches « Crèche de la ville ». Malgré lui, son cœur battit un peu. Koltcha ricana. Valentin était naïf. S'il lui avait posé la question personnellement, Koltcha lui aurait rapporté mot pour mot ce que lui avait dit Georgi Ivanovitch. Maria Ivanovna Hachorova. Et juste un trait pour le nom du père. Rechercher son père n'était peut-être pas inutile, mais sa mère ? Elle n'était certainement plus de ce monde. Si elle avait été vivante, même la dernière des clochardes, elle l'aurait trouvé depuis longtemps, aurait fait son apparition dans la cour où venaient les p'tites mères à demi saoules, toutes du même genre aussi morne.

Koltcha était maintenant en possession de son acte de naissance, qui ne dormait plus au fond d'un tiroir d'administration comme autrefois. En plus de sa pièce d'identité. Sur laquelle ne figurait aucun parent. Et pour quelle raison, Valentin avait-il résolu de venir ici sans lui demander son accord ?

Il réfléchit une minute, puis s'installa au volant, mit le contact, fit demi-tour remonta l'allée jusqu'au bout. Que Valentin sache ce qu'il pensait de tout ça. Il se rassit du côté passager, et soupira.

Dix minutes plus tard, le chef s'écria en ouvrant la portière :

– Qu'est-ce qui t'arrive ?

– Rien, répondit La Hache sans méchanceté.

Tout son ressentiment s'était évaporé entre-temps.

– Bon, ramène la voiture où elle était et viens avec moi. Tu as quelque chose à entendre.

– Je ne veux pas, faillit lâcher Koltcha, mais il se soumit aux ordres en voyant les yeux métalliques du Blond.

Il se remit au volant et ramena la voiture devant l'entrée. Pendant le trajet, La Hache se souvint de Dacha la Rombière : la cuisinière lui avait dit près de sa maison plantée de travers :

– Va à la maternité.

Il ne l'avait pas fait. Et voici que Valentin l'y traînait.

Il soupirait, obéissant encore à une volonté étrangère. Il en avait toujours été ainsi. D'abord à l'internat, il fallait vivre au rythme des ordres : « Debout, on y va, en rang ! », et à présent il ne s'agissait pas d'un ordre, mais tout de même du souhait de quelqu'un d'autre. Il n'avait rien demandé. Il n'avait aucun besoin de ça…

On entendait des voix enfantines, venues des profondeurs du bâtiment, pleurs ou gloussements. Valentin entra dans une pièce où une femme était assise. Elle ressemblait à Zinanda, quoique brune et un peu plus âgée. Sinon, tout était semblable : silhouette corpulente, grosse poitrine, jambes lourdes. Maquillée à la dernière mode.

– Vous savez, commença-t-elle tout de suite, poursuivant visiblement un dialogue interrompu, nous ne gardons rien chez nous, on transmet tout à l'internat.

Puis elle s'adressa à Koltcha.

– On a gardé ton acte de naissance, c'est bien ; et quoi encore ?

– Rien d'autre, répondit-il, troublé.

– Qu'est-ce qu'il y a d'inscrit sur l'acte de naissance ? Seulement la mère ? Comment s'appelle-t-elle ? Son nom ?

Koltcha lui répondit. Elle se mit à réfléchir.

– Ça ne s'invente pas un nom comme ça. Je ne suis pas ici depuis longtemps, il faudrait interroger des anciens, ils se souviendraient peut-être… Ça arrive…

Puis elle proposa enfin :

– Restez là.

Ils restèrent assis près du mur, et La Hache examina la pièce. Dans les placards s'alignaient des jouets de bonne qualité, manifestement d'importation étrangère. Sur les murs s'étalaient des calendriers et des affiches. Sur une petite table trônait un vase de cristal avec des fleurs et sur une autre un petit samovar et un tas de boîtes de bonbons bariolées. Dans le dos de la directrice, un réfrigérateur finlandais de marque Rosenlev ronflait discrètement, et aux fenêtres frissonnaient des rideaux roses taillés dans un joli tissu. L'endroit était bien décoré, sans faute de goût, et la directrice elle-même était habillée avec soin : sa robe décolletée sur sa poitrine abondante était tissée de fine dentelle noire, visiblement onéreuse et de qualité supérieure ; elle portait des bagues aux doigts des deux mains.

Comme une Gitane, songea Koltcha avant de se reprendre aussitôt : les bagues des Gitanes étaient petites et pas chères, celles de la directrice étaient grandes et ornées de pierres précieuses. Comment était-ce possible : le directeur Georgi Ivanovitch portait le même costume depuis des années et même les jours de fête, avec sa veste grise et sa cravate bleue, il semblait à peine mieux habillé que Nikodime le gardien. Et il ne possédait absolument aucune richesse en dehors de ses livres, tout le monde la savait à l'internat. Il avait même cessé d'acheter des livres quand leur prix avait augmenté.

À ce moment-là, la directrice gitane entreprit d'expliquer comment les enfants arrivaient dans son établissement.

– Tout d'abord…

Elle agita un gros doigt bagué.

– … Il y a ceux qui sont refusés par leurs mères. Il nous faut alors une déclaration de celle-ci avec son identité et son autorisation de séjour en ville. Il n'est pas difficile de les retrouver. Ensuite, ceux qui sont abandonnés. Ils donnent lieu à tous les fantasmes ! Ou bien ceux que la milice a trouvés. On trouve un prénom pour l'enfant et on invente le nom de sa mère, de son père. Svetlov, Ognov ! Ça ne va pas beaucoup plus loin.

Elle rit de toutes ses dents, et dans sa bouche brillait de l'or.

– …Mais Hachorov ? Un nom pareil, c'est peu probable. Troisièmement, ceux que le tribunal prend à la mère. Mais là, c'est un monceau de paperasses ! Une décision judiciaire. Un dossier sur les parents. Dans ces cas-là, rien ne reste secret.

Elle s'appuya sur le dossier de son bon fauteuil.

– … Et de toute façon… nous n'avons aucun secret… nous ne sommes pas une base militaire !…une usine travaillant pour la Défense !…

De nouveau elle éclata d'un rire satisfait et plein d'assurance. Brusquement, elle s'adressa à Koltcha :

– Tu veux vraiment retrouver ta mère ?

Cette question idiote le fit frémir, il secoua la tête. Puis il dit :

– Pas tant que ça…

– Voilà un gamin intelligent, s'écria la dame qui s'occupait des enfants.

Dressant l'index comme dans les films américains, comme si elle mettait un point final à la conversation, elle prononça solennellement, détachant chaque mot :

– Cela te décevrait. Tu te sentirais plus seul encore.

S'étant débarrassée de Koltcha, semblait-il, elle se tourna vers Valentin, qui était bien coiffé, sentait l'après-rasage, et était manifestement à l'origine de cette visite.

– ...Bien sûr j'enregistre tout, c'est d'ailleurs déjà fait. Revenez dans trois ou quatre semaines, je demande à notre service compétent, et après déclaration aux archives, comme vous le savez rien n'est simple à notre époque...

– Nikolaï, retourne à la voiture, demanda gentiment Valentin en souriant, et Koltcha sortit dans le couloir après avoir poliment dit au revoir.

Il avait assisté à tant de marchandages de ce type. Combien de fois déjà dans sa courte vie avait-il vu ce genre de bonnes femmes dans les endroits protégés par Valentin. Étrangement, les hommes marchandaient moins longtemps, cédaient plus facilement, lorsqu'il était question de relever les tarifs, mais les bonnes femmes portant ce genre de bagouses se mettaient à chaque fois à se plaindre de leurs frais, racontant que les affaires étaient mauvaises et que les prix des fournitures augmentaient. Cette dame à bagouses ne se distinguait en rien des marchandes discutant le tribut. Koltcha, et Valentin percevaient les intonations familières, et le patron, sensible, demanda à son petit frère de quitter les lieux.

La Hache resta dans le couloir. Il prenait déjà ses cigarettes dans sa poche, mais se ravisa et alla non vers la sortie, mais suivit la bande rouge dans le couloir. Les cris enfantins étaient plus sonores, et Koltcha ouvrit une porte blanche. Dans une grande salle claire, des lits de bois s'alignaient le long du mur ; pareils à des cocons blancs, ils contenaient des nourrissons. Aucun adulte n'était présent. La Hache examina les visages des nouveau-nés, qui le contemplaient soit avec surprise, soit avec indifférence. L'un d'eux – ou l'une d'elles, comment savoir – le regarda en souriant, comme s'il reconnaissait un parent, et Koltcha claqua sa langue, hocha la tête pour la saluer. La créature rose découvrit ses gencives sans dents, se réjouissant sans savoir de quoi, agitant la tête en réponse sans le quitter des yeux tandis qu'il passait de lit en lit.

Les cris décrurent un peu, sembla-t-il. Les nouveau-nés vivaient selon leurs propres règles et la présence d'un adulte n'influait pas sur leur comportement. Certains dormaient, d'autres s'égosillaient, le fixaient ou fixaient le plafond indifféremment, et là quelqu'un s'écria :

– Comment êtes-vous arrivé ici ?

Il se retourna. Une femme se tenait devant lui, une seringue à la main, sans doute une infirmière, accusant encore une ressemblance effrayante avec Zinanda, sinon que ses cheveux rouge vif s'échappaient de son bonnet blanc amidonné.

Koltcha écarta les mains.

– Par hasard, j'ai jeté un coup d'œil et je les ai salués.

La bonne femme se radoucit, eut un petit rire.

– Bonjour !

Et une idée simplissime et effrayante vint à l'esprit de La Hache, il savait avec certitude ce qu'il en était, mais avait besoin qu'on le lui confirme, alors il demanda :

– On les a abandonnés ?

La bonne femme rit de nouveau.

– Rien de grave. On les élèvera. On les nourrira.

Il n'y avait chez elle aucune surprise. Dans ses paroles aucune colère, ni aucune tristesse, rien.

Koltcha sortit dans le couloir, puis dehors. Il alluma une cigarette. Valentin n'était toujours pas là. Le chef sortit plus tard, après avoir négocié le montant du pot-de-vin avec la directrice. Elle se tenait devant la porte, bienveillante, avec un sourire de contentement, elle haussa les sourcils en voyant la Volvo, exprima son respect. Valentin, ça se voyait immédiatement, était empreint de gravité. Mais il ne dit rien. Il marqua juste une pause, indiquant le volant à Koltcha. Lorsqu'ils s'éloignèrent, il se racla la gorge, souffla, et forçant un sourire de contentement, s'écria :

– Et dire que tu avais peur !

Koltcha continua à rouler.

Au bout de l'allée, une silhouette de vieille courbée par deux filets à provisions.

– Freine, ordonna le chef.

Lorsqu'ils furent au niveau de la vieille femme, Valentin demanda poliment :

– Petite mère, on vous dépose quelque part ?

– Oh !... se lamenta-t-elle.

Son visage rappelait une vieille pomme de terre ridée au fond d'un garde-manger. Elle répondit :

– Gratuitement ?

– On ne va pas vous demander de l'argent ! s'étonna Valentin en se tournant vers l'arrière et en ouvrant la portière. Asseyez-vous ! Vos sacs sont lourds !

Lorsque la vieille s'assit dans la voiture, il se tourna vers elle et demanda d'une voix espiègle :

– Vous portez quelque chose de lourd ? Vos enfants vous ont chassée ?

La vieille se vexa et s'effraya :

– Vous êtes des SS ?

La Hache se mit à rire, et Valentin répondit :

– Absolument pas, au contraire !

– Heureusement, vous m'avez fait peur !

– Vous travaillez là-bas ? Depuis longtemps ?

– Depuis une trentaine d'années.

– Excellent, la flatta Valentin. Combien de mômes avez-vous élevés ?

– Des multitudes, dit la vieille.

– À quel poste travaillez-vous ?

– Garde d'enfants.

– Vous ne vous souvenez pas d'un certain Koltcha Hachorov, poursuivit le patron.

– Comment voulez-vous que je me souvienne de tout le monde ? C'était en quelle année ?

Valentin le lui précisa, la vieille eut l'air sous pression, comme si elle faisait un effort de mémoire, mais dans le rétroviseur Koltcha vit que, rusée et expérimentée, la vieille simulait devant Valentin.

– Il faut aller voir notre médecin-chef… C'est elle qui a les papiers… Vous en sortiez, je l'ai vu…

– Oui, on y est passés, dit Valentin d'une voix empreinte de déception.

La vieille ne présentait plus aucun intérêt pour lui.

Mais, soudain, il l'interrogea :

– De quoi vivez-vous si bien ? Les bagues ornées de pierres précieuses, les vêtements de qualité, les frigos congélateurs ? D'où vient tout ça, petite mère ?

Mais ces questions ne la troublèrent pas.

– Comment ça, répondit-elle. Des Amerloques viennent nous voir pour adopter les mômes.

Son visage se contracta, et ses rides se multiplièrent.

– … Apparemment ils ne savent plus faire d'enfants, alors ils prennent les nôtres. Et les nôtres, ils sont blancs et forts ; certes il y en a des malades, mais pour les Américains ça n'est pas un problème. Ils ont tous les médicaments qu'il faut. Donc ils prennent nos gamins. Et ils viennent des cadeaux plein les mains, et alors ? qu'est-ce qu'il y a de mal à ça ? C'est bien pour les enfants et pour l'institution où on s'est occupé d'eux.

Ils déposèrent la vieille à un coin de rue, et une dizaine de mètres plus loin, Valentin s'esclaffa :

– Tu es né trop tard, mec ! Sinon les Amerloques t'auraient embarqué ! Et tu serais devenu gangster à New York ! Nicki Hachorov !

Koltcha se mit à rire lui aussi, s'efforçant de faire plaisir au patron. De quoi pouvait bien se charger le chef, rechercher une mère quelconque ?

CHAPITRE 5

Puis ils se séparèrent. Koltcha se mit de nouveau à avoir des ratés, comme il arrive avec un moteur de voiture. Dans le moteur à quatre temps, l'étincelle ne s'allume pas tout à fait, et à la place des quatre temps on n'en a que trois. Le moteur s'étouffe. Comme un homme en manque d'oxygène.

Il savait, et la directrice de la crèche de la ville l'avait confirmé ; quel que soit le nombre de bagues qu'elle porte, si elle était à cette place-là, elle savait que l'entreprise de Valentin était vaine et sans intérêt pour personne. À quoi lui servirait une mère, il avait déjà quinze ans. Et si soudain il la retrouvait ? Quelle serait son utilité ? De quoi parleraient-ils ? Il ne se passerait rien, il étudiait à l'institut technique, et elle ne représentait qu'un fardeau de tristesse superflue.

Il jura en lui-même, rageant contre Valentin. Il ne se calma qu'au soir, comme un ruisseau de printemps retournant dans son lit après les cures.

Il n'y avait rien d'autre à faire que traverser l'épreuve.

Il sortit sans but, désireux au départ d'errer autour

de son appartement, de faire le tour des quatre coins de la rue, de traîner dans son quartier, mais ses jambes le portèrent plus loin. Il avançait sans réfléchir, dépassant portails et fenêtres, sans penser à rien, un pas après l'autre, respirant la fraîcheur du printemps.

La ville nocturne menait l'existence irrégulière des temps présents. Des feux étincelaient quelque part, et sur les murs brillaient les lettres au néon « Bar », qui n'étaient pas russes, et désignaient un bouge quelconque autour duquel grouillaient les épaves urbaines. Plus loin elles cédaient la place à une obscurité crasseuse, sans un seul réverbère. Ensuite luisaient les vitrines de magasins d'alimentation où l'on faisait commerce, même de fringues, où bavassaient une vingtaine de mecs oisifs, en train de se cotiser pour des bouteilles ou simplement de traîner ensemble – une foule déshéritée et nulle vêtue de couleurs vives. Puis, de nouveau, un quartier plongé dans l'ombre.

Les gens normaux préféraient à présent rester chez eux en soirée, même si leur ville n'était ni Moscou ni un autre grand noyau urbain, où, à en croire la télé, on abattait quotidiennement des dizaines de ses concitoyens, innocents et coupables, et où sortir dans les ténèbres était considéré comme risqué. De partout brillaient les lumières des appartements, les gens dînaient, mais les rues étaient vides, bien que loin d'être calmes.

Les chiens aboyaient, des voitures passaient à toute vitesse, les poivrots hurlaient, riaient près des vitrines illuminées. Et pourtant tout était calme, en tout cas c'était ainsi que La Hache ressentait la ville, tout en marchant en bordure des flaques de glace fondue, en choisissant l'asphalte sec depuis la veille, en se déplaçant au hasard dans un état d'hébétude légère.

Il aperçut devant lui une église au perron éclairé. Ses grandes portes à deux battants étaient ouvertes, peut-être que la messe venait de s'achever, les fidèles étaient sortis et on n'avait pas encore eu le temps de les refermer. Koltcha s'arrêta. Au fond du temple un mur d'icônes brillait confusément, les lumignons scintillaient d'une lueur rouge, et quelque chose y convoquait La Hache avec insistance, l'attirant vers ces profondeurs crépusculaires et mystérieuses.

Il ôta sa casquette avant même d'y pénétrer, l'enfonça dans la poche de son blouson de cuir et entra. D'un côté, derrière un plateau plein de livres, d'icônes en carton et de cierges, un vieillard et une vieille femme s'agitaient pour fermer leur commerce. Tous deux avaient les cheveux presque blancs, ce qui leur conférait de la noblesse. Il émanait d'eux quelque chose de bon, rien qui fleure la rue, bien qu'ils s'agitent de façon complètement ordinaire, comme tous les petits commerçants faisant le ménage avant de fermer.

Koltcha leur tendit un peu d'argent pour un cierge et demanda :

– Où est-ce que je dois le mettre ?

– Pour la santé ou l'apaisement ? questionna la vieille dame cessant de s'affairer et l'examinant.

La Hache était gêné. Il voulait simplement mettre un cierge à Dieu ou au Christ. Ou à la Vierge Marie, il en avait aussi un peu entendu parler, elle avait accouché de Jésus. Et il semblait qu'il en aille autrement, pour les cierges. Il haussa les épaules.

– C'est la première fois que tu viens à l'église ? demanda le vieillard, qui ressemblait à un saint.

– Oui, dit Koltcha en hochant la tête.

Il avait envie d'avoir l'air adulte, indépendant, aisé devant ces vieillards et par conséquent leur tendit cent roubles. La vieille dame rassembla longuement la monnaie en billets froissés de dix roubles et petites pièces, mais il n'eut pas pour autant l'air indépendant et adulte à leurs yeux.

– Alors pour qui désires-tu déposer un cierge, petit faucon ? lui demanda la vieille dame. Pour un mort ou un vivant ?

– Pour un mort, déclara-t-il.

– Alors c'est là-bas, où se dresse la croix…

Sous celle-ci il y avait un plateau massif avec des trous pour poser des cierges. Koltcha posa le sien. Il le contempla longuement, fasciné par des dizaines de flammèches vacillantes.

– Comment on l'appelle ? demanda quelqu'un dans son dos. La Hache se retourna brusquement.

Le vieux portait des bottes de feutre et un manteau noir, il le regardait fixement, mais avec confiance, souriant, souhaitant l'aider.

– Moi ?

– Celui pour qui tu mets le cierge.

– Anton, répondit le gamin.

– Prends un crayon, dit le vieux en indiquant le bord du comptoir, un morceau de papier, écris son nom, laisse un peu d'argent, et l'on priera au matin pour ton trépassé... On demandera au Seigneur qu'il accède au Royaume des Cieux...

Koltcha observa scrupuleusement les indications du vieux, s'achemina vers la sortie et remarqua à quel point le vieillard et la vieille dame le regardaient avec compassion. Il haussa les épaules : qu'est-ce qui leur arrive ? Juste avant la sortie il se retourna et resta immobile pendant quelques instants. Il aurait fallu faire un signe de croix, mais Koltcha en était incapable. Il sortit. Bien que Koltcha sache qu'il avait violé une règle quelconque, qu'il s'était comporté de façon obtuse, il se sentait soulagé. Dans la rue, il se retourna une dernière fois. Le vieillard refermait les battants de la porte d'église.

Pourquoi Koltcha était-il soulagé ? Il ne le comprenait pas lui-même. Un certain fardeau avait cessé de peser sur ses épaules, sa gorge n'était plus étranglée. Comme si quelqu'un l'avait poussé dans l'église et lui avait ensuite caressé les cheveux.

Il avait pensé à Anton, mais il était clair que c'était par désarroi. Si c'était pour le repos d'une âme, il ne connaissait qu'un seul trépassé, quant à savoir qui c'était, il ne pouvait rien dire sur lui. Presque rien. En revanche, il connaissait beaucoup de monde en vie. Et de gamins, ne serait-ce que ses trois copains depuis la petite enfance. Et Georgi Ivanovitch – qu'il vive longtemps, vieil homme aux longues jambes, père de deux cent cinquante mômes. Et Dacha la Rombière – au bout du compte, qu'elle traîne ses sacs jusqu'à sa vache domestique, comme la vieille de la crèche municipale, tout le monde en faisait autant de nos jours, pour survivre, s'en tirer, manger soi-même et nourrir les autres. Et Valentin, bien sûr, le guide, patron et frère, dont, honnêtement, La Hache ne savait rien non plus. La prochaine fois, pensa Koltcha, il prendrait dix cierges et les déposerait pour les vivants. Demanderait à Seigneur Dieu, ou au Christ, ou encore au Maître des Cieux une longue vie, la santé et le bonheur pour chacun d'eux.

Il leva les yeux, le ciel s'était éclairci, et des myriades d'étoiles le contemplaient, lui, le gamin sans parents, sans tribu. Soit l'air chaud se soulevait vers la voûte céleste, soit des lointains et de l'immensité infinie les étoiles clignaient de l'œil dans sa direction, s'accordaient avec lui, l'approuvaient, lui promettaient le réconfort.

Sans qu'il sache exactement pourquoi, ses jambes le portèrent vers l'internat et, une vingtaine de minutes plus tard, il avançait, inaperçu, dans les couloirs du dortoir.

Zoïa Pavlovna – qui d'autre – mettait déjà le cap sur son domicile, violant toutes les règles de responsabilité en vigueur. Koltcha franchit le seuil qu'il connaissait par cœur, laissa la porte entrouverte derrière lui, s'appuya contre le mur près de l'entrée.

Il se mit à écouter.

Les portes de tous les dortoirs donnaient sur le grand corridor. Pas très épaisses, elles laissaient passer tous les sons, et Koltcha les connaissait bien : en tendant l'oreille, on entendait les bruits nocturnes émis par les enfants. Les ronflements étaient extrêmement rares à l'internat. La plupart du temps s'élevaient des gémissements, des cris, des pleurs, des geignements.

Les passions dont les pauvres diables d'adultes avaient empoisonné leurs enfants, les malheurs et les souffrances, que les petits avaient injustement traversés se déversaient la nuit pour s'envoler de leurs âmes d'enfants, planer dans le dortoir jusqu'au jour et retourner aux envoyeurs. La peine et la douleur sont semblables aux chauves-souris, sauf qu'à la différence de ces créatures de Dieu elles ne sont ni muettes ni au-dessus des offenses, rien de semblable. La nuit, leurs griffes acérées déchirent la mémoire des enfants, ressuscitant les morts, répétant le passé, comme des doubles martelant dans le souvenir des évènements survenus autrefois.

Ô, si le monde adulte et raisonnable pouvait entendre ces bruits nocturnes ! Et, l'ayant entendu, comprendre et se repentir de ses péchés impardonnables devant le monde des petits qui constitueront très bientôt eux-mêmes le monde des adultes. Et, l'ayant compris, racheter sa faute infinie, protéger ces petits des malheurs et souffrances occasionnés par les adultes.

Koltcha se tenait à l'entrée du couloir où de droite et de gauche s'ouvraient les pièces nocturnes dépositaires des malheurs enfantins, il écoutait les gémissements étouffés, les cris, pleurs et lamentations et les paroles télescopées. Il avait tout déjà entendu durant les huit années de sa vie en ces lieux. À présent, durant ces minutes de conscience aiguë, tout s'enregistrait comme sur une bande magnétique pas très longue qui tournait sans fin, répétant les sons de l'épreuve projetés dans le temps et la force en une unique symphonie de l'accablement.

La Hache ferma les yeux et, plongé dans ses propres ténèbres, demanda brusquement :

« Pourquoi, Seigneur ? Pourquoi tant de malheur et de peine dans un seul couloir ? Pour quelle raison les enfants doivent-ils payer les péchés des adultes ? »

Ces paroles ne sourdaient pas de lui, mais de quelqu'un d'extérieur. Et il ne les prononça pas. Elles planaient dans le silence des gémissements inaudibles.

Il se souvint de la journée, de la grande salle claire, avec ces corps d'enfants. Eux, qui étaient en train de pousser, et lui-même, qui étaient-ils ?

Personne !

Vraiment personne ? Rien ? Nulle part ?

Pour la première fois depuis qu'il était conscient, Koltcha La Hache se mit à pleurer. Le gamin aux yeux sans expression, qui ne cillait quasiment jamais, le jeune homme qui ne voulait pas se cacher derrière les murs de l'internat, la personne sans racine et sans tribu, dépourvue de toute relation familiale, c'est-à-dire dans une solitude absolue et n'ayant jamais goûté au sentiment, pleurait en pensant à lui-même.

À ses copains, aux enfants dont ce bâtiment était l'abri, aux nouveau-nés à l'autre bout de la ville… et à lui-même.

Il se voyait comme un adulte, comme une personne ayant traversé beaucoup de choses. Et cela se résuma à deux mots expulsés dans un souffle :

– Seigneur, aide-nous !

Koltcha essuya ses larmes d'un revers de manche, se dirigea sans hâte vers son dortoir, entrouvrit doucement la porte pour ne pas la faire grincer. Chaque lit était occupé par un môme, y compris celui qu'il avait occupé. Seul Gochman manquait à l'appel « Il doit être encore à l'hôpital », se dit La Hache. Il resta appuyé contre la porte aspira une bouffée de l'air vicié aux relents d'urine, tiède, habituel, un peu amer, mais familier, contempla la pénombre du dortoir d'enfants – déjà à demi adulte, comprenant soudainement sa solitude et celle de tous ces autres, innocents, pupilles d'État, déshérités…

Puis il s'inclina sans bruit et déposa un paquet de sucreries à l'intérieur de la chambrée. La Hache avait acheté une tonne de Mars, de chocolats en chemin, en sortant de l'église. Au matin, quand les gamins se réveilleraient, en courant à la toilette ils buteraient sur le paquet. Et ils pigeraient tous : Koltcha Hachorov les avait contemplés dans la nuit.

CHAPITRE 6

Un jour, Valentin, apparu à son habitude sans prévenir, dans l'appartement de Koltcha, ordonna à celui-ci de préparer la Mercedes dès le lendemain pour un long trajet : de faire le plein, ajouter un bidon d'essence dans le coffre, ne pas oublier ses papiers d'identité et être prêt à quitter la ville pour trois jours, en se faisant porter pâle à l'institut.

Prétendre être malade tout en prenant la voiture au garage, ça n'était pas très cohérent, mais La Hache suivit avec précision toutes les indications du patron. Le chef arriva à six heures moins dix, ils sortirent les valises argentées de leur cachette, les glissèrent dans d'autres valises aux coins renforcés de fibres métalliques et datant de Mathusalem[1] apportées par Valentin et les portèrent jusqu'au coffre de la voiture. Ils ne recroisèrent personne. Le patron perdit quelques minutes à s'en assurer – arpentant la cour, regardant les fenêtres. Puis il s'assit au volant et ils démarrèrent.

---

1. Ces valises métalliques à coins renforcés avaient été produites en masse à l'époque de l'URSS.

La Hache se taisait, conscient que son habitude de rester silencieux était très prisée. Ils ne forçaient pas l'allure, observant scrupuleusement les limitations de vitesse indiquées par les pancartes, traversèrent la ville et arrivèrent sur la route.

Valentin se décontracta, tendit son paquet de cigarettes à Koltcha, en prit une pour lui-même.

– Bon voilà, on va à Moscou, dit-il en soufflant la fumée. Mais nous sommes les seuls à le savoir.

Il considéra Koltcha un instant et demanda :

– Tu es déjà allé à Moscou ?

– Non, et j'ai très envie d'y aller, répondit La Hache.

– Justement ! dit le patron en riant. Mais il y a des plats qu'on ne peut pas cuire chez soi, il faut le faire ailleurs. Il y a différentes façons de faire : en attelage, en bande avec cinq voitures. Et on peut rester discret comme toi et moi. Et c'est, je crois, la meilleure façon.

Ensuite, il expliqua le principal. À Moscou, il laisserait Koltcha tout seul dans un parking payant pendant quelques heures. C'était un parking de confiance, il connaissait les gardiens, mais il était interdit de bâiller et de s'endormir. Lorsqu'il reviendrait, ils iraient dans des bureaux de change échanger leur oseille contre des dollars. On pouvait le faire à la maison quand il s'agissait de petites sommes, mais dès qu'il s'agissait de valises entières il valait mieux procéder ailleurs que chez soi, quelque part où personne ne se souviendrait de qui on était, parce que les employés voyaient défiler des centaines de gens par jour.

L'excitation, peut-être même la nervosité de Valentin, sautait aux yeux, soit en raison du secret entourant cette expédition, soit en raison de ce qui l'attendait à Moscou. Koltcha ne s'étonnait pas, ne cherchant aucune explication superflue, jetant des regards au patron de temps en temps, se posant de nouveau la question : que savait-il de Valentin ? Rien…

Ils avaient fait connaissance par hasard dans le bois de bouleaux, et ensuite il avait pris Koltcha sous son aile. Il ne lui avait rien dévoilé, mais ne l'avait pas non plus chargé de grand-chose en dehors des missions les plus élémentaires. La Hache ne savait même pas où il habitait. Et si les adresses des lieux dont il faisait la tournée pour faire les collectes lui étaient connues, si le patron lui avait expliqué que les sommes collectées étaient les pommes du verger dont le propriétaire comptait plus que tout le reste, Koltcha n'était pas impliqué sérieusement : il ne conduisait aucun pourparler, n'établissait pas les tarifs, ne contrôlait pas les revenus des clients, il se contentait d'aller prendre ce qui était convenu au jour dit. Il servait de courrier, bien qu'il soit flanqué des gorilles. Mais tout ça, c'était du passé. Il n'était à présent qu'une sentinelle, c'était clair.

Et Valentin ? Pourquoi s'était-il rendu avec lui à l'internat avec des cadeaux ? Pourquoi voulait-il retrouver la mère de Koltcha ? Pourquoi l'avait-il emmené ?

Dans le cœur de La Hache, tout se mélangeait. Une fois encore, il fallait en déduire qu'on lui accordait plus confiance qu'à tout autre, mais parce qu'il était aux confins : après lui, il n'y avait personne, il n'y avait rien. En dehors des copains de l'internat – et il ne leur confierait rien, pour les protéger…

Il était seul, ça se résumait à ça. C'est pour ça qu'il était si commode…

Et malgré tout, peut-être qu'il n'en était pas ainsi, peut-être qu'il se trompait et que Valentin l'aimait vraiment comme un frère ? Sauf qu'un frère n'est pas un patron…

– Eh, eh, dit Valentin qui le percevait. Pour quelle raison es-tu plongé en toi-même, mec ? Refais surface !

Une fois de plus, Koltcha s'étonna de la prescience de Valentin, de son pressentiment, de sa compréhension de ce qui se passait chez lui.

– Simplement, comme toi, je suis une pupille de l'orphelinat !

Valentin prononça cette phrase à mi-voix, malgré lui, mais elle retentit comme une détonation. Koltcha le fixa, n'en croyant pas ses oreilles : il avait peut-être entendu de travers ? Le patron éclata de rire.

– Ne me fixe pas comme ça. C'est la vérité !

– Ah, ah…

La Hache allait agiter un doigt menaçant, souhaitant demander pourquoi il s'était tu jusqu'à présent, mais Valentin comprit avant même qu'il n'esquisse un geste.

– Je ne veux pas cracher le morceau devant les gorilles. Ils ne comprendraient pas. Ils ne pourraient que se demander si je ne serais pas en train de craquer. Ils pourraient imaginer n'importe quoi…

Koltcha le regardait sans le quitter des yeux, sans savoir quelle contenance prendre, quelle question poser.

– J'ai fait la guerre d'Afghanistan, et ensuite j'ai failli me faire fumer en Tchétchénie. Tu sais, on a oublié les « Afghans », on a tort. Ceux qui s'en sont sortis sont des durs, ce n'est pas par hasard qu'ils s'allument les uns les autres à la dynamite, ils ne peuvent pas se calmer, ils sont en guerre. Héros, manchots ou culs-de-jatte, ça ne leur suffit pas ! Après la guerre, on veut être vainqueur, voilà le malheur des officiers ! Mais, nous, la soldatesque, on est plus durs encore !

Valentin freina, arrêta la voiture, fit un signe de tête à Koltcha pour qu'il prenne le volant. Lorsqu'ils redémarrèrent, il ajouta, en allumant une cigarette :

– Tu vois, mes mains se sont mises à tressauter. Selon mes souvenirs, on a la gorge sèche, et les mains tremblent, on a envie de boire un bon coup. Mais il ne faut pas. Écoute-moi encore.

Koltcha écoutait, l'œil sur la route, ne jetant que de brefs regards de temps à autre au patron, juste pour s'assurer que celui-ci allait tout lui dire.

– Quand j'étais en Afghanistan, j'ai rencontré des dizaines d'orphelins dans les rangs, en Tchétchénie des centaines. Et des campagnards ! Tous du genre de tes Piotr au foyer, des villageois. Il y avait des citadins, mais moins. Les citadins savent passer au travers, et ça sautait aux yeux : quand la charge est lourde, c'est pour les ploucs.

– Et en Tchétchénie ? demanda Koltcha, sentant que le patron perdait de sa flamme.

– Quoi, la Tchétchénie ? Ce sont des musulmans dans les deux cas. Mais ce sont les nôtres… Un jour ils te tirent dessus, le lendemain ils boivent une bouteille avec toi dans un cabaret russe. Je me suis dit, en quoi on serait pires qu'eux ? Ils rackettent les marchés, ils prennent le tribut des marchands, la moitié du pays leur sert la soupe. En quoi on serait pire ?

Koltcha, trouvant que Valentin restait dans les généralités, demanda :

– Et toi, tu as tué des gens ? En Afghanistan ou en Tchétchénie ?

Il sut aussitôt qu'il allait trop loin, on ne pose pas ce genre de questions, mais le patron eut seulement l'œil qui brille, il ne s'étouffa pas.

– Et alors ? Tirer à l'arme automatique sur une foule ne me fait pas peur. Avec une carabine, quand on vise à la lunette, on dit que c'est complètement autre chose. Ensuite il faut rayer de sa mémoire tous ces cadavres. Mais ce sont des barbus, pas les nôtres.

« On dit » signifiait qu'il n'avait pas tiré à la carabine.

Valentin sembla encore lire dans ses pensées. Il dit :

– Celui qui sait viser à la lunette est un homme fini. Une fois qu'il a tué, il souffre, perd la tête. Et après, il veut recommencer. Encore et encore. Pour finir, c'est un homme marqué à vie.

– Qui était Anton ? demanda Koltcha, plongé dans ses pensées.

– On roule pour le découvrir. Il faut payer. Une grosse somme. Il y a dans cette affaire beaucoup de fils très embrouillés.

Il se tut, manifestement épuisé. Puis il s'endormit. Chaque fois qu'il s'approchait d'un poste de contrôle de police, Koltcha freinait et c'était le patron qui s'installait au volant pour éviter que les flics ne comparent son permis et sa carte d'identité. Lorsqu'on les arrêtait sur la route, le patron tendait ses papiers avec un sourire, discutait patiemment et avec bienveillance. Quelques kilomètres plus loin, Koltcha se remettait au volant, et Valentin répétait qu'il lui fallait garder des forces pour mener des négociations difficiles.

CHAPITRE 7

Évidemment, Koltcha ne participa pas aux négociations et ne vit personne aux côtés de Valentin. Comme celui-ci l'avait expliqué, ils étaient venus à Moscou dans un parking payant, le chef avait discuté avec les gardiens, le verre épais n'avait pas permis à Koltcha d'entendre leur conversation, mais il était clair que le patron était attendu et qu'il y était connu.

Koltcha attendit si longtemps que sa vessie faillit le trahir. Lorsque Valentin reparut, Koltcha partit aux toilettes au trot. Il se maudit d'avoir bu en route.

Valentin ouvrit ses valises, en transféra le contenu secret dans un sac plus petit et disparut une fois encore dans un taxi qui l'attendait. Revenu au bout d'une heure et quelques, il était à la fois songeur et content.

Il rapportait deux gros sacs tièdes de chez Mac Donald's. Avec une curiosité circonspecte, Koltcha s'empara d'un Big Mac, but le Coca-Cola dans un gobelet avec une paille, mordit dans un beignet à la confiture. Valentin rit sans méchanceté de son compagnon, comprenant sans un mot combien celui-ci aimait verser du ketchup sur ce sandwich. Lorsque le festin prit fin, il redevint sérieux et dit :

– C'est carrément dégueulasse, Koltcha ! Ça ne vaut pas des *pelmenis*[1] ! Mais souviens-toi de notre dîner fraternel.

Koltcha hocha la tête, mais il n'était pas d'accord. Tout ce qu'il y avait dans ce paquet lui avait plu, et il en aurait bien repris…

– Bon, à présent, ce sera moi ton chauffeur, dit-il avec un sourire malicieux. Prépare tes papiers d'identité.

Il plongea de nouveau dans la valise, s'empara d'une pochette plastique de liasses de billets de cent serrées par un élastique, et ils roulèrent lentement le long de la rue.

Suivant les instructions du patron, Koltcha remplit ses poches de liasses et entra dans les bureaux de change qu'on trouvait environ tous les cent mètres dans la capitale, où il les changea pour des dollars. Il devait à chaque fois exhiber sa pièce d'identité. Le chef lui avait ordonné de ne pas changer plus de mille dollars à chaque fois, il fallait fréquemment arrêter la voiture.

Koltcha remplissait ses poches d'argent, le changeait, revenait dans la voiture, ils repartaient, et ainsi de suite.

Les caissières – toujours des femmes – avaient des visages différents, mais, cela sautait aux yeux de Koltcha, c'étaient toutes des jeunes femmes. Jolies, maquillées, et pas très méfiantes. La plupart ne regardaient même pas La Hache, il fallait présenter ses papiers et tendre

1. Sorte de raviolis russes.

l'argent un point c'est tout, et seules deux d'entre elles le contemplèrent un peu plus fixement.

Elles étaient toutes les deux beaucoup plus vieilles que les autres et ressemblaient à Zinanda la coiffeuse ! Le même genre de corpulence, bien en chair sans être grosse, le visage ovale : une forme géométrique régulière, menton et front également circulaires, l'absence de pommettes saillantes soulignait l'ovale, signifiant du même coup l'indifférence. Elles ne différaient que par leur couleur de peau, l'une d'elles était rutilante et portait un maquillage de couleur vive, la seconde était pâle, presque livide.

Les deux se comportèrent de la même façon avec Koltcha : elles lui jetèrent un premier regard empreint d'un doute au reste touchant, quasi inexpressif, avant d'ouvrir la pièce d'identité, d'examiner la photo, de lever une nouvelle fois les yeux sur Koltcha et de se rasséréner. Ensuite, ça se passa comme partout ailleurs : l'imprimante crachait le récépissé de l'opération de change, la machine à compter les roubles tressautait, puis les billets s'envolaient de mains agiles. L'oseille, comme disait Valentin avec négligence, en véritable millionnaire.

Koltcha comprit que les deux Zinanda des caisses de bureaux de change l'avaient regardé ainsi, car elle trouvait suspect qu'un mineur soit en possession d'une telle quantité d'argent, mais il avait une pièce d'identité et ça suffisait. Il ne venait à l'esprit de personne de calculer son âge, et il n'existait aucune instruction dans ce sens, fixer l'âge pour acheter des devises à quinze ou dix-huit ans. Il ne s'agissait pas de vodka, il avait une pièce d'identité, il payait la commission.

La journée était claire et agréable, il n'y avait personne dans les bureaux de change, ils avaient des dollars, et ça allait vite. L'humeur de Valentin s'améliorait à chaque fois que La Hache était de retour, il le couvrait d'éloges et lui donna cinq billets de cent à la fin de la journée.

Un tel présent faisait transpirer Koltcha à grosses gouttes, il le refusa tout d'abord, mais le patron ne lui permit pas de s'entêter très longtemps : il fulminait étrangement

Ils passèrent la nuit dans un hôtel chic. Ça faisait même peur. Valentin roula jusqu'à l'entrée scintillante de tous ses feux, mais un portier en livrée framboise et casquette de la même couleur le fit avancer plus loin. Le patron se mit à jurer, et Koltcha vit qu'un véritable bouledogue avançait derrière eux, une longue voiture grise avec une multitude de portières. Le portier se précipita pour ouvrir les portières avec une courbette, aidant de superbes gens de différentes origines et vêtus de pelisses à sortir, notamment des hommes soignés portant des manteaux jusqu'aux chevilles, dont le col s'ornait d'un nœud papillon.

– Eh, Koltcha, s'écria Valentin avec une gaieté désespérée. Regarde comment certains vivent ! En quoi sommes-nous plus mauvais qu'eux ?

Il lui prit sa pièce d'identité des mains, bondit de la Mercedes, contourna les gens sortant de la limousine et disparut dans les lueurs tourbillonnantes, auxquelles les portes intérieures conféraient un éclat doré. Il reparut un instant plus tard, accompagné d'un homme d'un certain âge ressemblant au portier, lui aussi en uniforme framboise, constitué cette fois uniquement d'un pantalon et d'un gilet.

– Donnez- moi vos valises, supplia-t-il joyeusement, mais lorsqu'il en découvrit les coins en fibres métalliques il se tut, prit les valises et les emporta dans l'hôtel.

Koltcha suivait Valentin, et celui-ci suivait le porteur. Ils s'approchèrent de ce qui ressemblait à un comptoir de réception, recouvert du métal doré qui étincelait partout : sur les rampes, les lustres, dans les vitrines bourrées de montres, de stylos, de bijoux pour les dames.

La Hache était éberlué, il semblait que tout le monde le regardait, il y avait autour de lui un monde fou, mais Koltcha n'avait jamais vu de gens de ce genre auparavant : les femmes sorties de la longue limousine ôtaient leurs pelisses à longs poils, découvrant leurs épaules, et leurs mains étincelantes de bijoux se confondaient avec leurs robes dorées tandis que leurs talons claquaient bruyamment sur le marbre. Il lui semblait en reconnaître quelques-unes qu'il déjà avait vues quelque part. Ainsi que deux hommes en smoking et nœud papillon.

Le porteur posa les valises sur un chariot, leur demandant quelle chambre ils avaient réservée. Valentin et Koltcha entrèrent dans l'ascenseur. Ils débouchèrent à l'étage dans un couloir scintillant au sol recouvert de moquette, puis une porte s'ouvrit sur une véritable merveille.

C'était une suite de trois pièces avec, au centre du salon, sur un tapis rouge, une table ronde et blanche entourée de chaises du même genre.

Koltcha arpenta les chambres tapissées de bleu, avec des toilettes roses, deux, dans les couloirs, et se tut estomaqué par une phrase de Valentin, répétée sur tous les tons.

– T'as compris mec, c'est comme ça qu'ils vivent, ces bâtards !

On entendait une envie non déguisée dans sa voix, de l'indignation et de la rancune. Mais aussi de l'admiration.

La Hache finit par retourner dans l'entrée, retirer son blouson, ses chaussures et aller s'asseoir sur le divan.

– Tu sais combien ça coûte par jour ?

Évidemment, Koltcha secoua la tête.

– Sept cents.

– Roubles ? s'étonna La Hache.

– Dollars !

– Pour quoi faire ? s'étonna encore Koltcha. Il n'y avait rien de moins cher ?

– Moins c'est cher, plus c'est dangereux, répondit le patron tout à coup sérieux. Tu comprends maintenant pourquoi il fallait mettre ces valises dans des valises ?

Et les valises aux coins renforcés n'avaient pas l'air de grand-chose dans tout ce luxe. Les valises argentées auraient mieux convenu au décor. Mais juste ici, dans cet hôtel et dans cette chambre.

Tandis que Koltcha se lavait, Valentin appela un serveur dans la chambre. Koltcha s'étonna : pour quoi faire ? C'était un tout jeune homme, plus vieux que Koltcha bien sûr, mais, c'était clair d'entrée, pas de beaucoup. Il était lui aussi habillé de vêtement couleur framboise, mais complètement différemment du portier, en frac avec des galons d'or, avec une chemise amidonnée, plus un nœud papillon framboise.

Il ressemblait à un artiste, ce jeune serveur : un visage étiré, racé, des cheveux très bruns hérissés, des yeux tout aussi noirs, examinant tout ce qu'il y avait autour de lui d'un œil effaré.

En le voyant, Koltcha frémit intérieurement, sur ses gardes, tandis que Valentin se délectait, ne voyant rien, se fondant dans la richesse de ce qui l'entourait ne la quittant pas des yeux, non plus que ce type basané.

Le serveur apportait une table roulante argentée et entreprit avec virtuosité de déposer tous les mets, les bouteilles, couverts et assiettes. La table ronde se couvrit de tout ça. Koltcha la contemplait avec effroi, s'enfonçant dans un coin du divan.

Était-il stupéfait ? Évidemment ! En admiration ? Peu probable… Il avait plutôt peur. Il n'était pas à son aise, en particulier lorsque Valentin prit une liasse de dollars, bien que La Hache sache qu'il fallait payer en roubles.

Le serveur remercia Valentin avec effusion, s'inclina et ne refusa pas les devises, au contraire très satisfait. Le patron lui donna cent dollars, beaucoup plus que les tarifs en vigueur pour le service, et La Hache s'émut une fois de plus : Pourquoi ?

Cent dollars était une somme vertigineuse, et ce chiot n'avait fait en tout et pour tout qu'apporter de la bouffe à payer plus tard. Pourquoi une telle générosité ?

Mais il se reprit en mains : qu'est-ce que ça pouvait lui faire ? Son frère l'avait lui-même comblé de sa main munificente. Et comment !

Valentin raccompagna enfin le dandy en frac framboise, ferma la porte et donna un tour de verrou, puis il mit la chaîne dorée. Il rigola en se frottant les mains, s'approcha de la table et cria à Koltcha :

– Votre Altesse resplendissante, le dîner est servi !

Comment refuser ! Des flûtes scintillantes, des verres, de petits verres. Les instruments étincelants pour un repas confortable. Des bouteilles portant des étiquettes incompréhensibles. Des amuse-gueules, du poisson, de la viande, du caviar !

Encore ce maudit caviar. Mais Koltcha le regardait maintenant d'un autre œil, il ne lui répugnait plus, même le caviar noir d'esturgeon. S'étonnant lui-même, il couvrit un morceau de pain croustillant de beurre, puis d'une épaisse couche de caviar noir et mordit dedans. Il mâcha longtemps, à l'écoute de son goût et de lui-même. Nom de Dieu, ça ne lui déplaisait plus. C'était bon ! Un vrai délice.

Il était dans les vapes et se réveilla soudain – le tintement discret d'un goulot de bouteille sur un petit verre de cristal. Précautionneusement, comme s'il craignait de l'effrayer, Valentin lui versa du cognac. Sans quitter Koltcha des yeux. Le fixant avec toujours autant d'attention, il leva son petit verre, puis le cogna légèrement contre celui de Koltcha ; il but, de nouveau sans le quitter des yeux, et quand Koltcha but en mordant une fois de plus le morceau de pain avec du caviar il dit à voix basse :

– Et voilà !

CHAPITRE 8

Ils mangèrent en silence. Valentin était profondément songeur, comme en train de calculer quelque chose. Se souvenant de son aventure avec Zinanda, La Hache ne vida son verre qu'à moitié, et, bien qu'il soit un peu éméché, cela se produisit petit à petit : une chaleur agréable en tête se diffusait dans ses bras et jambes. Il ne se gênait plus, prenant les mets dans les plats pour les mettre dans son assiette, jouissant du calme, des murs, des lustres éclatants, des tapis épais.

Non, impossible que des gens puissent vivre ainsi en permanence. Ne serait-ce que fréquemment, sans parler de quotidiennement. Vivre des semaines entières dans des chambres pareilles. Bien sûr, il avait déjà vu ça au cinéma, mais à l'écran on montrait tout ce qu'on voulait. La vie, c'était autre chose. Ils étaient maintenant plongés dans une vie de cinéma grâce à une nuit à sept cents dollars. Demain tout cela disparaîtrait, demain ils s'embarqueraient dans la Mercedes dès l'aube pour rentrer chez eux, et il se retrouverait dans son appartement et au foyer, pas plus. Le patron avait simplement organisé un festin dans un décor de fête. Il n'en revenait pas lui-même, semblait-il.

Valentin se désintéressa de la nourriture, arpenta le salon en secouant la tête, s'ébroua, puis exigea :

– Aide-moi !

Il prit sa veste dans l'entrée, alla dans la chambre. Se mit à sortir les dollars du sac. Les billets s'envolèrent sur le couvre-lit bleu en soie, s'amoncelèrent, s'accumulèrent en tas.

– Mets-toi au boulot, ordonna le patron sur son lit. Mets-les par piles de mille. Une liasse sur l'autre, en croix.

Comptant par dix, ce qui n'était pas une arithmétique très compliquée, le patron fredonna un air sans paroles ; Koltcha qui connaissant le livret de chansons entonna :

Ils sont sortis, se sont séparés,
Leur paisible pays ils ont quitté.
« Ô ma sœur, souhaite-moi
Quelque chose pour les adieux du cœur »

Valentin s'anima, il connaissait manifestement les paroles, mais que Koltcha les reprenne lui faisait plaisir pour une raison incompréhensible. Il souriait, visiblement heureux, et La Hache le vit sous un jour nouveau – ni sévère, ni secret, mais simple, et même naïf. Ils se mirent à chanter harmonieusement et à forte voix le couplet fameux :

Et la sœur répondant :
« Je te souhaite de toute mon âme éphémère

Si tu meurs – que ce soit dans l'instant
Si c'est une blessure – qu'elle soit légère !
Mais mon désir le plus puissant
Est que toi, mon camarade, rapidement,
Revienne victorieux,
Dans la maison de nos aïeux »

Quand ils eurent fini, Valentin demanda :

– Koltcha, qu'est-ce qu'on est en train de faire ? On compte les dollars et de quoi parle notre chanson ?

– On chante à notre sujet !

Puis il sourit :

– Quoi d'autre ? On parle de nous-mêmes !

– Nous-mêmes ? s'étonna le patron.

Après un temps de silence, il dit :

– Dieu seul le sait !

Ils comptèrent presque cinquante mille dollars. Koltcha savait que la deuxième valise était intacte et qu'il leur faudrait de nouveau aller et venir le lendemain. Et probablement passer une nouvelle nuit ici.

Valentin approcha de la fenêtre, ouvrit négligemment les minces rideaux hors de prix. Il appela La Hache.

– Viens voir.

Koltcha ne voyait rien de particulier en bas devant l'hôtel, sinon de petits groupes de femmes devant l'entrée, et plus loin le long des rues une côte éclairée de lumières vives.

Il ne comprenait pas. Il haussa les épaules.

– Regarde, mon ami, tout ça se vend. Je n'en voudrais pas.

– Qu'est-ce qui se vend ?

– Toutes ces nanas se vendent. Des prostituées. Un grand choix.

La Hache observa d'en haut les silhouettes féminines ; contempler leurs visages était impossible, en revanche c'était un panorama intéressant. Dans la rue, il y avait un groupe de trois ou quatre tous les vingt mètres.

De l'autre côté de la large bande d'asphalte se pressaient aussi des femmes. Certaines voitures les accostaient, et quelques-unes d'entre elles s'y installaient, mais la plupart les dépassaient et, si elles freinaient parfois, elles repartaient plus loin.

– Tu en as envie ? demanda soudain Valentin, et Koltcha se mit à bouillir, comprenant qu'il faisait allusion à son « cadeau ». Il s'éloigna de la fenêtre, mais le patron lui tapa sur l'épaule :

– Ne t'assombris pas, mec ! Tu es déjà un adulte ! Tu as terminé la première étape de ton éducation. Il est temps de passer à la seconde. Et il n'y a rien de mal à ça. Mais pas ici, tu as raison.

Ils retournèrent vers le lit. Valentin s'empara de sa veste et ordonna :

– N'ouvre la porte à personne, mets la chaîne de protection. Quand je reviendrai, je frapperai trois coups.

– Tu en as pour longtemps ? questionna Koltcha, prenant peur.

– Non. Je descends et je remonte.

La Hache ferma la porte, arpenta la suite. Il alla dans la chambre où un gros paquet de dollars trônait sur le couvre-lit. Quarante-neuf mille trois cents. Il n'avait jamais vu ça. Il fouilla dans sa poche, recompta les cinq cents dollars offerts par Valentin. Il y avait là quelque chose de simple et direct. Une certitude quelconque. Et si on envisageait tout le tas de dollars ? Sans compter la valise encore intacte, pas encore convertie en devises ? Une fortune entière, peut-être une vie entière. Il sourit : une seule ? On pouvait rechausser et rhabiller tout l'internat ! Remplacer tous les lits grinçants du réfectoire. Et organiser un festin ! Et quel banquet ! Nourrir deux cent cinquante bouches pendant un an. Et donner à chacun cinq cents dollars à sa fin d'études, comme à lui-même.

La Hache se mit à penser à la façon dont le peuple de l'internat dépenserait ces cinq cents dollars et eut un sourire triste. Cela ne présageait rien de bon. Ils claqueraient tout en une seule journée pour des bêtises. Aucun d'entre eux ne savait épargner, dans le meilleur des cas ils se payeraient des fringues à la mode. Et qu'est-ce qu'on y pouvait ? Cinq cents dollars ne suffisaient pas pour s'assurer un toit sur la tête. Ce n'étaient que des miettes, alors autant le flamber, ce fric. Il sourit de nouveau : et qui en ferait cadeau ? Lui ? Koltcha ?

Imaginant tout à coup que c'était entièrement à lui, il sourit encore. Il réfléchit sérieusement et se dit : que Dieu me préserve ! C'était un tel fardeau – cet argent avait été extorqué à quelqu'un. Aussi « juste » que soit cette extorsion…

Il se dressait au-dessus d'un tas de dollars déjà recomptés, les contemplait avec une sorte d'éloignement, de méditation mélancolique, et il se demanda soudain : pouvait-il piquer deux ou trois billets et les ajouter à ceux que lui avait déjà donnés Valentin ? Cette idée le frappa sournoisement, et il rentra la tête dans les épaules.

C'était une bassesse. Pire qu'une trahison. Et le châtiment de la trahison était... Mais ça n'était même pas envisageable. Impossible de trahir Valentin...

Trois coups retentirent à la porte, et il entendit la voix du chef :

– C'est moi !

Il entra, retendit la chaîne de sécurité derrière lui et dit :

– Je me suis arrangé.

Ensuite, il précisa : ils avaient tourné en ville, ne changeant pas plus de mille à chaque fois pour ne pas attirer l'attention. Ici même, dans le casino, il y avait un casino et un bureau de change travaillant vingt-quatre heures sur vingt-quatre – rien d'étonnant. Ils étaient prêts à changer même dix fois neuf mille neuf cents – puisqu'ils auraient été tenus de déclarer toute somme supérieure à celle-ci.

– Je passerai le premier, dit Valentin, et ils ouvrirent la seconde valise.

Il se fourra des liasses de roubles dans les poches, ordonna à La Hache de rassembler la somme suivante dans le sac et sortit, avec la pièce d'identité de Koltcha. La Hache ne pensa pas trop à ça ; les papiers, avait expliqué Valentin, étaient une pure formalité, pas plus, l'adresse n'était pas indiquée, et essaie donc de retrouver où et quand ils avaient été délivrés, ils pouvaient de surcroît avoir été volés, alors toutes ces salades... Koltcha percuta quand même dans l'instant : le patron ne voulait pas montrer ses papiers à lui.

Une vingtaine de minutes plus tard, Valentin revint, de très bonne humeur. Il jeta un paquet de dollars entourés d'un élastique sur le lit, en expliquant :

– Vas-y peinard, la caissière s'appelle Olga Stepanovna. Je l'ai arrosée. Donc elle a ton passeport, elle prépare la prochaine liasse. N'aie pas peur.

Puis il lui expliqua où se trouvait le bureau de change.

Koltcha sortit dans le couloir à la moquette épaisse, appela l'ascenseur.

Au bout d'une minute, la sonnette avertissant que l'ascenseur était arrivé tinta, les portillons dorés s'ouvrirent et Koltcha vit le type brillantiné en frac framboise, le serveur. Il entra dans l'ascenseur avec le sac qui pesait un certain poids à la main, et le type souriant aux yeux noirs le détailla des pieds à la tête en lui jetant de brefs coups d'œil, sans oublier le sac. Il demanda brusquement :

– Alors, mec, t'es un dur ?

Koltcha battit des paupières, l'air égaré. Il n'était pas prêt à ça, ne savait pas quoi répondre : le questionneur n'avait pas l'air d'un type si simple que ça.

– Ah, ne t'inquiète pas, dit le serveur, personne ne peut nous entendre d'ici. Sécurité absolue. Vous n'êtes pas des clients réguliers.

La porte s'ouvrit, devant lui s'étendait l'éclatant sol de marbre du hall, comme la surface d'une mer d'huile, au milieu duquel s'agitait une nouvelle foule de filles aux robes ajourées et des hommes en frac et en nœud papillon. Le serveur indiqua le public présent d'un signe de tête et dit :

– Vise un peu ça.

Koltcha sortit de l'ascenseur, gêné de son apparence des plus ordinaires et, suivant les instructions, se rendit au bureau de change. Derrière le verre épais entouré de panneaux dorés métalliques, une nouvelle coiffeuse au visage ovale lui souriait, s'occupant de changer l'argent, et il suffit à Koltcha de la saluer pour que le bac doré sous la lucarne du guichet s'avance vers lui comme une main tendue. La Hache entassa une liasse après l'autre et reçut en échange des dollars entourés d'une bande bancaire déchirée.

Il descendit encore six fois, sans compter la première visite au bureau de change faite par le patron. Le voyage d'affaires s'écourtait brusquement.

Au matin, après avoir petit-déjeuné des restes du dîner de la veille, ils s'assirent dans la voiture, et Valentin annonça :

– À la maison !

En démarrant, Koltcha vit apparaître fugitivement le jeune serveur derrière les portes coulissantes de l'hôtel. Il regardait la voiture en remuant les lèvres.

CHAPITRE 9

Sur le chemin du retour, ils évoquèrent beaucoup de choses. En réalité, c'était surtout Valentin qui parlait. Koltcha se contentait de poser des questions pour obtenir des précisions.

Tout d'abord le patron déclara que l'épopée à l'hôtel avec l'employée du bureau de change lui avait coûté mille dollars. Il remarqua que la caissière aux cheveux blancs était une brave femme et s'était contenté de peu. Koltcha demanda :

– Mille dollars pour quoi ?

– Pour nous avoir délivré une somme pareille. Elle pouvait refuser.

Puis Valentin, songeur et envieux, parla des filles et des mecs tirés à quatre épingles dans le hall de l'hôtel qui s'étaient dispersés dans les restaurants, infiltrés au casino où bien étaient montés dans des chambres comme la leur, mais plus luxueuses encore. Il demanda à Koltcha s'il avait reconnu telle ou tel qui apparaissait souvent sur les écrans de télévision. La Hache comprenait seulement maintenant pourquoi dans cette foule certains visages lui avaient paru familiers.

« Un milieu ! », répéta Valentin avec méchanceté ; il s'éclaircit la gorge, s'emporta, et posa à Koltcha une question qui n'appelait pas de réponse :

– Et toi et moi, on serait des bandits ? Nous, pâles insectes sans défense ? Les voilà, les bandits !

La Hache ne comprenant pas, Valentin entreprit d'expliquer comment dans la capitale régnait la crapulerie la plus stupéfiante, comment les banquiers faisaient tourner l'argent de leurs proches, parmi lesquels toute cette bande de gredins, quelles sommes vertigineuses ces poupées et leurs jeunes maris s'embourbaient, des équipes leur apportant des milliers de marchandises de marques étrangères sans payer de taxes. Et ce n'était encore que de la petite monnaie, affirmait-il.

Le principal était constitué par le capital d'État que recevaient des banques scélérates, faisant tourner l'argent, le volant ou le planquant, afin que cet argent produise plus d'argent encore. Sans parler des compagnies de pétrole et de gaz, privatisées il y avait déjà longtemps.

– Tu as été à l'école. En combien d'années le pétrole se constitue-t-il ?

– Probablement des milliers.

– Et à qui appartient-il ?

Koltcha haussa les épaules.

– Et voilà ! Il appartient à tous ! Et pas seulement à ceux qui sont vivants de nos jours. Mais à ceux qui ont vécu avant nous. Et ceux qui vivront après. C'est une richesse collective, tu comprends ? Et soudain, sans aucune raison, une bande de salauds s'en emparent. Juste parce qu'ils sont bien placés. Ils le vendent, s'embourbent de l'oseille qu'ils blanchissent dans des banques étrangères. Et allez vous faire… !

Le patron tournait et se retournait sur son siège, sursautant même dans sa rage – Koltcha ne l'avait jamais vu dans un état pareil. Il était clair qu'il enviait tous ces smokings retranchés à Moscou, qui avaient mis la main sur quelque chose d'inaccessible à Valentin. Mais à cette envie se mêlait du mépris. En écoutant le chef, Koltcha s'accordait avec lui à reconnaître que cette nouvelle fortune n'avait pas été acquise par le labeur, mais par accident, ou grâce à quelque chose d'autre qui leur échappait, proche peut-être du pouvoir et de l'argent.

– Il t'a peut-être semblé qu'hier nous avions changé une somme énorme, s'émouvait Valentin, mais pour ces gens-là, c'est de la roupie de sansonnet ! Dans un seul casino, ils flambent dix mille dollars en une soirée. Par personne ! Et combien y a-t-il de casinos ? Combien de restaurants où on ne peut s'en tirer à moins de mille ! Combien de palaces d'ultraluxe ! Où ils louent des suites pendant des mois, voire une année entière ! Tu piges ?

Koltcha hocha la tête, essayant de se représenter tout ça, mais il n'y parvenait que faiblement. En revanche, plus ils approchaient de leurs pénates, plus il pensait fréquemment aux dollars dans les valises. En effet, auparavant il ignorait ce que recelaient les valises argentées, et ça facilitait grandement les choses. À présent, il connaissait la somme exacte. Et ça l'oppressait, ça lui montait au citron : et que se passerait-il, si…

Que se passerait-il si quelqu'un avait vent de la présence de tant d'argent et du lieu où on l'entreposait ? Il semblait n'être que deux au courant. Mais la coiffeuse Zinanda qui avait supervisé les travaux dans l'appartement ? Et les deux ouvriers ? Et peut-être que quelqu'un avait vu Valentin entrer et sortir avec ces valises ?

Peut-être que le patron avait réellement des dons de télépathie et avait deviné les pensées qui l'agitaient et à quoi menaient ces réflexions, parce qu'à l'entrée de la ville Valentin s'installa au volant. Ils firent un détour par le petit bois de bouleaux qui leur était familier. Koltcha contempla le petit bois où ils s'étaient vus pour la première fois – en ce début de printemps, les arbres étaient encore dénudés de tout feuillage. Le chef s'arrêta plongea la main dans sa poche et en sortit un pistolet.

Il fronça le sourcil et pointa l'arme sur Koltcha. Et dit brusquement d'une voix enrouée :

– Dehors !

Koltcha battit des paupières, il ne comprenait rien, mais Valentin était sérieux et arborait un air sévère. Le cœur de Koltcha s'arrêta un instant. Perplexe, il descendit de voiture, et ce ne fut qu'à ce moment-là que le patron se mit à rire.

– Ah tu es un numéro, mec ! se réjouit-il. Tu y as cru ?

« Ah, t'es un numéro ! » lui répondit Koltcha en son for intérieur. En voilà, une blague ! Une faiblesse quelconque ralentissait le battement de son cœur, descendant vers son ventre et ses jambes. « Comment se fait-il que j'aie eu peur ? se demandait Koltcha. Comment se fait-il que j'aie pu y croire ? »

Il avait pu.

Il s'éloignèrent d'une dizaine de pas de la voiture, Valentin visa un arbre. Une détonation retentit, puis une seconde. Il se retourna vers La Hache, lui tendit l'arme et dit :

– Essaie !

Il donna quelques conseils : comment se tenir, comment empoigner le pistolet, comment presser sur la détente. Retenant sa respiration, il appuya sur la détente et vit des lambeaux d'écorce s'envoler du bouleau qu'il avait visé.

Étrangement, il était plus calme à chaque coup de feu, et sa main se raffermissait. Le vacarme et le choc du recul de l'arme dans la main l'emplissaient d'une joie incompréhensible. Comme s'il était devenu plus fort, sa main avait un prolongement : long, impétueux, mortel.

Lorsqu'il eut épuisé les cartouches, Koltcha avait déjà oublié son inquiétude, sa vexation. Il aimait de nouveau Valentin et désirait par-dessus tout recommencer à tirer.

Valentin dit, en reprenant l'arme et examinant La Hache, remarquant des changements dans son attitude :

– Ça t'a plu ? Et avec une carabine de tireur d'élite ?

– Tu en as une ?

– On en trouvera une, si ça te plaît !

– Trouves-en une ! demanda Koltcha avec une chaleur inhabituelle avant de se troubler : avait-il le droit de demander une chose pareille, une carabine.

Mon Dieu, je sais d'entrée manier un pistolet !

D'ailleurs, il lâcha tout ça par inertie, par trop d'excitation soudaine et sans chercher à entamer une conversation sérieuse.

Valentin éclata de rire : il y avait de quoi.

– Obligé, dit-il, si ça te plaît tant que ça.

Ils s'assirent dans la voiture, et le patron reprit le volant. Ils sortirent doucement du bois et roulèrent jusqu'à chez Koltcha. Curieusement, personne ne fit attention à eux quand ils y rapportèrent les valises, bien qu'il y ait pas mal de gens autour d'eux. Tout le monde s'occupait de ses affaires, pensait à quelque chose, regardait quelque chose. Les passants contemplaient aussi la Mercedes, mais personne ne faisait attention au contenu de la voiture, à ces valises déglinguées à coins renforcés. Koltcha et Valentin rentrèrent calmement chez lui, sortirent les valises argentées de leurs housses comiques et les glissèrent dans la cachette.

Dans le bois, après avoir fini de tirer, Koltcha avait fait un geste circulaire pour désigner le lieu où ils se tenaient :

– Regarde !

Il y avait encore de la neige entre les arbres et, là où elle avait fondu, l'herbe de l'année précédente avait jauni. C'était une journée ensoleillée et tiède, la lumière et la joie les accompagnaient sans discontinuer dans ce voyage pas encore terminé. Koltcha eut de nouveau honte lorsque Valentin parla :

– D'ici une semaine ou dix jours, nous enterrerons ici les valises contenant les devises. J'en achèterai encore une du même modèle. Et les deux valises vides chez toi s'empliront tranquillement de roubles. Tu comprends ?

Koltcha avait honte d'avoir cru à ce pistolet pointé sur lui, comme si son frère pouvait s'en servir contre lui. Pour le tuer ? Quelle idiotie : en plein jour, à proximité de la ville ? Pour quoi ? Et qui ? Il aurait fallu en rire, mais par une sombre habitude il avait pris ça au sérieux. Ébranlé, le cœur en berne, il avait réfléchi… En fait non, il n'avait pensé à rien, il avait juste cru le patron, l'ordre que celui-ci avait donné, se retrouvant dans une position idiote. Une plaisanterie !

Et oh ! Effectivement, on aurait pu y croire sans être un imbécile, s'il n'avait été le seul et unique dans la confidence. Si Zinanda et les deux ouvriers connaissaient l'existence de la cachette, lui et Valentin étaient les seuls, certes, à connaître celle du bois de bouleaux.

Malgré tout, un pressentiment de mauvais augure enflait dans la poitrine de Koltcha. De nouveau il n'avait pas confiance jusqu'au bout dans le patron, bien qu'il le désigne lui-même comme son frère. Il pensa : si celui-ci n'en parle à personne d'autre…

Il énuméra dans sa mémoire tous ceux qui connaissaient le bois. Il s'avérait que Valentin avait pu en parler à beaucoup de gens, mais s'ils enterraient les valises à deux, comme avait dit le chef, ils ne seraient que deux à le savoir.

Le matin suivant, Koltcha dénicha Gnedom, qui lui demanda de l'argent pour acheter des cigarettes et, après avoir égrené les misérables nouvelles de l'internat, dit que Gochman avait été transféré dans un hôpital de Moscou, parce l'hôpital local s'était révélé impuissant.

Koltcha fut piqué par un aiguillon acéré entre les omoplates. Il se souvint que Gochman lui avait raconté sa maladie, ajoutant que seul un quelqu'un du même sang que lui pouvait le sauver, frère ou sœur. Il fallait lui faire une greffe de moelle épinière.

Avec un frisson, Koltcha rejeta toutes sortes de pensées sur la structure de l'organisme humain ; il ne pouvait devenir ni médecin ni infirmier. Démonter et réparer une voiture était simple, ce n'était que de la ferraille insensible, mais s'introduire dans l'homme, dans son sang et ses os – la tête lui tournait rien qu'à y penser.

La moelle épinière. De quoi s'agissait-il ? Koltcha avait parfois mangé ce qu'on appelait de la moelle, qui ressemblait à de la graisse, extraite des os bovins. C'était pareil pour les humains ? Ça ne se trouvait, avait dit Gochman, que dans la colonne vertébrale… Brr…

Que se passait-il pour Gochman ? À Moscou… Ah, s'il avait été un ami véritable, il serait allé voir Gochman, lui apporter des cadeaux ; celui-ci était complètement seul à Moscou, mais… il ne pouvait pas y aller. Valentin lui avait donné l'ordre de garder un secret absolu sur leur expédition là-bas. Et il était inutile de se perdre en conjectures sur la raison qui l'avait poussé à ça. Alors en réponse au récit de Gnedom, Koltcha se contenta de le contempler d'un air songeur et de lui refiler quelques dizaines de roubles pour s'acheter des cigarettes, en écoutant, émerveillé, comment la chambrée avait buté sur son sac plein de confiseries ce matin-là.

Gnedom rigolait, montrant ses longues dents jaunies par le tabac, et dit encore quelques banalités. Lorsqu'il s'en alla, Koltcha pensa à lui-même comme s'il était un autre et s'éleva pour se contempler d'en haut, ou peut-être sans même s'élever, en s'éloignant juste un peu. Qui voyait-il, que contemplait-il, comme Gnedom, tout à coup lucide et réveillé sans le vouloir ?

Un type subtil et bien habillé sur un divan dans un appartement qui ne lui appartenait pas ? Bon conducteur de véhicules de tourisme, mécanicien à moitié formé, pour qui la maîtrise du métier était encore lointaine ? Un homme qui avait les poches pleines d'un argent tout à fait respectable pour un débutant, repu, et avec un toit sur la tête ?

Et peut-être s'était-il simplement égaré ? Égaré non seulement dans les bois, mais parmi les gens. Égaré dans le monde matériel, où l'on mesurait tout à l'aune d'une adresse, de la nourriture dans l'assiette, d'un lit chaud, des études ou d'une profession, dans lequel il se trouvait. Il avait tout ! Mais il n'avait rien !

Il s'était égaré sans en être coupable en rien, juste parce qu'il était visible, brillait comme une pièce de monnaie, que Valentin l'avait repéré et pris sous son aile. Il s'était mis à servir le patron, il était devenu son frère, dévoué au secret le plus important de Valentin, et ça l'avait égaré plus encore, parce qu'il n'y aurait plus rien de facile ni de clair, qu'un fardeau qui pèserait sur les épaules.

Et Gnedom était venu, avait mendié de l'argent, mangé, lui avait jeté au visage les nouvelles de Gochman, avant de disparaître et, sans le comprendre lui-même, de se condamner à la solitude. Qui était-il ce Gnedom qui se réjouissait de quelques pièces pour acheter des clopes ? Qui s'intéressait à lui ? Et le bon Gochman à qui personne ne donnerait sa moelle épinière, parce qu'il n'avait aucun parent ? Et lui-même Koltcha ? Personne !

Personne, rien, nulle part, jamais…

Et en général, comment est-ce que les choses s'organisaient dans la population ? Pourquoi restait-on impuissant quand on était seul ? Quelle force fallait-il pour survivre, se battre pour soi-même, sans aide ni tutelle ? S'en sortir, acquérir une compétence, fonder une famille, avoir des enfants ?

Koltcha se souvint des mômes couchés à la crèche municipale. Tout commençait là. Et combien y en avait-il d'orphelins abandonnés ? Et si on les recueillait, qu'on ne les laissait pas tomber ? On sauvait un humain. C'est ainsi que ça aurait dû se passer. Mais ce n'était pas le cas. Ni pour ces nouveau-nés, ni pour lui.

La Hache se représentait ces nourrissons sans secours, regardant leurs couches de tous les côtés sans aucune réflexion encore, sans comprendre leur malheur, et le sang lui monta à la tête. C'est ainsi qu'il avait atteint ses quinze ans, sans rien piger. Il nageait dans le courant.

Mais il était temps de s'arrêter, s'ébrouer, comprendre, rejoindre la rive, y grimper et vivre.

Il haïssait jusqu'au fond du cœur sa mère inconnue. Comment avait-elle pu le laisser dans un tel dénuement ? En était-elle punie à présent par son absence de repentir, son isolement, sa solitude ? Pour la première fois de sa vie, il pensait du bien de ces p'tites mères éméchées s'aventurant dans la cour de l'internat, sans honte ; elles étaient mille fois meilleures que sa mère… non, la femme qui lui avait donné naissance pour secrètement disparaître dans le brouillard, cachée, enfuie, peut-être même décédée… la mort elle-même n'excusait pas sa fuite infamante…

Ce qui signifiait, pensait-il en adulte, qu'il devait grandir, acquérir une compétence spécialisée, se marier et avoir des enfants. Seulement entre lui et ses enfants – peu importait qui ils seraient – apparaîtrait un fil conducteur. Il serait le père et ce môme encore invisible serait sa sauvegarde, de même qu'il serait lui-même la sauvegarde de l'avenir de cette créature. Et ce petit homme le sauverait.

Pour chaque homme, la continuité est constituée de deux fils : celui qui le relie à ses parents et celui vers ses enfants. Si l'un d'eux est déchiré, reste l'autre, même s'il le relie à un être encore faible et impuissant. Impuissant en apparence. En réalité, un fils ou une fille représentent une grande force. Il faut seulement, Dieu nous en préserve, que ce fil ne soit pas rompu.

Mère ! Où es-tu ? Qui es-tu ? Pourquoi ?... Koltcha, au bord des larmes, tenta de se représenter la silhouette de sa mère – son visage, ses mains, ses vêtements. Mais rien ne lui vint à l'esprit. Aucune impression n'avait été déposée, même sur la mémoire de sa petite enfance. Cette apparence ne l'avait pas marqué et, de la mosaïque des femmes qu'il avait croisées, Dacha la cuisinière, les éducatrices, même du genre de Zoïa Pavlovna ou de la coiffeuse Zinanda, voire des nombreuses Zinanda rencontrées dans diverses circonstances, au menton immobile, n'exprimant rien, de la même largeur exactement que leurs fronts, ces briquettes ovales aux cheveux de différentes couleurs plantés sur le crâne, aux fentes semblables pour les yeux, le nez, la bouche, un peu plus haut un peu plus bas... ces Zinanda se confondaient depuis longtemps dans sa perception en une seule commère ordinaire, n'exprimant pas le moindre sentiment. Il aurait accepté la tête la plus minable, la plus banale, si elle avait appartenu à sa mère, même éméchée, bafouillante, puante, juste pour qu'elle lui explique au moins quelque chose, lui raconte même un mensonge éhonté, ne serait-ce que pour que la filiation s'étende jusqu'à lui, unissant les humains par une chaîne invisible…

Seulement maintenant, presque un an après avoir quitté la cour de l'internat, Koltcha comprenait brusquement, pourquoi, quoique méprisant les p'tites mères, même à un âge encore très tendre, quand il se moquait de tout éperdument, quand ils étaient déjà tous des fumeurs invétérés et connaissaient le goût du poison adulte, pourquoi même alors son attitude vis-à-vis d'elles était incertaine. Il avait beau les mépriser, il ne riait pas d'elles. Tout en éprouvant de l'aversion pour elles, il leur reconnaissait le droit à l'existence et enviait secrètement ceux que des mères venaient voir, fussent-elles dans cet état.

Personne ne venait jamais le voir, ça se résumait à ça. Bien qu'ils soient toute une bande comme lui, lui, leur chef incontesté, observait les retrouvailles des p'tites mères égarées avec leur morveuse progéniture. En leur for intérieur, lui et tous les autres privés de mères ressentaient quelque chose, attendaient une éclaircie inconnue qui apaiserait leur existence, les obligerait à frémir et à s'attrister, non pas sous le coup d'un cafard enfantin, mais sous celui d'une compréhension adulte aux confins mélancoliques qui les attendait dès qu'ils auraient grandi.

Si toute vie finit dans les confins, elles ne commencent pas toutes par là.

La Hache était assis sur le divan, tassé dans un coin, occupant une petite portion de cet espace étranger. Un crépuscule printanier couleur lilas s'infiltrait par la fenêtre, bordé par les rideaux jaune paille, d'une propreté éclatante comme tout le reste dans cette maison où retentissait un cri inaudible contestant le monde chaotique et en lambeaux de Koltcha.

Il avait envie de crier, mais n'y parvenait pas, son cri restait étouffé dans sa gorge, et toutes ses larmes avaient séché depuis l'enfance. On dit que ça arrive aux habitants du désert constamment sous les rayons du soleil, tout en eux s'assèche, ils transpirent tout, même les larmes.

Une décision muette, sans passion, immobile se fit jour en Koltcha : trouver sa mère, la juger en son tribunal personnel et se venger.

Et quant à lui… plus tard, quand il aurait vieilli, se marier et avoir des enfants, préserver la filiation, ce fil qui s'étend de l'enfant au père. Il avait entendu parler de l'amour, en avait même l'intuition, mais comme il arrive souvent avec les gamins pas encore adultes il ne soupçonnait pas vraiment ce que c'était.

CHAPITRE 10

Comme il se doit, Valentin avait perçu tous les tourments de Koltcha. Il fit son apparition au matin, ordonna d'aller chercher la Mercedes et, lorsqu'ils sortirent de l'institut, lui dit qu'ils allaient à la crèche municipale.

L'adrénaline est une substance que l'organisme produit pour le défendre dans des situations d'urgence. Elle jaillit dans le cœur de La Hache, mais modérément, nulle tempête, l'excitant mais sans exagération. Koltcha entra dans le bureau qu'il connaissait déjà, vit la dame se lever à leur rencontre, écouta son discours.

Tendant à Valentin quatre feuilles de papier, la bonne femme raconta comment, au prix d'un effort considérable, en violant toutes les règles en vigueur, elle avait réussi à exhumer dans des archives inaccessibles une adresse à laquelle avait vécu Maria Ivanovna Hachorov, qui avait abandonné son rejeton.

Ni le nom qui lui était déjà familier, ni le mot « abandonné » ne marquèrent l'esprit de Koltcha. Il écouta l'échange d'amabilités de Valentin et de cette directrice d'un entrepôt blanc comme neige d'âmes vivantes, comme à travers du coton, et même une fois dans la cour, en lisant l'adresse que lui avait donnée le patron, La Hache était presque serein, absolument incrédule.

Il s'agissait d'une adresse locale. Valentin exigea qu'ils s'y rendent immédiatement, que Koltcha accomplisse sa volonté. Lui n'en avait aucune.

Mais que faire ? Ne pas y aller ? Obtenir l'adresse et ensuite y aller tout seul ? Ça n'avait aucun sens ! Le patron était son ami, il avait rempli ses obligations, il s'était passé pas mal de temps depuis qu'ils étaient venus là la première fois, Valentin l'avait aidé. Pouvait-il refuser ?

Ils traversèrent la ville, trouvèrent difficilement la rue indiquée. En été, sans doute était-ce une terre d'abondance, mais maintenant il y avait des flaques et de profondes ornières, c'était une route ne convenant pas à une Mercedes, bordée par les branches grises des buissons en train de dégeler. Ils trouvèrent la maison de deux étages que frôlaient les arbres, et frappèrent à la porte.

Celle-ci s'ouvrit aussitôt. Dans une entrée obscure, sur le fond noir de l'auvent, luisait une lumière inattendue.

Devant eux, dans cet encadrement de bois, se tenait une jeune fille en robe bleue, à la chevelure blond filasse, avec une tresse qui descendait sur sa poitrine.

Les yeux de la jeune fille étaient tout aussi bleus que sa robe, translucides ; ils contemplaient les deux adultes soudain devant elle, sans défense et confiante.

Elle était chaussée de grosses pantoufles d'homme, bleues également, des collants enserraient ses jambes minces. Elle ressemblait à un insecte entre ombre et lumière, liberté et prison, ne sachant pas s'il devait s'envoler plus loin ou rebrousser chemin.

Valentin la salua poliment, craignant d'effrayer cette créature surgie des contes de fées. Il demanda tout aussi poliment si Maria Ivanovna Hachorova vivait bien ici. La jeune fille eut un large sourire, exhibant des dents étincelantes de blancheur, dignes d'une publicité pour dentifrice. Elle répondit d'une petite voix.

– Vous faites erreur, dit-elle. Il n'y a ici personne de ce nom.

– Peut-être a-t-elle habité ici autrefois ? insista Valentin sans se départir de sa politesse et sans montrer aucune impatience.

– Je ne sais pas, non, répondit la jeune fille, et La Hache aux côtés du patron sentit l'adrénaline monter pour une raison inconnue : en effet, lui semblait-il, il n'était pas du tout ému.

– Peut-être qu'il y a ici quelqu'un de plus ancien, insista galamment Valentin. Vous comprenez, c'était il y a un certain temps.

La jeune fille ne se vexa pas, hocha la tête et cria sans se retourner :

– Maman !

On entendit un claquement de porte, et dans la pénombre se profila une femme qui n'avança pas jusqu'au seuil, mais demanda de quoi il s'agissait. Lorsque Valentin répéta sa question, elle répondit sans hésiter :

– Oui, elle vivait ici, mais elle est partie en Sibérie sur un chantier, et on dit qu'elle est morte. D'où venez-vous ? Qui êtes-vous ? Pourquoi est-ce que vous la cherchez ?

Valentin se tourna vers Koltcha, cherchant dans son regard une réponse claire, mais ce qui s'y cachait était évident, si cette mère inconnue était morte, et cela l'inspira :

– Nous sommes de la direction de l'éducation municipale. Vous voyez, le fils de Hachorova la recherche, il nous a envoyé une requête de Moscou, c'est un homme maintenant très en vue, il étudie à l'Institut des relations internationales, c'est un futur diplomate, il doit aller travailler à l'étranger, il faut qu'il éclaircisse, vous comprenez...

– De Moscou ? s'étonna la femme, incrédule.

Elle se rapprocha de sa fille.

Son visage restait dans la pénombre, mais s'éclairait néanmoins : elle n'était pas si vieille ; émaciée, avec des yeux légèrement écarquillés, bleus comme ceux de la jeune fille, elle ne ressemblait pas du tout aux Zinanda.

Valentin, en maître du bavardage s'épuisant légèrement, fit une dernière pirouette :

– Bon, si elle est morte, nous formulerons une demande au registre d'état civil et répondrons au futur diplomate, il faut lui témoigner un peu de respect. Et elle est partie où ? Dans quelle ville de Sibérie ?

La femme hésita un instant, comme si elle comptait à la vitesse d'un ordinateur, avant de répondre :

– À Novossibirsk.

Valentin prononça quelques phrases exprimant leur reconnaissance, s'excusant du dérangement tandis que La Hache fixait les yeux bleus si purs de la petite poupée, ainsi que son visage émacié, sa tresse blonde, sa silhouette mince et fragile sur le fond enténébré de cette entrée plongée dans la pénombre.

Enfin, ils dirent au revoir et s'en allèrent. Bien que Koltcha ne la voie plus, il sentait la petite poupée, dans son dos, regarder la voiture, tout comme sa mère. Évidemment, ils ne ressemblaient pas du tout à des employés de la direction de l'éducation municipale, et ceux-ci pouvaient-ils posséder une bagnole de cette classe-là ?

Déposant son fardeau comme un docker, Valentin déclara qu'à présent La Hache pouvait vivre libre, débarrassé de son passé, qui lui restait inaccessible, invisible, et donc inexistant puisque La Hache ne s'en souvenait pas. Il était clair à présent que sa mère n'était plus de ce monde, il fallait oublier ce passé comme s'il n'avait jamais existé, et qu'il n'y en avait pas d'autre… Le destin en avait ainsi décidé…

Valentin était manifestement content, il riait, taquinait Koltcha, et parvint à ses fins, La Hache lui répliquait, hochait la tête, tentant maladroitement de plaisanter quand c'était possible. Mais un poids pesait sur ses épaules. Et même le souvenir de la jeune fille dans sa robe bleue ne pouvait effacer une tristesse incompréhensible.

Un peu plus tard ce soir-là, munis de deux pelles de titane, ils enterrèrent la valise pleine de fric.

C'était là le meilleur coffre-fort, mis à l'épreuve auparavant chez Koltcha. Après avoir rempli la baignoire entièrement, Valentin y posa des briques, et par-dessus un tas de vieux journaux.

Sur le périmètre de la valise ouverte, il y avait une couche de caoutchouc. Le couvercle supérieur s'y insérait parfaitement. Ce genre de valise pouvait protéger les billets de l'humidité et elle passa le test brillamment : pas une goutte ne pénétra à l'intérieur.

Valentin bourra la valise étanche de dollars. Elle avait environ soixante-dix centimètres de longueur, cinquante de hauteur, et quinze de largeur ; on pouvait y fourrer dix fois plus que ce qu'ils avaient changé à Moscou. Valentin ajouta ce qu'il manquait en quelques allers et retours. Pendant tout ce temps-là, La Hache faisait de son mieux pour rester en dehors de la pièce tandis que le patron s'activait, partant soit dans la cuisine, soit dans les toilettes ou dans la salle de bains, sans en ressentir le besoin. Mais son frère et chef le convoquait constamment comme pour le forcer à partager ses soucis. Et peut-être, plus profondément, cherchait-il inconsciemment à le charger de ses secrets ?

CHAPITRE 11

Ils travaillèrent dans l'obscurité, garant la voiture de telle manière que les buissons la dissimulent. C'était à l'endroit qu'ils avaient choisi en rentrant de Moscou, parmi les bouleaux. Au printemps, tout était inondé, puis l'eau pénétrait la terre, mais comme elle était en contrebas une herbe épaisse poussait bientôt ; en conséquence on s'aventurait rarement jusque-là. Les gens cherchaient des endroits plus secs.

Les valises brillaient, appuyées aux bouleaux.

Tout était silencieux, figé. La nuit, le printemps battait en retraite, permettant à l'hiver fatigué de revenir sur place pour quelques heures. La terre n'avait pas dégelé, creuser était difficile ; heureusement les pelles de titane étaient légères et affûtées. Ils ne creusèrent pas plus profond qu'un mètre et demi, ils avaient emballé la valise de plastique et ils la déposèrent, elle et ses richesses tout au fond du trou. Tout s'était passé comme prévu. Ils piétinèrent la terre friable, saupoudrèrent de la neige, jetèrent des herbes et des branches mortes.

Koltcha déposa Valentin à son carrefour secret, mit

la voiture au garage, rentra chez lui. Ses épaules étaient douloureuses, comme d'habitude. Il n'avait pas faim, mais n'arrivait pas à s'endormir.

La jeune fille en robe bleue se tenait toujours devant ses yeux, souriante. Rien de semblable ne s'était produit et, si elle avait souri, c'eût été à Valentin, c'était lui qui parlait, ou bien elle aurait souri sans raison, simplement parce qu'elle était comme ça, quelqu'un de normal qui ne craignait personne. Les gens normaux devaient sourire, même lorsqu'ils parlaient à des inconnus. Seuls Valentin et Koltcha ainsi que toute leur bande – qui jetaient des regards méfiants, ou s'esclaffaient, surtout éméchés – ne riaient pas de joie, mais spasmodiquement, prenant plaisir à un succès provisoire, et c'était un rire d'une tout autre nature.

La Hache était couché les yeux grands ouverts et, bien que s'efforçant de ne pas penser à lui-même, il revenait constamment au destin qui lui était échu.

Pourquoi, par exemple, Valentin tenait-il fondamentalement à le charger de son secret ? Quel lien cela avait-il avec cette « plaisanterie » au retour de Moscou ? Ça s'expliquait peut-être simplement : c'est dur de creuser tout seul, on ne s'en sort pas sans aide, et si celle-ci se résumait à un seul individu que personne ne rechercherait jamais il était facile de s'en débarrasser – c'était un fait. Et, porteur d'un tel secret, il ne pouvait s'enfuir nulle part. S'il s'enfuyait, tout serait clair, et le patron irait cacher son argent ailleurs.

Combien y avait-il ? Dans un paquet, il y avait dix mille dollars en billets de cents. La valise recelait un grand nombre de ces paquets. Cent paquets donnaient un million de dollars. On supprimait des gens sans laisser de traces pour moins que ça.

Il s'était manifestement produit quelque chose dans l'équipe. Tout continuait comme avant, mais on avait enterré Anton, sans qu'aucun règlement de comptes ait eu lieu par la suite. L'impression générale était que le patron ne le souhaitait pas et que les autres se taisaient, car ce n'était pas leur affaire. Mais ce n'était qu'une apparence. Valentin ne cachait pas son capital par hasard.

Rien n'était simple dans la vie. Valentin avait acheté l'adresse de sa mère à la directrice de la crèche. Pourquoi payer pour cette information au lieu de l'obtenir gratuitement, si le domicile de femme qui lui avait donné naissance était connu ? Pourquoi mentait-on au sujet des archives ? Et même si on n'avait pas menti, pourquoi était-on débiteur, puisqu'on savait de quoi il était question ? On avait payé pour rétablir l'ordre des choses. Mais en réalité, l'ordre établi n'existait pas.

Cette bonne femme, mère de la jeune fille en robe bleue, n'avait pas posé des questions par hasard. Elle s'était étonnée que le fils de cette Hachorova soit à Moscou. Elle avait répété « À Moscou ? » C'était ce qui l'étonnait. Pas que cette femme ait eu un fils et qu'il la cherche. Ce qui signifiait qu'elle savait que cette femme avait eu un enfant.

Les gens, les gens… Ils pensaient quelque chose et en disaient une autre. La vie était-elle ainsi faite : cacher ce qu'on avait au cas où l'on aurait une petite chance d'y gagner quelque chose ?

Donc, il pouvait gagner de l'argent avec ce qu'il savait. Et quel prix valait le secret qu'il détenait. Combien étaient à l'affût : vends-le ! Ces gorilles de la bande de Valentin, par exemple. Qu'est-ce qui aurait pu les arrêter ? La honte ? La peur, parce qu'il s'agissait de leur propre patron ? Ah, ah ! Ils trouveraient une raison avec joie, c'était leur part qu'il s'était appropriée, et ils avaient des droits sur cette somme.

Il chassa ces idées viles comme on chasse une mouche agaçante. Les idées ne sont pas effrayantes tant qu'elles ne sont pas suivies d'effets, bien que de l'idée aux paroles, le chemin soit court, et les actes seraient accomplis par d'autres.

Et quoi qu'il en soit, pourquoi le terrible et rusé Valentin, patron, chef, suzerain, lui accordait-il si dangereusement sa confiance, à lui l'orphelin ? Pourquoi croyait-il en lui, si c'était le cas ? Ou bien l'éprouvait-il ? L'épreuve était risquée ! Si le gamin s'enfuyait soudain avec la valise ?

Et où le pourrait-il ? Non, Valentin connaissait les chances de Koltcha : il ne pouvait pas disparaître, n'en parlerait à personne et ne se servirait pas. Parce qu'il n'était personne. Il n'était lié à personne dans la vie. Et s'il avait un lien, ce n'était qu'avec le seul Valentin, un homme que certains redoutaient, qui représentait un danger pour certains, mais qui, pour ce gamin, était bon, fiable, irremplaçable comme un frère. On sait bien que même un frère peut trahir, qu'on peut se détourner des plus proches, comme la mère de La Hache décédée en Sibérie l'avait trahi et s'était détournée de lui. Voilà à quoi tenait le malheur : répondre de la même manière, se conduire de la même façon signifierait qu'il ne valait pas mieux. Mais c'était impossible, si on n'avait pas le cœur desséché.

Peut-être qu'il avait desséché ? Mais qu'en était-il de cette jeune fille en robe bleue ? Qu'est-ce qu'elle venait faire là ?

On dit que la jeunesse ne connaît pas l'insomnie. Mais, c'est ce que disent ceux qui n'ont pas traversé grand-chose et qui n'ont pas souffert.

Ceux qui ont souffert ne dorment pas des nuits entières. Surtout quand ils sont âgés de quinze ans et qu'ils ne savent pas comment vivre et où se diriger.

En effet, où ?

Il vivait selon la volonté du frère patron, nageait au fil du courant sans savoir ce qu'il adviendrait de lui.

D'ici un an, il aurait fini sa formation à l'institut, deviendrait mécanicien automobile. Et c'est tout ? Il dirait à Valentin, laisse-moi partir, frangin, merci pour tout, je m'en vais. Il travaillerait comme une mule pour un maigre salaire, sortirait du boulot à pied, ou prendrait l'autobus comme tout le monde, et pas en Mercedes, on lui reprendrait l'appartement, et il s'installerait, louant quelque chose tout seul à une vieille…

Et que dirait son généreux frère ? Je ne t'ai pas confié mon secret par accident !… Juste pour que tu voies tous ces dollars qui ne te permettront pas de continuer ta vie, et en plus tu sais où ils sont cachés. Qu'est-ce que tu vas imaginer ? On t'a aidé, on t'a introduit dans le système, familiarisé avec la voiture, tu connais tous les lieux de collecte, le montant du tribut, les gorilles… Non, petit, tu ne peux pas revenir en arrière. Ou bien tu vis avec moi et ça te rapportera gros, ou bien tu disparais pour toujours… Voilà ce que dirait le frère si bon. Et il n'aurait pas tort…

Mais qu'en était-il de la jeune fille en robe bleue ?

Épuisé, en sueur, Koltcha ne s'endormit qu'au bout de la nuit. Au matin, la sonnette antédiluvienne glapit comme un oiseau alarmé.

La Hache entrouvrit la porte en caleçon. Gnedom se dressait devant lui, l'ami de toujours des souffrances de l'internat. Il avait les yeux écarquillés, et sa parole était hachée.

– Où est-ce que tu étais ? cria-t-il. On te cherche partout ! Gochman est mort ! On l'a ramené de Moscou ! On l'enterre aujourd'hui !

QUATRIÈME PARTIE

L’AS DE PIQUE

CHAPITRE 1

Même à cette époque de malheur, les enterrements étaient rares dans les institutions d'orphelins. Par conséquent, tout un chacun était égaré, nul ne savait comment se comporter. Même Georgi Ivanovitch.

Au bureau des enterrements, on avait demandé la longueur de la tombe. Il ne savait pas, avait dit qu'il allait rappeler, avant de rassembler ses subordonnés, parmi lesquels Nikodime le gardien, aujourd'hui quasiment personnage principal, les éducatrices, la permanente de nuit Zoïa Pavlovna : dans les dix minutes ils en donneraient la dimension. Ensuite ils décideraient comment ils décoreraient la tombe, de crêpe rouge comme les adultes, ou bleu. Ils hésitèrent un certain temps avant de faire leur choix : rouge. Et les couronnes ? Le texte sur le ruban ? Rien ne vint à l'esprit de Georgi Ivanovitch ; il proposa que les enfants, ses camarades de classe, le composent eux-mêmes. Mais Gnedom et Makarov étaient lents à réagir, les mots ne leur venaient pas, dans leur dernier souhait d'amitié irréductible ; Zoïa Pavlovona écrivit sur une feuille de cahier les mots de rigueur : « Pour Gochman, de ses camarades et de la direction de l'internat ». Cela provoqua une révolte violente, mais brève, que personne ne chercha même à réprimer ; le texte était diffusé par téléphone et toute résistance était inutile.

Georgi Ivanovitch, que la tension nerveuse faisait rougir, tenta d'avoir un orchestre d'instruments à vent gratuitement pour l'occasion, criant au téléphone qu'il s'agissait d'un orphelin, que lui le directeur ne pouvait même pas rêver d'avoir l'argent qu'exigeaient les pompes funèbres ; mais discuter ne servait à rien, les fossoyeurs sont des gens sans merci, si on n'a pas d'argent on n'enterre pas, on n'a qu'à creuser sa tombe soi-même et poser la pierre tombale, en admettant qu'on ait trouvé une place au cimetière. Impossible ? Alors, donne tes derniers sous pour le dernier voyage. Ah, ce dernier voyage ! Combien de gens se dépouillent de leurs économies, s'endettent, s'abaissent de toutes leurs forces, pour qu'un proche les accompagne sans honte, accordant à celui qui a longtemps vécu et beaucoup souffert ce qui lui est dû. Ce n'est pas pour rien que chaque vieillard conserve dans un coin de quoi se faire enterrer et les hardes dans lesquelles, ayant été lavé, on le vêtira une dernière fois. Sans compter la petite monnaie pour la tombe, pour que les fossoyeurs puissent se saouler éternellement ; si on ne les paye pas ils ne creusent pas la fosse, surtout en hiver lorsque le prix augmente en fonction de la température. Monnaie encore pour la tombe elle-même, pour un car déglingué, pour veiller le mort, et pour les croyants la chorale. Oh, quelles sommes faramineuses s'envolaient d'un malchanceux vers ceux pour qui c'était un jour lucratif. Pour les riches, c'était autre chose. Si le destin leur était fatal, leurs funérailles ressemblaient à un mariage, un banquet, une ouverture de firme, ou encore, comme l'affirmait un mot nouveau : une présentation.

Leurs tombes – à trois ou quatre mille… dollars, évidemment – trônaient au milieu des séquoias ou des noyers, laquées, portant des croix dorées, bien que leur foi connue soit d'une autre sorte, dénoncée par le Christ ; ils l'oubliaient, les paroles incompréhensibles du Sauveur n'étaient pas prononcées à voix haute, ils étaient si sûrs qu'elles se rapportaient pas à eux.

Les orchestres de simples joueurs d'accordéon n'étaient pas reconnus par les nouveaux maîtres, qui recherchaient des orchestres philharmoniques, voire symphoniques, qu'ils faisaient venir de loin, qu'ils embauchaient à grand renfort de billets verts, écartant les pauvres d'un grand geste. Et si à de telles funérailles les gens se pressaient, les fossoyeurs ne venaient pas par deux comme il était d'usage dans les enterrements habituels, mais par six ou huit, s'arrachant à leur brouillard alcoolisé, avec des visages de circonstance professionnels, nullement apaisés par la sainteté rutilante et la couperose insolente.

Que le Seigneur soit avec eux…

Georgi Ivanovitch n'avait pas d'argent pour l'enterrement de Gochman, ce genre de dépenses n'était prévu nulle part dans les établissements d'État, et il se débrouillait déjà comme il pouvait.

Il se débrouillait comme il pouvait en rassemblant son conseil pédagogique, ou bien en le dissolvant pour dissensions et absurdité, et tout ce qu'il avait réussi à ficeler se dénouait progressivement, définissant petit à petit que la veillée du mort se déroulerait à la cantine – mais qu'on n'autoriserait pas l'entrée de tout le monde à la suite, seulement de ses camarades de classe les plus âgés, pour nourrir les petits à l'heure, les autres devraient prendre patience –, que l'oraison funèbre ne serait prononcée que par trois personnes, lui, le directeur, une des éducatrices, mais pas Zoïa Pavlovna, et sûrement un de ses camarades de l'internat. Cela cachait sans doute le fait que Gnedom se serait mal exprimé, que Makarov était susceptible de devenir hystérique et que les autres gosses connaissaient mal Gochman ou bien qu'ils n'étaient pas à l'internat depuis longtemps, ou bien qu'ils venaient d'une autre chambrée, ou encore qu'ils étaient incapables de prononcer un discours en un moment pareil. Comme il restait encore à Georgi Ivanovitch un problème pratiquement insoluble et bien qu'il se soit souvenu de lui auparavant et que ça résolvait les difficultés, il ajourna le choix de La Hache pour prononcer l'éloge funèbre de Gochman sur sa tombe.

Mais que faire ? Le Russe n'est fort que rétrospectivement, il ne trouve de solution que lorsque tout est fini et que les conditions ont déjà changé.

Le manque d'argent qui l'empêchait de louer les services d'un orchestre d'instruments à vent pour Gochman était ce qui tourmentait le plus le directeur. Dans un dernier accès de désespoir, il convoqua un groupe de gamins dirigés par Makarov et Gnedom, leur donna quelques centaines de roubles avec lesquels il leur ordonna tout d'abord d'acheter des piles pour le gros magnétophone à cassettes Phillips – la fierté de l'internat, don de deux sponsors –, puis de trouver et acheter, ou louer, une bande avec des marches funèbres. Coûte que coûte. Où vous voulez, mais rapportez-moi ça.

Les gamins firent une liste de tous les endroits en ville où l'on pouvait se procurer, au moins en théorie, ce genre de produits rares, puis ils se dispersèrent dans toutes les directions.

En chemin vers l'un de ces endroits, Gnedom tomba sur La Hache, lui apprit la triste nouvelle, lui donna l'heure où ils sortiraient de l'internat, lui décrivit l'objet de la quête pour laquelle il devait continuer sa route, sans oublier de le taper pour des cigarettes, ce qui en l'occurrence était tout à fait dans l'ordre des choses – vu l'occasion, vu à quel point Koltcha était pensif, Gnedom récolta beaucoup plus que ce qu'il espérait.

S'il avait dit à son vieil ami pour quelle raison il cherchait une cassette de musique funèbre, tout aurait été résolu en un instant – La Hache avait les moyens de commander trois orchestres au moins, mais Gnedom n'avait pas le fin mot de l'histoire, et Koltcha ne le devina point.

La porte se referma et La Hache resta bêtement devant sans penser à rien, son regard traversait le capitonnage pour s'aventurer jusqu'en des confins indéfinis, puis il alla prendre une douche.

Il resta longtemps sous le jet puissant, la tête levée. L'eau balayait les larmes dans ses yeux. Habitué à vivre dans un monde insensible, il ne comprit même pas qu'il pleurait. Un chagrin suffocant montait du tréfonds de son ventre jusqu'à sa gorge, se changeant au fur et à mesure en gémissement, en pleurs, en cri.

Ce sanglot était semblable à un haut-le-cœur, les muscles de l'estomac se nouaient, une crampe venue des profondeurs des parties les plus diverses de son corps s'y mêlait – des poumons, des épaules, des entrailles, forçant des restes, non de nourriture, mais de déchets quelconques, un fardeau d'une substance incompréhensible.

Peut-être expulses-tu cette écrasante tristesse de toi, Koltcha ? Peut-être vas-tu te sentir mieux ? Mais non. Elle le déchirait intérieurement, mais plus elle s'exprimait, plus elle s'imposait, plus il était dur de vivre, difficile de penser, effrayant d'espérer.

Le bon Gochman venait de mourir. Et c'était tout. Comme s'il n'avait jamais existé. Tout comme lui La Hache, ou plus exactement – Personne.

CHAPITRE 2

Grâce à Dieu, Valentin ne voyait pas Koltcha de loin, n'entendait pas ses souffrances, ne percevait pas ses intentions. Il ne s'était pas annoncé, n'avait pas envoyé de subalterne : La Mercedes ou la Volvo était devant l'entrée de l'immeuble. Il le laissa s'habiller sans hâte, sortir de chez lui, apparaître à l'internat dans une tenue de circonstance : costume sombre, et quel costume, le seul et unique en son genre, une chemise noire, et quatorze boutons d'œillets rouges, un pour chaque année de l'existence de Gochman.

Sans parvenir à décider où, Georgi Ivanovitch ne voulait pas faire ses adieux au mort à l'internat. Le gymnase ne s'y prêtait pas, et au dortoir il n'y avait pas de place. La seule solution, c'était dehors, mais il fallait jucher le cercueil sur des tabourets ; non ça n'était pas digne, mais malaisé, il décida d'aller tout de suite au cimetière.

Par conséquent tout le monde attendait l'arrivée du corbillard dans la cour, ils étaient tous sortis du plus grand au plus petit, chaque individu passant le portail de l'internat. Lorsque Koltcha fit son entrée, tous les regards étaient sur lui, et ils étaient tous approbateurs. Un ancien qui vivait aux alentours, apprenait la mécanique, était bien habillé, bien chaussé, ce qui signifiait qu'il n'avait pas sombré et il venait accompagner son camarade vers son dernier repos, bravo.

La Hache salua le directeur en lui serrant la main, sans se troubler, comme un adulte, et ce ne fut qu'alors que Georgi Ivanovitch réalisa : Seigneur, regarde Koltcha Hachorov qui vient d'apparaître au portail, il aurait pu lui payer l'orchestre ; le seul, l'unique de ses anciens digne de ce nom qu'il ait sous la main, susceptible de donner corps à cette initiative, et il avait oublié !

Il restait encore un problème non résolu et le directeur demanda fermement, sur un ton n'admettant pas de réplique pour qu'il soit impossible, même à un type aussi solide que Hachorov, de se défiler :

– Nikolaï, lui dit-il, je te demande de faire un discours à l'enterrement.

Puis, pour qu'il ne puisse pas refuser, il reprit sur un ton d'une extrême gravité :

– Tu passeras en second.

Koltcha commença par hocher la tête, avant de s'absorber dans ses pensées. Il restait encore beaucoup de choses qu'il n'avait pas expérimentées ; enterrer un ami en était une, et parler à un enterrement.

De nouveau, il était tourmenté, secoué, bien qu'impassible extérieurement. Makarov et Gnedom le tirèrent de cet état, car ils portaient sur leurs épaules un magnétophone énorme, gros comme une valise.

– Vous êtes prêts ? demanda le directeur à Gnedom. Attention, ne me fais pas faux bond, ne te couvre pas de honte !

– Georgi Ivanovitch ! se lamenta Gnedom au bord des larmes.

Gnedom comprit de lui-même qu'il n'avait pas choisi la bonne intonation. Et se mit à raconter à mi-voix, au prix de quelles tribulations ils avaient réussi à trouver de la musique funèbre au marché aux puces de la ville.

Les adultes étaient dispersés dans la cour, selon un plan tactique. Parce que le conseil pédagogique avait décidé que seuls les plus âgés iraient au cimetière, et que les moyens resteraient ici. On ne parlait même pas des petits, inutile de les bouleverser sans raison, la cérémonie à venir n'était pas pour eux. Par conséquent, une partie des éducateurs et des enseignants se dressaient entre les plus âgés et les moyens, et une autre entre les moyens et les petits, pour pouvoir les couper du reste et les faire rentrer au moment voulu dans les salles de classe pour que la vie poursuive son cours habituel : le dîner, la télévision avant d'aller se coucher.

La Hache s'éloigna du directeur de quelques pas, contempla une fois encore, le regard embué, la cour si familière : chaque buisson, chaque brin d'herbe sur cette pente douce au-dessus de laquelle se dressait l'école, tandis que le dortoir s'élevait sur le côté, était un fondement de son enfance, constituant ses principaux souvenirs. Le garage était sur la gauche, et le long tuyau métallique verdâtre au-dessus d'un bâtiment de briques ramassé : là où se trouvaient les chaudières, où, en hiver, tremblant, on pouvait courir coller son dos revêtu d'un vieux manteau élimé contre la paroi noire de la chaudière, écouter les jurons de l'éternel gardien Nikodime et des chauffagistes si souvent remplacés pour toujours la même raison – soûlographie invétérée – et flairer l'odeur des Prima, les cigarettes bon marché.

Adieu Dacha, la cuisinière qui ajoutait toujours du rabe, adieu les enseignants, ceux qu'on connaissait et ceux qu'on connaissait moins ; bientôt ils disparaîtraient tous dès qu'on aurait relocalisé l'internat dans une des écoles inoccupées et mieux tenues de la ville. Et puis le héros efflanqué, Georgi Ivanovitch, mère poule couvant les œufs des autres, et Dacha la Rombière – pour une raison quelconque, Zoaïa Pavlovna et le gardien restaient invisibles.

Sur la route, le moteur de l'autocar servant de corbillard – avec l'inscription « Rituel » en jaune – grinça, ronfla, et se tut en parvenant au portail de l'internat, sans entrer dans la cour.

– Voici, cria Georgi Ivanovitch d'une gorge contractée, se tournant vers la pente. Inclinez-vous devant Gochman ! Il part vers son dernier repos. Que la terre lui soit légère !

Il se tourna vers le véhicule et s'inclina et tous ceux qui étaient sur la pente firent de même.

Il n'avait tout de même pas tout calculé, parce que, lorsqu'il imprima une bourrade dans les côtes de Gnedom pour lui donner le signal, il appuya sur le bouton du magnétophone Phillips relié à des haut-parleurs massifs chargés sur les épaules de Gnedom, la marche funèbre retentit puissamment, trop même. Les petits enfants, prenant la musique pour une invitation au chagrin, sans écouter les cris des adultes, coururent soudain en masse vers l'autocar où gisait Gochman et se mirent à crier, à pleurer. Un instant plus tard, les moyens les imitaient, bousculant les adultes, fonçant vers l'autocar.

Zoïa Pavlovna était à l'intérieur, attendant un signal du directeur. Celui-ci, qui ne perdait pas le nord, agita le bras, l'autocar démarra sans qu'on l'entende parmi les cris des enfants, avança dans la rue ; et Georgi Ivanovitch courut avec les mômes, les calma d'un geste, hocha la tête, comprenant que personne ne resterait dans la cour, dirigeant les adultes, éducateurs et enseignants par signes. La foule des enfants prit forme petit à petit, ils se mirent en rang. Gnedom marchait en tête, la valise musicale sur l'épaule, la mélodie funèbre dictait un pas lent et une sorte d'apaisement, les pleurs finirent par cesser.

Koltcha se retourna plusieurs fois : aucun traînard. L'internat, comme un seul homme, avançait en rangs serrés. Les plus vieux fermaient la marche, ayant laissé passer les petits, mais tous les âges étaient confondus. Ils avançaient bras dessus bras dessous, en rangs inégaux, mais constitués. Et les plus vieux – garçons et filles – qui auraient méprisé une telle conduite en temps ordinaire, donnaient le bras aux plus jeunes. Les enseignants marchaient avec les enfants, et l'écœurante Zoïa Pavlovna en tenait deux par la main. La généreuse Dacha, le gardien Nikodime – comme ce tableau était étrange – marchaient, une petite fille d'un côté et un gamin costaud de l'autre.

Koltcha observait tout ça, de même que le directeur et Makarov. Seul Gnedom ne voyait rien. Il marchait sur le côté en maintenant d'une main le bruyant magnétophone, conscient du rôle exceptionnel qui lui était imparti.

Alors La Hache prit le bras libre de Gnedom, et tendit l'autre vers le directeur, sentant à quel point celui-ci tremblait ; les larmes du pédagogue Georgi Ivanovitch. Les lèvres de Koltcha tremblaient, et il se retenait : arrête, c'est une leucémie, un cancer du sang, ce jour était attendu, il faut à présent que tu tiennes parole.

Et soudain, il comprit : il ne pleurait pas à cause de Gochman. Il pleurait parce que tout le monde s'était pris par la main dans cette colonne. Peut-être que cette procession enfantine, dominée de la taille par quelques adultes, avançait bras dessus bras dessous pour tenir face au malheur dont les protégeaient les gens les plus proches. Peut-être que les enfants se défendaient ainsi naïvement des coups du sort qui mettraient un point final à leur avenir obscur, qui les mèneraient à la mort.

L'autocar avançait lentement ; dès que c'était possible, à sa suite se pressait la foule des enfants. Les passants contemplaient cette procession impromptue, leurs visages se tendaient, ils parlaient entre eux avant de hocher la tête, la nouvelle selon laquelle on enterrait un gamin circulait d'elle-même, sur la route, sur le trottoir, bien que personne dans la foule qui l'accompagnait vers sa dernière demeure ne dise rien ; ils se taisaient tous, et c'était en soi stupéfiant, presque trois cents enfants silencieux, se pressant derrière l'autocar.

Quoi qu'il en soit, personne ne se joignit à la procession, à l'exception de trois ou quatre cyclistes désœuvrés, personne ne souhaitant, même par curiosité, partager le chagrin des pensionnaires de l'internat. Les enterrements d'enfants ne les intéressaient pas, leur intérêt était réservé aux riches à tombes éclatantes et aux orchestres venus pour l'occasion en smoking et nœuds papillon…

Comme il fallait s'y attendre, au cimetière la foule se rua. Il y avait longtemps que tant de gens n'avaient pas accompagné des trépassés, et les fossoyeurs commencèrent à crier pour empêcher les enfants de piétiner les tombes ; mais ils cessèrent bientôt, il n'y avait rien à faire. Les gamins grimpèrent sur les monticules sans s'excuser auprès des gisants, parce que la peine qu'ils ressentaient, c'était ici et maintenant, et que ce qui s'était passé auparavant pouvait attendre.

On ouvrit la tombe, et Koltcha frémit de nouveau, à cause du soupir général montant des tombes vers le Très-Haut, et de l'apparence de Gochman : il était complètement chauve. La Hache savait que le traitement faisait tomber les cheveux, Gochman lui en avait parlé la dernière fois qu'ils s'étaient vus, mais le voir, c'était autre chose, de surcroît au cimetière…

Il fit un discours très maladroit, bien que Georgi Ivanovitch lui ait fait des éloges, une sorte de bouillie selon laquelle ils n'oublieraient jamais Gochman, le meilleur des gamins.

Mais il s'apprêtait à dire quelque chose de complètement différent.

– Me voici, se préparait à dire Koltcha, Nikolaï Hachorov[1], et tout le monde se serait mis à le fixer.

Et là, il aurait précisé ce à quoi nul ne s'attendait :

– L'abréviation signifie « personne ». Vous comprenez ? Gochman n'était personne, comme nous tous. Personne n'a besoin de nous en dehors de nous-mêmes. Nous sommes les seuls à pouvoir nous aider les uns les autres.

Alors tout le monde aurait regardé le gamin dont le nom était Personne.

Il avait déjà grandi, avait quitté l'internat, faisait des études ailleurs et roulait dans des bagnoles de luxe. Il savait de quoi il parlait.

1. Une fois encore, en russe, l'abréviation de Nikolaï Toporov donne *nikto,* qui signifie personne.

CHAPITRE 3

Évidemment les enfants n'étaient pas censés boire durant les veillées funèbres, mais les adultes, parmi lesquels Koltcha, pour des raisons qui crevaient les yeux, avaient le droit de picoler. Il but sans mesure, le cœur glacé. Le poids de ce qu'il n'avait pas réussi à dire l'étouffait, mais il continuait à se taire et buvait la vodka généreusement versée par Nikodime – dont c'était l'heure de gloire ! –, ne mangeant quasiment rien. Par conséquent, il s'enivra.

Une migraine dantesque le réveilla au matin, le mettant dans tous ses états. Revenant des toilettes au divan, il découvrit son premier costume couvert de poussière.

Koltcha soupira : cela signifiait qu'il avait déchu, s'était couvert de honte. Mais comment en était-il arrivé là ? Il ne s'en souvenait plus.

Son archange Valentin apparut le matin suivant en riant.

Avec une bière dans un filet de provisions, il soigna son petit frère, le remettant au lit pour qu'il continue à dormir, précisant qu'il était au courant de tout, n'avait aucune exigence et lui donnait congé pour deux jours, mais pas plus.

La Hache dormit, se réveilla, redormit, se dégrisa sous la douche, fit nettoyer son costume, honteux de son indignité, s'efforçant de se souvenir comment et où il avait perdu conscience, de quelle manière il était rentré chez lui. Sans succès. Il ne savait plus.

Deux jours plus tard, en fin d'après-midi, il sortit de chez lui et alla directement au cimetière. Les lilas étaient en fleur, entourant le territoire, le lieu municipal du dernier repos. En chemin Koltcha en brisa quelques branches. La tombe de Gochman était restée dans l'état où l'avait laissé l'internat : la terre avait à peine séché sur le monticule surmonté d'une unique guirlande portant une inscription bureaucratique. Personne n'était venu depuis deux jours : les larmes d'enfants sèchent aussi vite qu'elles surgissent, et les adultes ne se remettaient pas de la commotion des funérailles, bientôt aspirés par d'autres soucis.

Koltcha planta des boutons de lilas dans la terre jaune, resta debout un petit moment devant la tombe, inclinant la tête pour Gochman comme s'il s'excusait pour son accès d'ivrognerie involontaire et se dirigea vers la sortie. Dès qu'il eut dépassé le portail du cimetière, quelqu'un siffla d'un son dos. Il se retourna : c'était Valentin. Habitué à ne pas s'étonner, Koltcha alla à sa rencontre.

Ce jour-là, ils burent de nouveau chez Koltcha, et le chef s'enivra lui aussi, sans y passer la nuit, appelant la Volvo conduite par l'un des gorilles. Ils firent la veillée funèbre de Gochman quoique Valentin ne l'ait vu qu'une fois, lors de cette soirée de fin d'études de l'internat dans le bois de bouleaux. Il ne se souvenait quasiment pas qu'ils avaient parlé de feu la mère de La Hache et avaient bu au salut de son âme, pour qu'elle aille au royaume des cieux. Le grand frère avait dit à Koltcha qu'il est facile de porter des jugements et qu'il ne fallait donc pas s'y risquer, et nous ne jugerons personne.

Koltcha hochait la tête, buvant malgré lui, s'efforçant de réfléchir aux thèmes évoqués par Valentin, mais soit après sa commotion alcoolique récente, soit parce qu'il n'arrivait pas à penser, il se sentit mal. Il se rappela être allé à l'église, avoir donné de l'argent pour des cierges, à des vieillards qui l'avaient bien accueilli, mais il ne parvenait pas à imaginer sa mère, et moins encore au royaume des cieux. Se traitant lui-même de tous les noms, il avait même du mal à se remémorer la jeune fille en robe bleue, cette charmante petite poupée miraculeuse, surgie au seuil de sa vie.

– Tu te souviens, lui demanda Valentin pendant qu'ils se saoulaient, que je t'avais promis de t'essayer à la carabine ? Avec une lunette optique ?

– Oui, acquiesça Koltcha.

– Je m'en suis procuré une. Prépare-toi. On l'essaiera à l'endroit habituel.

Mais la carabine ne surgit pas le lendemain, ni la semaine suivante, mais quinze jours plus tard lorsque les funérailles de Gochman s'étaient déjà un peu estompées. Tout suivait son cours habituel – les tournées quotidiennes, les collectes, les repas dans les repaires de la bande en l'absence de La Hache ; il avait droit à des indulgences et ne s'y rendait que si le patron lui ordonnait de manger avec l'équipe – si Valentin le proposait, refuser était malaisé. Leur secteur d'influence s'était, comme le comprit La Hache, grandement élargi, et la structure de la bande avait évolué : les repas ne rassemblaient plus toute la troupe, comme autrefois, mais uniquement les officiers. L'augmentation du personnel avait mené à une réduction de la table d'honneur : il était fréquent que seuls les plus gradés soient conviés. Un jour, dans la voiture, Valentin remarquant en passant, qu'à présent toute la ville, grâce aux négociations, pressions et fusions, toute la ville était à leurs pieds. Entièrement.

La Hache ne pouvait que deviner, sans savoir vraiment ce que ça voulait dire, ne serait-ce que parce que Valentin venait de plus en plus souvent chercher ses valises. Les ayant posées sur le divan, Koltcha s'efforçait par habitude de disparaître dans la cuisine, mais le patron riait, lui proposant de rester et de contempler le spectacle ; il n'avait de secret pour La Hache et blaguait quand Koltcha sortait quand même : « ça ne t'aidera pas ».

Koltcha n'avait aucun doute à ce sujet. Mais ces liasses de fric le mettaient mal à l'aise, comme si quelque chose de sale gisait sous son lit. Ce n'était pas pour rien qu'il ne s'y allongeait jamais, préférant dormir sur le divan.

Lisant dans ses pensées, après avoir refermé les valises, Valentin se lavait longuement les mains, jusqu'aux coudes, et les essuyant à fond aimait à répéter :

– Je suis d'accord avec toi, ces affaires sont dégueulasses, encore quelque temps et on rompra avec tout ça sans retour, on filera, comme en rêvait Ostap

Ibragimovitch[1] à Rio de Janeiro nous payer des pantalons blancs et nager dans l'océan bleu azur.

Il rigolait franchement, ébouriffait les cheveux de Koltcha, lui tapait dans le dos, lui ordonnait de répéter les combinaisons permettant d'ouvrir les valises et soulignait : il n'avait aucun secret pour La Hache. Koltcha soupirait. Et bien qu'il réponde par un sourire, l'incompréhensible confiance du patron à son égard l'effrayait. Malgré tout, ils n'étaient pas liés par le sang.

Manifestement, il croyait trop, cet homme intelligent et sans peur, aux exemples qu'il répétait lui-même : les orphelins constituaient les meilleurs hommes de main, gardes du corps, prêts à accomplir la volonté du patron, et l'exemple du dictateur roumain Ceausescu l'émouvait jusqu'aux larmes, qui avait organisé sa garde personnelle, le service principal du KGB local, en recrutant des enfants abandonnés et en devenant le père de ces infortunés.

Certes, ça n'avait pas sauvé Ceausescu. En revanche, ces gamins armés s'étaient battus jusqu'au dernier pour défendre leur père.

– Bien que le rôle de père ne me convienne pas, tu peux peut-être m'accepter comme frère aîné ?

Valentin souriait en s'adressant à Koltcha, tandis que celui-ci était embarrassé d'être élevé ne serait-ce que par

1. Il s'agit bien entendu d'Ostap Bender, l'escroc pittoresque et malchanceux, sorte de Croquignol à la russe, héros des romans satiriques de Ilf et Petrov *Les Douze Chaises* et *Le Veau d'or* dont ont été tiré des films très populaires en Russie.

la pensée au même niveau que le patron, se troublant et se contractant, comme une petite fille qui rougit, et cette réaction, semblait-il, plaisait par-dessus tout au chef.

Une fois ou deux, il insista, le relançant sans raison. La première fois en voiture, sur le chemin de Moscou, ensuite dans l'appartement, une fois qu'ils avaient enterré les valises.

– Je te parle sérieusement ! Je ne plaisante pas ! Tu es mon héritier, si jamais, que Dieu m'en préserve… tu dois te conduire comme tel.

Pourquoi lui ? Parce qu'il était lui-même orphelin ? Mais il n'était jamais revenu sur ce thème-là. Où se trouvait son orphelinat et comment avait-il atterri là-bas ? Que lui était-il arrivé ensuite ? Brouillard complet. Une étrange poudre aux yeux et tout cela était voilé du secret le plus absolu. En dépit des constants discours sur La Hache comme héritier, celui-ci ne savait même pas où vivait le patron. La conspiration, c'était la conspiration. Et Valentin n'avait pas de maîtresse régulière. Aucune main de femme ne le guidait – c'était pourtant le sel de la vie d'un homme ! Et s'il était impuissant ? Ou bien c'était un puritain, Koltcha avait entendu ce mot-là quelque part sans le comprendre. Ou bien encore, autre chose ?

Deux semaines plus tard, Valentin téléphona à l'atelier pour lui faire savoir où et quand il attendait La Hache. Lorsque celui-ci arriva, il sauta dans la Mercedes plus rapidement encore que d'habitude et lui ordonna de rouler jusqu'aux confins de la ville vers le bois de bouleaux. Au début, Koltcha ne remarqua même pas le paquet qu'il avait en main, mais lorsqu'ils furent sur place, marchant dans une herbe déjà haute et soyeuse, Valentin s'empara de quelque chose d'allongé, entouré de papier journal qu'il déchira, ouvrit la boîte et monta la carabine en trois mouvements adroits. Munie d'une lunette. Et d'un silencieux.

Ils marchèrent quelques mètres, examinèrent l'endroit où ils avaient enterré l'argent impossible à distinguer, les herbes y avaient poussé vigoureusement, ils s'écartèrent un peu, choisissant un endroit plus sec, et Valentin chargea la carabine. La première détonation retentit comme un ballon à moitié gonflé qui éclate. Le patron tira le premier avant de donner la carabine à son élève.

Le recul de l'arme l'impressionna plus que le bruit du coup de feu, mais c'était facile à surmonter, si on épaulait correctement, surtout un genou à terre. La cible était un bouleau, où bruissait l'impact, où l'on ressentait une certaine consistance, une certaine importance de celui-ci. Quinze coups de feu plus tard, on pouvait même lâcher une courte rafale, c'était aussi une arme automatique. On pouvait faire la guerre avec cette arme, en face de celle-ci les pistolets n'étaient qu'un jouet d'enfant.

De nouveau, Koltcha eut une sensation de puissance et de confiance en lui. Non seulement son bras avait un prolongement susceptible de faire peur, mais il avait aussi une pensée. Sa pensée pouvait frapper qui il voulait. Par un effort de volonté, il écarta cette possibilité, ce pouvoir, bien qu'il les sente presque physiquement.

Tandis qu'il se débarrassait de l'arme, tout ça lui venait facilement. Plus il maniait l'arme, à présent démontée et reposant dans la deuxième valise sous le lit, plus il la remontait, en l'absence de Valentin, visant à travers le rideau de tulle un chien dans la cour, une branche de tilleul, une boîte de conserve dans la poussière, et plus il souhaitait revoir le patron et retourner dans le bois pour tirer de nouveau sur le tronc de bouleau.

Le tir de Koltcha était groupé, et Valentin le couvrit d'éloges, surpris. Un sentiment nouveau se fit jour chez Koltcha : pour la première fois de sa vie, il commençait à s'estimer pour ses capacités.

CHAPITRE 4

Et c'est là que pour lui survint l'amour.

Il survient toujours ainsi, s'impose tout à coup, sans aucun avertissement la plupart du temps, et bien entendu sans qu'on le sache : préparez-vous à la surprise, soyez gentils, et lavez-vous.

Il rêva de la jeune fille en robe bleue. La charmante petite poupée réapparut sans qu'on la convoque à l'endroit le plus incongru, mais il ne pensa pas à retourner dans la vieille maison où elle vivait, ne serait-ce que parce qu'il n'aurait eu aucune explication à donner. Il marchait dans la rue, vit une pancarte « Bibliothèque » ; il tâta ses poches à tout hasard – avait-il sa pièce d'identité sur lui ? – et s'avança avec détermination dans cette direction pour s'inscrire et emprunter un livre : il était rarement entré dans une bibliothèque, en dehors de celle de l'internat ou de l'institut et se décida en une seconde, pourquoi pas ?

Les portes réglementaires sont nombreuses dans les bibliothèques et se suivent, une, deux, cinq, et soudain, l'illumination : elle !

La charmante petite poupée était debout près d'une sorte de comptoir, entourée de livres de tous côtés, sur les rayons, dans son dos, entassés sur le comptoir, sur le côté. Elle n'était pas vêtue de bleu cette fois, mais d'un tailleur à carreaux verts, et sa tresse se balançait sur sa poitrine. Tous ces éléments en faisaient une héroïne de Tourgueniev.

Elle regarda Koltcha, il n'y avait personne d'autre autour d'elle, et lui dit gentiment « Bonjour ! » Il marmonna quelque chose en guise de réponse. Elle lui demanda son numéro de lecteur. Il ne comprenait pas que les lecteurs avaient un numéro ; imbécile, et retrouvant difficilement ses esprits, il expliqua qu'il voulait s'inscrire. Sortit sa pièce d'identité.

Elle disparut derrière le comptoir, s'assit et remplit un formulaire, notant le numéro de la pièce d'identité, son nom de famille, le numéro de sa carte de résident de la ville.

Puis elle se redressa et demanda :

– Quel livre souhaitez-vous emprunter ?

Il était dans tous ses états, ne sachant pas quoi répondre. La jeune fille lui posa les questions nécessaires :

– Peut-être un roman policier ? Un roman d'amour ? De la science-fiction ?

Koltcha ne savait pas ce qu'était la science-fiction, notamment parce qu'il pensait complètement à autre chose ; il demanda finalement :

– Vous m'avez reconnu ?

– Bien sûr, répondit-elle en souriant. J'ai alors compris que vous étiez le fils de Maria Ivanovna.

Koltcha ne s'attendait pas à ça, qu'un souvenir personnel surgisse – mais sur sa pièce d'identité figurait son nom de famille, le même que celui de la locataire de leur immeuble.

– Je ne suis le fils de personne ! éclata-t-il, en baissant la tête bêtement.

– En tout cas pas de la direction de l'éducation populaire, dit-elle en riant. Et votre compagnon non plus. Vous êtes son chauffeur ?

– Oui, en quelque sorte, répondit Koltcha soulagé.

Puis il posa une question essentielle :

– Comment vous appelez-vous ?

– Evguenia.

Sa voix ne se brisa pas, elle expliqua le reste aussitôt :

– Je fais des études de bibliothécaire et je suis ici en stage. Et vous ?

Cette brève réponse prit La Hache au dépourvu, lui si vigoureux. Révéler qu'il faisait des études pour être mécanicien, qu'il venait de l'internat ? Bien qu'il n'aime pas mentir, il mentit :

– Je fais des études à l'institut de formation en mécanique de l'aviation.

Il en existait un en ville, ça collait, mais Evguenia se pencha sur son comptoir et dit, tandis que son stylo bille s'envolait sur le papier :

– Nous enregistrons…

– Je peux jeter un coup d'œil ? demanda Koltcha en indiquant les rayons de livres.

– Bien sûr, allez-y, dit Evguenia, faites votre choix.

Il s'éloigna, reprenant son souffle, épongeant la sueur

sur ses tempes, comme si en une fois, ce bavard, et sans sujet défini, avait passé un examen de haut niveau. Que se passerait-il ensuite ?

Koltcha passa entre les rayons de livres lentement, s'empara de plusieurs livres, que faire ensuite, que dire, comment entreprendre une conversation ? À quel sujet ?

Son expérience dans la communication avec les jeunes filles se limitait à l'internat. Les chambrées voisines du dortoir, des filles familières, qui avaient tout de filles, ne serait-ce que par leurs vêtements. Attirantes, du moins par leur apparence – personne, ni le sexe masculin, ni le sexe féminin, n'était mené là par sa faute, mais par un hasard malheureux, et tant d'épreuves à un âge très tendre – ayant vu tant d'abominations de la part des adultes pendant leur courte existence, les garçons et les filles rassemblées là ne rêvaient pas à leur qualité de vie, ni à leur avenir d'homme ou de femme, mais ils s'extirpaient comme ils le pouvaient des décharges d'ordures adultes de leurs parents, ne pensant pas du tout aux sentiments vils et mesquins entre hommes et femmes. Ils avaient vu et revu ce qu'étaient ces sentiments, non merci !

Par conséquent Koltcha n'avait aucune expérience de communication avec les jeunes filles comme représentantes du beau sexe, il ne connaissait que ses sœurs d'infortune aux jupes minables et aux collants filés, souffrant comme lui de la solitude et de l'abandon, convives mal élevées et désagréables, finalement malheureuses, obtuses condisciples, et les anges aux yeux bleus et aux cheveux fins lui étaient inconnus. Il ne savait pas, pauvre diable, comment se comporter, où se mettre, de quoi avoir l'air, quels mots utiliser, comment commencer la conversation, il ne savait pas.

Soupirant dans les rayons, s'emparant au hasard du livre d'un auteur étranger sur Napoléon dans la collection « Vie des gens remarquables »[1], La Hache, complètement déprimé, surgit devant Evguenia qui remarqua sa présence.

– Oh, oh, vous vous intéressez à Napoléon, dit-elle cherchant à encourager les ambitions de Koltcha. Celui-ci, à son propre étonnement, lui fit une réponse non dénuée d'intelligence.

– Je n'arrive pas à comprendre, dit-il avec sévérité, pourquoi il a envahi la Russie ? S'il s'était réfréné à temps, l'empire français serait notre voisin de l'Ouest.

Evguenia leva soudain les yeux vers lui.

– Et pourquoi vous êtes-vous orienté vers la mécanique des avions ? Vous auriez dû faire de l'histoire !

Elle ne soupçonnait pas qu'en l'occurrence le grand empereur Napoléon avait donné un sérieux coup de main à l'orphelin. Quelques minutes seulement les séparaient de l'heure de la fermeture, la bibliothécaire principale apparut, jeta un coup d'œil à Koltcha, libéra Evguenia en avance, et ils avancèrent le long de la rue, parlant d'un tas de choses.

Tout d'abord, il fut question de Napoléon, naturellement. Les grands personnages possédaient certains traits qu'il fallait surmonter.

1. Collection de biographies format poche très populaire en Russie et marque de cognac produit en Crimée.

– Et pas seulement les grands ! résuma Evguenia.

Si Hitler, observant un certain sens de la mesure, ne s'était pas attaqué à l'URSS, l'Allemagne nazie serait peut-être restée maîtresse de l'Europe jusqu'à nos jours.

– Tu n'as pas l'impression, demanda Evguenia, qu'en fin de compte ce qui se passe à présent dans notre pays, c'est la victoire d'Hitler ?

Au départ, Koltcha n'était pas tout à fait d'accord, mais lorsque Evguenia entreprit de compter sur ses doigts : l'effondrement de l'URSS, la guerre en Tchétchénie, un pouvoir incapable de contrôler le pillage et ne pensant qu'à lui, une devise étrangère, fût-elle américaine, servant de monnaie, et le plus grave : la ruine des usines, la désertification des mines, les fortunes surgies du néant, n'était-ce pas la victoire d'Hitler ? Koltcha dut reconnaître qu'elle avait raison.

– Et l'invasion du porno, dit Evguenia, regarde les magazines au kiosque, les films à la télé ! C'est la victoire quelconque de quelqu'un ! Notre défaite ! Et la méfiance de tous envers tous, par exemple je devrais avoir peur de toi, tu comprends ? Comme une idiote je n'ai pas peur, alors que je devrais, et si tu ne m'avais pas proposé de me raccompagner je te l'aurais proposé.

La Hache pigeait. Se pavanant comme un paon, il venait de parler de Napoléon et d'Hitler, sans rien apporter de sérieux à la discussion. Evguenia le ramenait brusquement sur terre, fût-ce de façon rhétorique, mais la question qu'elle posait réellement, c'était : qui es-tu garçon ? Pourquoi devrais-je avoir confiance en toi ?

Et en effet, elle aurait dû carrément se méfier de lui. Non, il ne mûrissait aucun projet pouvant la mettre en danger, au contraire, mais il se cachait dans l'ombre d'un autre, qui lui était dangereux. Ce danger était d'une telle nature qu'Evguenia devait à tout prix s'en tenir éloignée. Dans quel but abusait-il de sa confiance ?

Il s'enferma dans le silence, mais Evguenia le comprenait à sa manière, elle aborda un thème qui l'intéressait :

– Et pour ton affaire… la vôtre… au sujet de Maria Ivanovna, j'ai entendu parler d'elle, mais je ne l'ai jamais vue, elle est partie un an avant ma naissance. Et qu'est-ce que vous avez raconté sur son fils, l'apprenti diplomate… Pour quelle raison avez-vous menti ?

Koltcha était au bord de l'effondrement, le salut exigeait qu'il reconnaisse qu'il cherchait sa mère, que Valentin – un ami adulte qu'il connaissait depuis longtemps – ne pouvait s'en sortir qu'en mentant – et que sa mère l'avait abandonné à la crèche des orphelins.

– Maria Ivanovna ? l'interrompit Evguenia. Quelle histoire ! Je demanderai à maman. Elle n'a jamais parlé de ça.

– Peut-être qu'elle ne le savait pas.

– Peut-être…

Ils se promenèrent comme se promènent tous les amoureux sur terre, jusqu'au crépuscule, l'heure bleue où les fenêtres s'allument. Koltcha se sentait pousser des ailes : il était sorti du mensonge, avait dit quasiment la vérité, et rien de grave ne s'était produit. Evguenia ne s'était pas écartée de lui comme d'un lépreux, au contraire, elle était très intéressée, demandant comment c'était à l'internat, et il lui avait raconté sa vie d'enfant derrière la palissade, sans évoquer tout ce qu'il y avait de désagréable, plaisantant sur les côtés agréables de façon amusante, et la charmante petite poupée naïve le croyait, étirant les trilles cristallins d'un rire de jeune fille.

Koltcha, aussi étrange que cela puisse paraître, dormit d'un sommeil de plomb cette nuit-là et fit un beau rêve : Evguenia d'une taille adulte, Evguenia vue latéralement, Evguenia souriante, le sourcil froncé, muette ou racontant quelque chose.

Evguenia tout entière.

CHAPITRE 5

Il se dissolvait en Evguenia, se noyait en elle. Chaque heure, chaque minute, il se souvenait d'elle, ses pensées à son sujet s'exprimaient par des paroles claires dans son esprit, il égrenait comme un chapelet de pierres précieuses, ses idées, ses phrases, ses sourires. Il passait des heures dans la salle de lecture, avalant des pages et des pages pour les feuilleter de nouveau et les relire en souriant, avant d'aller la voir à la réception, attendant le moment où Anna Nikolaiëvna, la bibliothécaire en chef d'un certain âge, s'éclipsait pour aller chercher quelque chose dans le fonds, la salle de lecture, ou allait au magasin chercher du kéfir.

Il n'y avait pas beaucoup de monde à la bibliothèque en été et, lorsqu'ils étaient seuls, ils s'absorbaient l'un l'autre dans des conversations interminables. Evguenia menait la danse, elle était plus forte que lui – plus intelligente peut-être, en tout cas certainement plus cultivée et plus mûre – c'était indéniable, et Koltcha ne cherchait pas à la rattraper, lui cédant la première place. Cependant, il semblait qu'il s'efface par politesse, chevalerie, respect pour son opinion et pour elle, et à une femme, même très jeune, ça ne peut manquer de plaire – surtout et en tout premier lieu à une femme très jeune. Chaque jour, ils se promenaient ensemble jusqu'assez tard, la nuit La Hache rêvait d'elle, et tout se fondait en un seul courant parfait de jeunesse, dans le bonheur de la découverte d'une âme sœur – sans arrière-pensée, sans querelle, sans hésitation, dans une journée continue, sans interruption, sans jour et sans nuit.

Ils ne remarquaient pas le temps qu'il faisait – pluie ou soleil –, ne prêtaient attention ni à la faim ni à la soif, ni aux regards ni aux paroles des autres. Ils traversaient jours et nuits, ne se quittant jamais en pensée, se tenant fermement par la main, sans perdre une minute de la sensation de reconnaissance et d'attachement mutuels.

Valentin, qui voyait toujours tout, ne pouvait ignorer ce qui se passait, mais il protégeait Koltcha. Il laissait ses mots à l'endroit le plus visible dans l'appartement, pour que le chevalier amoureux ne puisse les manquer, et communiquait ses ordres à l'avance sous la forme de requêtes polies. En soupirant, Koltcha partait à la salle de lecture prévenir Evguenia qu'il serait bientôt de retour, courait au garage, démarrait la voiture, fonçait chez le patron s'occuper des affaires. Du reste, celles-ci se résumaient à une seule et se déroulaient au plus mauvais moment – en début de soirée.

Ils s'entraînaient. Koltcha avait Evguenia en tête en permanence. Au début il tirait mal, avant de comprendre : plus il serait calme, c'est à dire précis dans son tir, plus vite il se libérerait de la corvée.

Un soir, le patron le couvrit d'éloges, puis lâcha, comme par plaisanterie :

– Et tirer sur un homme… tu te dégonfles ?…

Sans réfléchir, Koltcha que les louanges avaient grisé, pressé de rejoindre Evguenia, avait répondu tout à trac :

– Et puis quoi encore ?

Avant de piger. Mais il était trop tard. Valentin prit l'air sérieux, et ne libéra pas le poisson qu'il avait ferré :

– Dis à ton amie que nous avons une affaire urgente, impossible à remettre.

Évidemment, Koltcha ne parla pas du tout comme ça à son amie, il expliqua juste que son camarade lui avait demandé de l'aide, et quant à son boulot de chauffeur polyvalent et du fait que ça l'aidait bien pour ses études, il lui avait déjà glissé à Evguenia des demi-vérités à ce sujet.

Elle l'accepta facilement, compréhensive. Koltcha et Valentin quittèrent la ville au crépuscule.

À peine étaient-ils sur la route que Valentin se mit à expliquer gentiment à Koltcha que tirer sur un homme n'était pas si simple, et qu'ils ne s'apprêtaient pas à faire de mal à quiconque. La carabine automatique était destinée à l'autodéfense ; cependant, même si on repoussait les attaques, il fallait être prêt psychiquement à viser une cible vivante, et ensuite, s'il était impossible de reculer, rendre la monnaie aux assaillants.

Non, dit-il, développant le thème abordé déjà longtemps auparavant, tirer sur une cible vivante était loin d'être facile. Il fallait s'y habituer. Petit à petit.

– Je vais montrer, dit Valentin, et Koltcha se tendit intérieurement.

Ils roulèrent jusqu'à une bourgade voisine, s'arrêtèrent en lisière de celle-ci. À une centaine de mètres s'élevait un rang inégal de petites maisons. Les fenêtres étaient allumées dans chacune d'elles. Quelques-unes étaient dépourvues de rideaux, l'ampoule nue jetait une lumière vive.

Valentin monta la carabine, abaissa la vitre latérale de la Mercedes, visa une de ces fenêtres et l'ampoule s'éteignit.

– Tu vois ? demanda-t-il. Comme c'est simple. Sur une ampoule. De loin. Rien de spécial. Ils sont terrorisés, ils hurlent. Mais nous n'avons touché personne. Tu veux essayer ?

Il prononçait ces mots paresseusement, malgré lui, semblait-il, mais La Hache connaissait cette habitude du patron : plus c'était dit doucement, plus l'ordre était ferme. Et ça allait mieux aussitôt.

Il descendit de voiture, visa une fenêtre, appuya sur la détente. Ah, son joujou était fiable : la lumière s'éteignit et La Hache pour s'amuser visa le réverbère. Une pression sur la détente, et l'on entendit au loin le bruit de verre brisé. Koltcha éclata de rire.

Valentin fit de même.

– Bon, ça y est, tu me crois ? C'est très simple ! Rien d'horrible ! Il faut seulement savoir le faire.

Une autre fois, dans la journée, il ordonna à Koltcha de dézinguer toujours de loin une vache en train de paître. Elle s'écroula comme si on l'avait fauchée. La Hache se sentit mal – des cris de femme s'élevèrent et La Hache n'en pensait rien : Valentin était au volant et démarra lentement. Koltcha avait fait son devoir d'écolier assis sur le siège arrière.

– Ne te lamente pas ! le consola le patron. La vache n'est pas crevée tout à fait, on va s'occuper d'elle, et vendre la viande. Il faut s'entraîner maintenant sur des hommes blancs.

Il regarda La Hache dans le rétroviseur.

– Alors, un homme blanc ?

La Hache hocha la tête, mais se surprit à trembler ; son cœur hurlait : il n'était pas si facile, cet exercice sur une cible vivante. Au bout d'une demi-heure de route, avec une musique légère et les éloges de Valentin, il était complètement apaisé. De plus, le patron le récompensa pour ces exercices. Pour les ampoules deux cents, pour la vache trois cents, en dollars, évidemment. Et Koltcha en avait un besoin urgent, pour une chemise neuve, pour des chaussures correctes ; quand il allait voir Evguenia, il se contemplait dans le miroir d'un œil exigeant. Et de la monnaie pour une bouteille de soda américain, c'était la mode.

Un jour Koltcha se dit qu'il était semblable à un plongeur. Il se jetait sous l'eau sur ordre du commandant, pour qu'on ne le voie pas à la surface ; il allait tirer sur des ampoules, des vaches, ou encore au-dessus de fosses où gisaient des liasses de billets, s'éclipsant temporairement de sa vie « légale », connue de Evguenia, resurgissant comme avant vers elle, insoupçonné.

Il ne pensait pas que tout ça pourrait être connu du public. Du moins de sa charmante poupée, les autres ne lui importaient plus depuis longtemps, ils s'étaient absentés de sa vie : les professeurs de l'institut étaient en vacances, les malfaisants de l'école, anciens voisins du foyer, en congés chez eux, et l'internat était en lisière de la ville.

Des circonstances heureuses, aucune vieille connaissance susceptible de le balancer ne surgissait sur leur chemin lorsque Nikolaï et Evguenia se promenaient en ville. Lui cachait-il tant de choses, finalement ?

Koltcha souffrait, soupirait lorsqu'il était seul, il lui semblait que tout allait s'écrouler s'il reconnaissait qu'il étudiait à l'institut technique et pas au centre de formation à l'aviation, qu'il travaillait avec une bande de racketteurs dont il faisait lui-même partie, quoiqu'en réserve, pas activement, mais qu'il subissait un entraînement étrange et dangereux, et était de plus dépositaire de secrets, un homme de main. Si cacher l'institut technique était pardonnable, tout le reste, chaque élément, était accablant– mais mis bout à bout, c'était injustifiable.

Il imaginait ce qui arriverait si Evguenia apprenait la vérité, ça se passerait mal pour lui. Comme un chiot il la regardait d'un œil suppliant, la priant d'avance de le pardonner, or la charmante petite poupée s'égarait, soupçonnant dans ces regards de tout autres désirs ; elle prenait peur, se souvenant tout à coup qu'elle ne savait rien de ce garçon, se disant avec circonspection qu'il ne parlait malgré tout pas beaucoup de lui, même s'il avait grandi à l'internat.

Elle compatissait, et oui elle l'aimait, mais c'était un premier amour, encore superficiel, prenant pour un sentiment authentique à la fois les regards suppliants et sa pitié pour ce garçon aux yeux clairs comme les siens.

CHAPITRE 6

Un évènement malheureux survint à l'internat.

Il y avait un magasin à proximité, autrefois étatique mais à présent privé. Dans la cour du magasin s'entassaient des bouteilles emplies d'un mélange quelconque.

Les gamins de l'internat envahirent la cour, sortirent les bouteilles des caisses, en versèrent le contenu, puis quelqu'un craqua une allumette, tout s'enflamma et des ruisselets du mélange en feu se glissèrent sous le bâtiment. Le magasin brûla et ses propriétaires menacèrent le directeur d'un procès.

Surgi un matin histoire de le taper pour acheter des cigarettes, Gnedom raconta tout à Koltcha. La Hache décida d'aller voir Georgi Ivanovitch avec lui.

Il s'y rendit en Mercedes, sans savoir pourquoi il se permettait une telle fanfaronnade : avec le patron c'était une chose, tout seul c'en était une autre. Mais cette voiture, curieusement, gonfla le moral de Georgi Ivanovitch. Lorsque la Mercedes dont le moteur ronronnait sans à-coups approcha pour jeter l'ancre devant l'entrée délabrée du bâtiment scolaire où se trouvait l'étroit et malcommode bureau du directeur, celui-ci bondit sur le perron, comme si une puissante force était venue à son secours. Il ne montra aucune déception en voyant Koltcha, prit celui-ci par le bras et l'entraîna dans son bureau grand comme une boîte à chaussures, entamant sa confession enflammée dès le couloir.

– Tu comprends Nikolaï, la loi fait de moi votre père à tous, bon, bien sûr, excuse-moi, plus le tien, et ainsi je suis responsable de chacun de ces petits d'homme. Lé-ga-le-ment ! De tous et de chacun. C'est moi qui suis obligé de les nourrir et de leur donner à boire. Les habiller, les chausser, c'est encore moi. Leur éducation, leur santé, toujours moi. Mais on ne me donne plus d'argent pour ça, comme autrefois. Tu connais ce mot compensation mutuelle ? Non ? Que Dieu soit loué ! Un magasin quelconque doit un acompte aux contributions. Du coup, on permet d'y prendre, par exemple de la nourriture pour les enfants. Ce qui leur tient lieu d'acompte. Tu comprends… de la nourriture ! Et je cavale comme un dératé pour dénicher ces endroits, je négocie avec la direction et les prie de bien vouloir donner ceci en acompte de leurs impôts. Dans un autre je vais demander de la lessive, dans un troisième, des chemises, des caleçons, des sandales. Dans un quatrième, des manuels scolaires. De pédagogue, je me suis changé en mendiant professionnel !

– Qu'est-ce qui s'est passé et comment ?, le coupa Koltcha.

– Comment est-ce que je pourrais surveiller tout le

monde ? Une famille de deux cent cinquante personnes, ah ?... On va me traîner en justice. Le tribunal me condamnera à rembourser les dommages. Deux cent mille roubles au moins. Où est-ce que je les trouve ? Je te le répète, on ne me donne même pas d'argent pour les nourrir, ces mômes ! Tout cela tient d'une arithmétique fabulée ! Et c'est l'État ! Et c'est le pouvoir !

Deux cent mille, réfléchissait La Hache simultanément – plus de huit mille dollars. Dans la valise enterrée, ça se verrait à peine, mais on ne l'a pas cachée pour nous...

Il réfléchit non plus à ce « nous », mais à lui-même. Souriant intérieurement, il se disait : tu n'es pas parti très loin de l'internat, c'est ici que sont tes camarades. Dans deux ou trois ans, quand Gnedom et Makarov auraient quitté l'établissement, il en oublierait lui aussi le chemin. Mais peut-être que non – comment savoir à l'avance ?

Mais huit mille, c'était au-dessus de ses moyens. Il pouvait peut-être racler quinze cents dans ses poches grâce à la générosité passée de Valentin, mais le reste ?

Considérant qu'il ne s'en sortirait pas sans une sérieuse conversation avec le patron, Koltcha, plus par inertie qu'autre chose, posa des questions sur l'identité des propriétaires du magasin, leurs noms de famille, et soudain la lumière se fit : il les connaissait, il était passé recevoir le tribut chez eux, ils faisaient partie de ceux qui payaient Valentin.

Il serra la main du directeur avant de partir sans rien promettre et se rendit sur les lieux de l'incendie. Les gens qui se tenaient autour du magasin, se retournèrent aussitôt vers la Mercedes. Koltcha dut parcourir les quelques mètres qui le séparaient des propriétaires sous le regard insistant d'hommes à l'air sombre.

Quelqu'un grinça dans son dos « suceur de sang », mais La Hache ne se retourna pas, ne tressaillit même pas ; il fit un signe de tête aux responsables du magasin et s'écarta un peu en leur compagnie. Ils allumèrent une cigarette. D'après les souvenirs de Koltcha, il n'y avait que deux associés dans cette affaire, mais un troisième se joignit à eux. Et si les deux premiers étaient des demi-portions, le troisième avait toutes les allures d'un gros gorille, les épaules larges, la poitrine imposante, trapu dans tous les sens.

– Transmets à qui de droit, dit le plus vieux des deux propriétaires maigrelets, que c'est la poisse, on ne pourra pas payer.

Koltcha hocha la tête, les propriétaires poussèrent un soupir de soulagement, se décontractèrent.

– Qui va en faire les frais ? dit La Hache d'un ton solennel, il connaissait les règles du jeu. Je parle d'autre chose. Que va-t-il se passer avec l'internat ?

– Et alors ? répondit le plus jeune. Ils n'ont qu'à payer. Ils ont joué les vandales, c'est à eux de réparer les dégâts.

– Des orphelins ! lâcha Koltcha. Qu'est-ce que vous pouvez exiger d'eux ?

– Des orphelins sous tutelle de l'État, c'est ça ? demanda le plus âgé. Alors c'est à l'État de payer.

– Ah, ah, dit le troisième sans rire. Attends-toi à un gros rien à la graisse de chevaux de bois.

– Très bien, dit Koltcha. À combien estimez-vous les dégâts ?

– On n'a pas encore fait tous les calculs, dit le plus vieux en pensant s'en tirer par la ruse. Mais dans les quatre cent mille roubles. Pour le pouvoir, c'est de la petite monnaie.

« Oh, oh, se dit Koltcha, ouvre bien l'oreille avec ces types-là ». Il sourit.

– Ne rigole pas, petit frère, dit le plus jeune, tout sera officiel, une commission de pompiers est au travail, voilà le représentant.

Le costaud répéta :

– Ah, ah.

Il représentait les pompiers.

– Je vois, répondit-il en fronçant paresseusement le sourcil et se surprenant lui-même quand il se décida. On marchande ?

– Qui es-tu, un fonctionnaire ? s'emporta le plus jeune.

Le plus vieux se méfia tout de suite.

– Bon, tout d'abord, combien est-ce que vous nous devez ?

– Comment est-ce qu'on pourrait encore vous devoir quelque chose ? s'emporta une nouvelle fois le plus jeune.

– Vous allez déduire ? s'étonna le plus vieux.

– Admettons, dit paresseusement Koltcha. En faveur des orphelins.

– Tu en fais partie ? demanda le costaud avec précaution.

– Qu'est-ce que ça peut te faire, le pompier ? rétorqua Koltcha qui bouillait. Il maîtrisait le mécontentement à la perfection : il se redressa un peu, rejetant fièrement la tête en arrière. J'en fais partie. Les orphelins sont sous notre protection, contrairement à vous, le capital privé.

Pour impressionner, il contracta les mâchoires.

Il ajouta en se tournant vers le costaud :

– Et la commission, nous la contrôlons ? J'oublie quelque chose ?

Celui-ci répéta « Ah, ah », mais sans sa superbe précédente, assez faiblement, et bien que ne se tienne devant lui qu'un gamin efflanqué, eût-il l'air crâne, le poids lourd comprenait avec quel genre de pouvoir il dialoguait ; il était sans illusions. On pouvait poursuivre. Et Koltcha dit :

– Cessez de jouer au plus fin, donnez le montant exact des pertes. Plus nos comptes…, dit-il en souriant intérieurement, se souvenant des paroles de Georgi Ivanovitch. Nos comptes mutuels.

– Cent cinquante mille roubles, dit le plus vieux des propriétaires. Pas un de moins.

– Six mille dollars ? demanda Koltcha, surpris. Où est-ce que vous conserviez un tel trésor ?

Sa dure expérience passée lui était soudain d'une grande utilité. Autrefois, il devait augmenter le prix des produits à la revente, pour prélever un bénéfice. À présent, c'était l'inverse. En fait, il ne faisait qu'en donner le juste prix. Inutile de regarder ou de discuter. Il fallait un flair de chien de chasse. Koltcha le possédait. Compatissant, il soupira, essuyant presque une larme, genre les gars, j'ai fait tout ce que je pouvais pour vous. Il se tourna vers sa voiture, fit le premier pas.

– Et tout en liquide ? demanda-t-il, mi-troublé, mi-admiratif.

– Cent vingt-cinq mille, fit le plus vieux des propriétaires. Mais il y a les réparations !

– Et si on passe au tribunal, vous les aurez quand ? demanda La Hache qui ne les regardait plus, se parlant à lui-même.

– Quand les carottes seront cuites ! cria celui qui prétendait être le représentant des pompiers. Il était clair qu'il ne s'adressait pas à Koltcha, mais à ses associés.

– Vous vous contenterez de cent mille, dit La Hache en hochant la tête. Quatre mille dollars. En revanche, vous les aurez tout de suite.

Un jeune visage qui ne lui était pas inconnu vint à sa rencontre sur le court chemin qui le séparait de la Mercedes, Koltcha fit un signe de tête par automatisme, sans faire attention.

– C'est d'accord, cria le vieux d'une voix désespérée en courant vers la voiture. Quand est-ce qu'on les touche ?

– Attends un peu, répondit La Hache. Je vais faire mon rapport.

Il démarra la Mercedes et retourna à l'internat pour rassurer le directeur. Celui-ci ne fut pas réjoui par ces nouvelles. Georgi Ivanovitch ne comprenait pas que quatre mille dollars était une somme plus petite que seize mille. Et Koltcha savait : il ne simulait pas. Quatre mille ou un million, c'était pour lui de toute façon des sommets inaccessibles.

En jetant un coup d'œil au rétroviseur, il remarqua qu'une Jigouli déglinguée lui filait le train. Il l'avait déjà vue quelque part. Sans doute devant le magasin incendié.

Il mit les gaz à fond et freina brusquement, arrachant un hurlement au caoutchouc des pneus.

Seigneur, cette tête-là était familière – le serveur de l'hôtel de Moscou. Qu'est-ce qu'il foutait là ?

Koltcha n'était au fond pas encore assez expérimenté. Il aurait fallu attendre la Jigouli, la laisser passer devant, il aurait reconnu le serveur assis sur la banquette arrière.

Mais il se maudit et appuya sur l'accélérateur. La Mercedes fit un bond en avant.

CHAPITRE 7

Tout ressemblait à une avalanche en montagne. Toutes les neiges éternelles et leur sagesse étaient en un instant tombées du Mont-Blanc et de l'Hindou-Kouch, laissant la redoutable roche brune à nu.

Le patron fulminait. Il avait perdu tout son lustre, dépouillé de sa blanche armure.

– Tu comprends, criait-il, de quoi on parle ? Quatre mille dollars, pour toi c'est une petite somme ? Nos gorilles touchent ce genre de salaire, à moins de mille tu ne trouves même pas un concierge, sans parler d'un homme de main valable ! Et pour leur silence ? Et pour qu'ils ne servent pas dans la caisse ? Mec ! Tu ne connais pas encore la valeur des choses ? Pour ces sous-fifres je me saigne aux quatre veines ! Et pas d'acompte, tout en liquide, sinon on s'effondre ! Tout notre système !

Il sautait en l'air, se rasseyait, tremblait de colère, quatre mille dollars lui semblait une somme faramineuse. Lorsque Koltcha annonça qu'il était prêt à payer mille cinq cents lui-même, il faillit sauter au plafond.

– Ah toi, criait le patron, quelle bonne âme, quel humaniste ! Et moi bien sûr je suis un radin et un salaud ! Tu as encore autre chose à dire ? Merci pour tout ! J'ai fait ce que j'ai pu pour entraîner la relève, on peut dire mon héritier ! Toi, mon héritier, tu vas foutre en l'air tous mes capitaux !

Naturellement, cela était accompagné de toutes les pirouettes à tiroirs de la puissante et majestueuse langue russe, l'unique au monde possédant toute la gamme dans la formulation des plus profonds et plus inexprimables sentiments masculins.

Et Koltcha…

Il ne comprenait pas ce qui arrivait à son chef. Il ne le reconnaissait pas. Oui, il était, dur, voire cruel, mais La Hache était au moins sûr de la générosité du chef. Et soudain, cette crise d'hystérie. Il avait acheté des jeans aux gamins, lâché trois cents dollars pour la vache abattue, deux cents pour des ampoules, et regrettait quatre mille dollars pour sauver l'internat, deux cent cinquante âmes !

Valentin, c'était indiscutable, lisait dans les pensées de Koltcha et lui répondit en criant :

– Il n'agit pas d'eux, les gamins, ne mélange pas tout ! Mais un internat d'État !

Il parlait exactement comme les propriétaires de la boutique incendiée.

– … Pourquoi est-ce qu'on doit sauver cet établissement merdique ! Ils se sont si bien occupés de toi ? Des enfants ? De ce pauvre diable de directeur ? Calme-toi, il ne se passera rien d'effrayant avec notre cher État, s'il est incapable de les nourrir correctement il trouvera comment s'arranger avec ses ouailles.

Koltcha, lui, avait bien entendu raconté la confession de Georgi Ivanovitch.

– Et je ne te permets pas de dépenser ton argent personnel, hurla Valentin. Tu ne les as pas gagnés pour te retrouver à poil, l'orphelin !

Koltcha sursauta sur le divan en entendant ces paroles tranchantes, cette raclée verbale, il n'était pas d'accord avec le patron et ne cédait pas, mais cela ne fit qu'aggraver les choses. Rassemblant ses mots et ses forces, il dit l'impensable :

– Et si tu me fais une avance ? Un an ? Je travaillerai pour te rembourser !

Cette déclaration acheva Valentin.

– Une avance ? cria-t-il. Ça n'existe pas dans notre métier ! On ne sait pas ce qui nous attend le jour suivant ! Une avance ! Il n'y a qu'une avance envisageable : pour l'exécution d'un ennemi. Mais je n'en ai pas, tu comprends ?

Koltcha faillit dire quelque chose du genre, bon tu n'en pas aujourd'hui, mais tu en auras plus tard et j'exécuterai tes ordres, remplirai le contrat, mais tu me payes avant. Mais c'était pure insolence. Le chef allait perdre la tête, penser que Koltcha allait se servir dans la valise qui reposait dans la cachette. Ou encore, que Dieu l'en préserve, dans la valise enfouie dans la terre.

Il se rappelait comme il avait mené les négociations de main de maître sur les lieux de l'incendie, comment il avait réussi à baisser le prix des trois quarts, de quoi il avait eu l'air en discutant – digne comme un véritable héritier, et sans soutien du patron. Il avait jeté à terre sur knockdown avant d'étouffer de tout son poids.

Mais peut-être que le chef avait raison ? Au bout du compte, l'internat appartenait à l'État, celui-ci se débrouillerait, pourquoi devrait-il s'en mêler lui ?

Non, quelque chose le dégoûtait dans cette idée. De même que les cris de Valentin. En théorie, ils étaient tous dans le vrai, ces adultes. Mais aussi, ils avaient tort. Pour une raison qu'il ne s'expliquait pas, qui n'était ni claire ni nette dans son esprit.

Koltcha baissa la tête, mais son frère et chef parvint à l'atteindre.

– Comprends-moi…

Il parlait d'une voix plus discrète et inspirée.

– … Tu ne vivras pas toute ta vie comme un bandit. Nous gagnons de l'argent pour l'avenir. On s'arrachera d'ici, toi et moi, pour aller dans des pays lointains. Ou on s'enfouira au fond d'une grande ville. On changera tranquillement nos billets de cent ! L'un ici, l'autre là. Pour que personne ne s'en aperçoive. Et tu vivras pour toi. Tu liras des livres. Tu iras au cinéma. Tu t'inscriras en fac. Pourquoi pas à l'Institut des relations internationales ? Et tu deviendras diplomate, tu auras, toi l'orphelin, quelque chose en réserve. De nos jours, tu entres à l'institut en payant des pots-de-vin comme tu veux, ça dépend de la somme que tu peux allonger. Combien tu as sur toi. Cent mille, ça n'est pas grand-chose. Un demi-million, ça commence à être respectable.

Toi, tu as mille cinq cents en tout et pour tout. Seigneur tout-puissant !

Et il soupira.

– Calme-toi, petit gars ! Tu es trop bon. Les bons se font plumer. Les futés s'en sortent. Attends, je plains ton amie.

Koltcha bondit : non ! C'était une zone interdite même à Valentin ! La Hache se mit à hocher la tête, à tout accepter, une seule idée en tête : éloigne-toi de Evguenia – ça n'appartenait qu'à lui, que le chef exige de lui ce qu'il voulait, mais qu'il ne touche pas à Evguenia, qu'il n'en approche même pas.

La prendre et s'enfuir avec elle quelque part, dégager pour toujours. Que le diable les emporte, l'internat, l'institut technique, la bande, Valentin, et même le fric.

Koltcha se sentait si petit et sans défense. Personne…

Cela devint triste et inconfortable. Il aurait pleuré, mais il avait honte devant Valentin. Il baissa la tête, mangea sans appétit, et lorsque le patron s'éclipsa après avoir jeté cent dollars sur la table il se souvint de Zinanda, la façon dont elle lui avait appris la virilité après l'avoir enivré ; cela devint insupportable et les larmes lui montèrent une fois encore aux yeux.

Elles coulèrent à flots. Il était allongé sur le divan, et s'exhorta à ne pas paraître devant Evguenia dans cet état. Se réveillant, il réalisa soudain : au cours de cette bruyante discussion, il avait oublié de dire l'essentiel à Valentin : l'apparition du serveur.

Le patron lui avait fait cadeau de sa soirée, essayant peut-être de faire oublier son manque de générosité.

Koltcha et Evguenia marchèrent à nouveau dans les ruelles chichement éclairées de son quartier de maisonnettes de bois à un étage. Ils parlèrent de tout et de rien, Evguenia surtout argumentait, discourait, et La Hache comprit brusquement avec une vive douleur : ils ne formaient pas un couple l'un pour l'autre et ne vivraient jamais ensemble.

Evguenia était intelligente, et l'avenir lui souriait, une aussi charmante poupée trouverait sa place quelque part, fût-ce à Moscou, et ne lierait jamais son destin à celui d'un bandit pour ne pas le briser.

Et lui, avait-il le droit de briser sa vie à elle ? Chiot perdu sans collier, enfant abandonné, ne connaissant même pas sa mère, adolescent entraîné dans un entourage de truands. Plus précisément : personne.

Il écoutait Evguenia, contemplait le ciel étoilé, regardant impassible les coutures datant d'un jour radieux qui se cachait derrière ces rideaux noirs. Incapable d'oublier, il ravalait les boules qui se formaient dans sa gorge.

Nulle part où poser sa tête sur cette terre. Né contre la volonté d'une mère, attendu par personne, nécessaire à personne, pas même à cette charmante poupée – et peut-être surtout pas à elle –, il restait un louveteau solitaire sur une route nocturne. Un instant encore, et il retournerait dans son bois, et dans un an il deviendrait un loup cruel et fort se nourrissant des faibles et deviendrait – si ce n'était déjà fait – un paria, un marginal exclu de la société. Bien qu'il ait les moyens de s'asseoir dans un restaurant chic de Moscou, il n'aurait aucune légitimité à le faire. Il ne pourrait prétendre à aucun endroit sur cette terre honnêtement. Valentin mentait sur les pays lointains et les calmes refuges. Un homme doit vivre une vie honnête et franche. Les richesses ne lui servent à rien, seule la franchise. Misérable et même douloureuse – mais, franche, voilà où était la joie, nulle part ailleurs.

Mais le loup est un animal à part. Et son pelage à lui, Koltcha, poussait déjà, la conversation avec les propriétaires du magasin brûlé n'en était-elle pas une preuve ? Evguenia n'était pas pour lui, ils n'auraient jamais d'enfants ensemble, cette nouvelle filiation ne se nouerait jamais, il ne serait pas le point de départ de ce qu'avait refusé sa mère inconnue, étendre cette filiation jusqu'à lui.

Ce n'était pas sa destinée.

Ils s'assirent sur un banc, ne se tenant même plus la main. Ça n'était plus du tout de mise. Koltcha n'avait encore jamais embrassé Evguenia, constamment en train de temporiser il n'avait même pas essayé, et ils étaient assis à distance l'un de l'autre. Evguenia se tut.

À ce moment-là, un groupe d'hommes les dépassa, ils étaient quatre. Les bouts incandescents des cigarettes dansaient dans l'ombre, ils parlaient en agitant les bras.

Au-delà du banc, cachée derrière la palissade, une voix prononça la fin d'une phrase.

– On ouvrira cette boîte de conserve en une fois !

C'était une voix connue.

– Tu crois ? demanda encore une autre voix connue.

– C'est une noix dont la coque est dure, affirma encore quelqu'un d'autre dont la voix était également familière.

La cavalcade les dépassa d'un pas rapide, et Koltcha, redescendant sur terre, saisit d'un coup. Il en connaissait trois. La première voix appartenait au serveur de Moscou, la seconde au caissier du groupe de Tarakanov, et la troisième au gorille Andreï, le taciturne Andreotti.

– Chez le fils du régiment ? demanda une voix jeune.

– Oui, répondit le caissier, et tous les quatre se mirent à rire.

Koltcha ne reconnut pas le quatrième. Quelque chose brillait à son épaule.

CHAPITRE 8

Il était sans aucun doute question de lui. Cet Andreï l'avait ainsi baptisé un jour, Valentin l'avait appuyé, et les gorilles l'appelaient ainsi, rarement, pour ne pas l'offenser, et plus du tout ces derniers temps tandis qu'il prenait de plus en plus d'importance dans la bande.

Mais ils s'en souvenaient, ils n'avaient ni oublié ni pardonné.

Oui, il s'agissait bien de lui. Koltcha dévala à toute vitesse, le cœur battant, les pentes de ses sommets mélancoliques pour revenir sur une terre pécheresse et mortelle vers le malheur signifié par cette phrase lâchée accidentellement : eh, les mecs, même dans une rue sombre et déserte, il faut tenir sa langue ! Même les arbres vous écoutent !

Ça arrive avec tout le monde. Les idées troubles, les intentions fondamentales et même l'amour sont susceptibles de s'effacer d'un instant à l'autre en présence du danger. Plus exactement, de se fondre en une seule action précise, en dépit de l'apparente incohérence.

Koltcha était assis, immobile, écoutant le silence qui contrastait si violemment avec son tumulte intérieur. Mais il n'avait pas été élevé en vain par l'élégant Valentin. En dépit de leur dernière entrevue, de la crise d'hystérie que s'était permise le patron. Celui-ci était quand même capable, bouillant intérieurement, de garder des manières impeccables et même de sourire.

Et La Hache entonna soudain :

Que le soir seulement étincelle de bleu,
Que seules les étoiles allument les cieux…

Il avait chanté ça lors de ces dîners, cédant au patron, mais celui-ci sacrifiait à ce plaisir, pour protéger La Hache, lui permettre d'échapper aux soucis de ce bas monde. Il savait défendre sa sentinelle, l'éloigner du quotidien du racket, et Koltcha possédait une connaissance approfondie du livret de chansons de l'internat, merci Georgi Ivanovitch !

Et à présent que tout s'écroulait malgré le silence, le ciel étoilé et Evguenia sa bien-aimée qui ne saurait jamais à quel point il l'aimait, Koltcha chanta.

Oui, c'était ainsi, malgré Evguenia, parce qu'il ne s'était jamais décidé à chanter pour elle.

Il chantait sûrement aussi pour quelqu'un d'autre, un peu pour lui-même, mais pas seulement.

En chantant les paroles de cette ancienne romance, des mots qu'il n'aurait jamais employés ni dans sa tête ni dans une conversation, des mots célestes, pas complètement accessibles, liés à un fil enchanteur, mais sous le coup de la tristesse, soudain, comme un coup de tonnerre, Koltcha adressa ce qui l'emplissait à quelqu'un d'inconnu, qui le contemplait dans les ténèbres, l'unique être sachant les mouvements de son âme – pas un homme, mais un esprit invisible, le seul capable d'entendre dans les paroles enrouées son cafard de gamin.

– Voilà comme tu es, dit Evguenia, admirative. Je ne connaissais pas les paroles.

– Ça n'est pas grave, la réconforta-t-il. Peu de gens les connaissent.

Il se tut avant de poursuivre :

– Voilà... Il est possible que je doive partir dans une autre ville.

– Longtemps ? s'étonna-t-elle.

– Je ne sais pas.

Il avait envie de dire : « Pour toujours ! », mais avait pitié de la charmante poupée.

– Et puisque je vais partir, dit-il sans peur, comme un type expérimenté et sûr de lui, je peux t'embrasser ?

– Je sais, répondit Evguenia sur ses gardes, que je ne suis pas très moderne... Mais attendons ton retour.

Il se tut quelques instants, baissa la tête, demanda :

– Et si je ne reviens pas ?

– Et ton université de diplomate ? contra-t-elle. On doit payer pour chaque mensonge proféré.

Il ne hâta pas les derniers instants. Ils marchèrent en silence jusque chez elle, en fait Evguenia disait quelque chose, mais un rideau s'était abaissé en lui et il souhaitait qu'il en soit ainsi. Evguenia n'était pas pour lui.

Mais il ne se pressait pas pour faire les derniers pas, dire adieu pour toujours à quelque chose de complètement différent. Et inaccessible.

Ils se sourirent dans l'obscurité, Koltcha serra la main de Evguenia, elle disparut.

Il resta un instant encore devant sa porte close.

Fini !

Ensuite, la vie réelle reprit ses droits. Ne sachant pas ce qui l'attendait plus tard, il savait intuitivement ce qu'il avait à faire. Il commença par rentrer chez lui au pas de course, s'arrêtant pour de brèves interruptions à l'approche de l'entrée de son immeuble. Il observa et écouta pendant une quinzaine de minutes, jusqu'à ce qu'il soit certain qu'il n'y avait pas de danger. Ouvrant la porte de l'appartement, il n'alluma pas. Dans l'obscurité, il ouvrit la cachette à tâtons et s'empara de la carabine démontée. Il sortit sur le palier et ne se dirigea pas vers la sortie au-dessous, mais monta au grenier et enfouit son arme dans les scories.

Rentré chez lui, il alluma la lumière et se lava. Puis il se déshabilla et s'allongea sur le divan. Il ne parvint pas à s'endormir, parce qu'il ne savait pas où dénicher Valentin. Il se maudit pour sa servilité, pour ne l'avoir jamais, puisqu'il était l'héritier, obligé à dire où le trouver en cas d'urgence.

Et l'urgence était là. Il était temps de foutre le camp, mais cela signifiait trahir Valentin. Non, il lui était impossible de penser uniquement à sa peau. Il avait grandi à l'internat, au sein du troupeau.

Nous sommes les seuls à être du même sang, toi et

moi. Le patron avait cité *Le Livre de la jungle* de Kipling. C'était exact. Tarakan, Andreotti, une tierce personne… Et ce serveur, comment se faisait-il qu'il était là ? Donc, c'était sa propre bande qui trahissait Valentin. Qui voulait se goinfrer des profits qu'il avait engrangés. Mais pour cela, il était nécessaire de le livrer ! Donc ils l'avaient eux-mêmes trahi et avaient loué les services du nouvel arrivant. C'était indiscutable.

Un tueur à gages. Ou pire encore ? Une bande venue de la capitale, cherchant à s'approprier un nouveau territoire ? Le prendre en main…

S'il en était ainsi, pour Valentin il y avait deux solutions. La première, porter un coup préventif. À deux – Koltcha et le patron –, ils pouvaient très bien s'en tirer. Il n'y avait pas besoin d'être nombreux : isoler, enlever, se débarrasser du tueur. Les autres se sépareraient en deux camps. Certains retourneraient du côté du patron, et ce serait peut-être la majorité, les autres disparaîtraient. Il faudrait les châtier sévèrement et ne jamais les reprendre dans la bande.

Il semblait que ce soit la seconde solution qui les attende. Pleine d'initiatives. La bande supprimait le patron et s'emparait de ses réserves. Chez qui ? Chez sa sentinelle, bien sûr, Tarakan le caissier n'était pas la tête nucléaire par hasard, le troisième par ordre de confiance après la sentinelle. Le troisième dans la hiérarchie.

La Hache sursauta. Il ne fallait pas rester inactif. Il réfléchit : faire la tournée des repaires, s'enquérir où était le patron. C'était naïf, mais qu'importait. Rester allongé à ne rien faire pendant que la vie de son frère était en danger, c'était non seulement idiot, mais criminel. Si violente qu'ait été leur querelle de la veille, il n'avait encore jamais rencontré quelqu'un de meilleur sur terre.

Qu'il reste un mystère pour Koltcha, que ce qu'il ait raconté sur lui-même soit bidon, quelle importance ? Il aimait La Hache, il lui donnait de l'argent, lui confiait sa voiture, l'avait secrètement désigné comme héritier – que faire si un tel homme avait croisé le chemin d'un gamin sans attaches, sans racines.

Koltcha ouvrit la porte pour sortir, se retourna pour la fermer, et quelqu'un lui plaqua une main sur la bouche.

Il chercha instinctivement à crier et à se libérer, mais il était tenu par une main ferme ; la porte de chez lui se rouvrit, et on le poussa à l'intérieur.

– Tu peux crier, bien sûr, mais ça ne te portera pas chance.

– Restons calmes et civilisés, dit Tarakan. Le patron est mort. Donne-nous son fric et fous le camp de cette ville. De préférence avant l'aube.

Koltcha écoutait, scrutant la pénombre. Un calme surnaturel l'envahit, venu des cieux, des hauteurs, de créatures invisibles. Ce calme aux moments de tension avait toujours impressionné les gosses de l'internat – feu le bon Gochman, Gnedom et ses dents de cheval, l'ancien incontinent Makarov. Valentin ne connaissait pas cette particularité de Koltcha. S'il l'avait su, il en aurait fait son héritier avec encore plus de certitude.

Mais il n'était déjà plus de ce monde…

Comment était-ce possible ?

Et si le patron était mort, toute résistance était donc inutile ?

– Mec, à toi de choisir, dit le serveur. Si tu ne nous donnes rien, tu ne mourras pas si facilement. Ce sera long et douloureux.

La Hache feignit la soumission, l'obéissance. Pas seulement parce qu'il la jouait. Il était ainsi fait, que peut-on attendre d'un orphelin ?

Il déplaça le lit, ouvrit la cachette, sortit les valises, celle qui était à moitié pleine et celle qui était vide, les passa à Tarakan en lui donnant les codes.

Ils allumèrent la lumière, à présent il se contractait.

La Hache regarda les hôtes : le serveur, le caissier, Andreotti. Le quatrième était absent. Tarakan ouvrit largement les deux valises, Andreotti aux grosses pognes se lamenta en voyant des paquets de billets de cinq cents, mais le caissier l'interrompit :

– Tais-toi imbécile !

Son regard se posa sur La Hache :

– Où est le fric, mon gars ? Où sont les dollars, sentinelle ?

– Je ne sais pas, je ne les ai pas vus, répondit-il sans hâte pour être crédible. Il faut demander au patron, je ne suis qu'un employé. Comme vous.

– Ce sera comme tu veux, dit le serveur.

Puis il se tourna vers le caissier :

– Combien est-ce qu'il devait y avoir ?

– D'après nos calculs, entre un et un million et demi de dollars, répondit celui-ci.

– Et toi, l'orphelin, dit le serveur autrefois obséquieux, on te lâchera mille dollars. Dis-nous, où c'est ?

Koltcha haussa les épaules.

– Très bien, dit Tarakanov, on l'emmène, Andreï . Tu ne t'en tireras pas comme ça. Il faut vivre et bouffer.

CHAPITRE 9

Ils l'installèrent dans la Jigouli déglinguée, Koltcha la reconnaissait. Sans employer la force – La Hache ne se débattait pas. Ils roulèrent assez peu de temps, la ville n'était pas si grande. Ils le menèrent jusqu'à une baraque, clairement pour que ses cris ne puissent être entendus du dehors. Ils firent pression psychologiquement sur lui, Andreï lui parla le premier – ils s'étaient trouvés ensemble le jour où l'on avait abattu Anton : tu es dans la nature, mon gars, si le patron était encore en vie je comprendrais que tu sois fidèle à quelqu'un, mais maintenant ?

Koltcha ne croyait pas à la mort de Valentin. Comment était-ce possible : les cris d'hier soir retentissaient encore à ses oreilles, il était tout le temps à proximité, savait lire les moindres émotions du gamin, et brusquement il était mort ? N'était plus présent sur terre ?

– Comment ça, il est mort ? dit Koltcha en souriant.

– Comme ça. Il y avait un contrat sur sa tête, répondit Tarakan. Maintenant il faut le payer.

Le serveur avait disparu sur le chemin de l'isba, faire

parler Koltcha sur les valises n'entrait pas dans le contrat. C'était le boulot de ceux de la bande.

– Il s'est égaré, il s'est pris pour l'empereur, tout lui était permis, il s'embourbait le fric sans mesure. On me donnait le tribut, et il me prenait tout, et ça pendant des années ! Combien de temps on va supporter ça ? C'est nous qui risquons notre peau, et tout le bénef est pour lui !

Il prit un ton paternaliste et dit avec indulgence :

– Tu es encore un tout jeune homme, Nikolaï ! Ta vie vient à peine de commencer ! Tu dois comprendre que, même toi, tu te faisais voler par le patron, qu'il ne te payait pas ! Donne ce qui est caché, reste dans l'équipe, on n'a rien contre, notre chef est bien plus coriace que ton Valentin, taillé dans le granit, on va gagner plus, et si tu ne veux pas rester chez nous personne ne te forcera. Apprends la mécanique, va travailler, la seule condition c'est que tu ne parles jamais à personne de ce que tu sais.

– Où est le patron ? cracha La Hache dans un souffle, incapable de se retenir plus longtemps.

Le calme apparent de ce discours moralisateur l'avait convaincu : il n'y avait pas une once de vérité dans tout ça.

– Ne pose pas de questions là-dessus, répondit Tarakan d'un ton toujours aussi moralisateur. Il n'est plus, et c'est tout ce qu'il y a dire sur ce sujet. On ne lui fera pas d'enterrement. Où est l'argent ?

L'idée : vas-y donne, après tout ça ne t'appartient pas, lui traversa l'esprit. Combien de fois n'y avait-il pas pensé ? Et cette valise pleine d'un fric effrayant qui n'était pas le sien, et l'appartement où il vivait qui était celui d'un autre. Et il n'était lui-même qu'un sous-fifre, un valet, choyé certes, auquel Valentin chantait des berceuses sur un futur radieux pour l'instant indiscernable, ni insulté ni humilié. Clairement, il souhaitait tout de même réellement faire de son valet un as, du serviteur la roue motrice, éduquer sa propre relève. Et une carabine en main. Pour quelles sanglantes affaires le patron l'avait-il préparé – il ne le saurait jamais.

Et comment avait-il tout planifié ? Abattre un homme, pour couvrir Koltcha de son sang – c'était l'usage de la fratrie des truands non pas en paroles, mais dans le code pénal, visible sur les silhouettes de taulards. En effet, voilà comment il avait si adroitement, sans se presser, mais fondamentalement, tiré sur la ficelle de la nature blessée de l'orphelin. Voici des confiseries pour tes frères de l'internat, et voici le régime : attendre le coup de sifflet, mettre de côté tes affaires personnelles, servir fidèlement le maître des lieux. Ne remarquant lui-même rien de la manœuvre, Koltcha, comme tous les enfants élevés par la société et chez qui ces traits n'étaient pas très développés, avait acquis des qualités masculines telles que discipline et précision. Et dévouement au chef. Était-ce si négatif ?

Mais le bon Valentin était multiple, et c'était clair même pour Koltcha. Il menait celui-ci vers un objectif invisible. Peu probable qu'il s'agisse de lieux de villégiature paisible et de pays lointains. Il faut y parvenir, là-bas. Et sur ce terrain découvert vers une cible indécise peuvent surgir de nombreux obstacles inattendus, même pour un homme fort, expérimenté, commandant ses subalternes et possédant des richesses.

Qui aurait pu imaginer qu'il disparaîtrait aussi facilement ? Qu'on se débarrasserait de lui sans accroc, le plus fort des forts, le plus méfiant des méfiants ? Même Koltcha ne savait pas où il habitait. Mais les autres si.

Andreotti rechargeait ses batteries et somnolait. L'abominable Tarakan lui flanqua un coup de coude dans les côtes. Il ne se pressait pas avec Koltcha, exerçant une pression psychologique.

– Et comme il mentait ! dit-il perçant à jour son patron d'hier devant lequel il avait tremblé comme une feuille. Il avait fait les guerres d'Afghanistan et de Tchétchénie. On a vérifié. Il était en taule, ce truand ! Un mec comme toi, fils de l'Assistance publique !

Il cinglait Koltcha, le giflait, lui portant les coups non pas avec ses poings, mais avec ses paroles. Il voulait le briser, pensait qu'il allait y parvenir. Il réussit à ébranler Koltcha, mais pas entièrement.

En réalité, La Hache était loin de tomber en morceaux, sa vie passée l'avait endurci. De la poêle à frire au four ! Il pliait, mais ne volait pas en éclats, ce petit mec se tortillait comme un fer chauffé à blanc, mais ne se brisait pas. La dernière phrase lui apprenant que Valentin était un orphelin comme lui mettait un point final. Il le savait, Valentin lui en avait parlé. Il l'avait en revanche caché aux gorilles, parce qu'être orphelin était une marque d'infamie.

Une marque d'infamie ?

Koltcha prit une décision. Savoir jouer, simuler, était un des arts auxquels l'avait initié Valentin, et voilà qu'il revenait en force. Jusqu'à présent, Koltcha n'était pas parvenu à le maîtriser – il était trop simple, direct, soumis.

– Fais gaffe, petit mec, dit Andreotti aux grosses pognes, se souvenant soudain de son rôle. Si tu continues à te taire, nous allons te torturer. Tu ne mourras pas tant que tu n'auras pas parlé.

Et soudain, comme un coup de tonnerre pour ces demi-sel :

– Ah Andreï ! On a transporté Anton tous les deux. Et tu me menaces comme si j'étais ton ennemi. Comme si j'étais contre toute l'équipe !

Tarakan et Andreotti le fixèrent en souriant, ces canailles.

– Je devrais croire que le patron est mort.

– Oh, oh, soupira Andreï, il n'est plus, il n'est plus. Une croix définitive.

– Si c'est le cas, dit Koltcha, je parlerai.

Il se tut, observant la manière dont Tarakan et Andreotti se concertaient, échangeaient des regards satisfaits, ils avaient obtenu ce qu'ils voulaient.

– Notre patron vivait au-dessus de ses moyens, dit Koltcha, surpris à part lui-même de ce qu'il avançait. Il se faisait passer pour un intellectuel, il traitait tous les autres en serviteurs.

– Oh, oh, grogna Andreï, et Tarakan retomba sur son siège avec soulagement, visiblement flatté : il avait réussi à obtenir ce qu'il voulait grâce à sa pression psychologique.

– Mon petit gars, tu n'es pas un idiot !

– Vous croyez que ça me plaisait ? dit Koltcha révélant ses secrets. Rouler jusqu'à Moscou, une telle distance, changer ses roubles pour des dollars, les enterrer dans les buissons ?

– Prouve-le-nous, petit gars ! dit le caissier avec émotion.

– Je n'ai jamais pensé que cet argent m'appartenait, s'écria vivement Koltcha.

Il était sincère à cent pour cent.

– … Et maintenant il est à vous. Si le chef n'est plus là…

– Ah, gronda Andreï, pour certain un chef, pour d'autres, un noyé.

Koltcha se mit à trembler.

Mon Dieu, voilà la fin qu'ils avaient réservée à Valentin ! Un type hors pair, leur bienfaiteur, leur dirigeant !

Cela faillit le broyer, mais il fléchit seulement.

– Quand ? demanda-t-il à Tarakan.

– Où ? rétorqua celui-ci, répondant par une question.

– En lisière de la ville. Enterré. Peut-être avant l'aube ?

À présent, il souhaitait que ça se passe le plus vite possible. Pendant que personne ne pouvait s'en douter. Et durant la nuit, avant l'aube, on ne pouvait rassembler la bande. Au reste, dans ce genre d'affaires, on ne se précipitait pas en foule.

– Bien sûr, petit gars, approuva Tarakan. Bravo, petit gars.

Koltcha comprit qu'il avait repris l'initiative, il fallait enfoncer le clou, pour qu'ils le croient jusqu'au bout.

– Et est-ce je pourrai rester dans l'équipe ? implora-t-il. Qu'est-ce je peux faire d'autre ?

– Bien sûr, petit gars, dit généreusement Tarakan en hochant la tête, ravi de sa faculté d'influencer l'esprit des autres. Comment pourrait-on t'abandonner ? Chez nous, les gens ont de la mentalité, et tu en sais trop long. Et tu auras une part du gâteau. Prélevée sur le capital secret !

– Bon, c'est magnifique ! s'exclama La Hache avant d'enfoncer le dernier clou. Mais il faut que je repasse chez moi une minute.

– Pour quelle raison ? dit Andreotti. Allons-y directement.

– Non certainement pas ! s'écria Koltcha, ravi de la bêtise du gorille. C'est chez moi que se trouve le plan. Et il nous faut une voiture plus puissante. On n'y arrivera pas avec celle-là.

Et ils le croyaient ! Ils servaient les desseins du petit gars, en proie à leur cupidité secrète – s'emparer de la richesse sans témoin pour vérifier combien il y avait ; ce petit gars n'était pas méfiant, c'était un orphelin naïf, qui ne dirait rien.

Andreotti démarra la Jigouli fiévreusement. Ils ne suivirent même pas Koltcha lorsque celui-ci sortit la Mercedes du garage de l'institut : en effet il fallait montrer qu'on lui faisait confiance. Lorsqu'ils prirent place dans la voiture, Andreï plaisanta :

– C'est dans ce genre de bagnoles qu'on roulera à partir de maintenant !

Ils éclatèrent tous de rire. Lorsqu'ils furent à proximité de chez lui, Koltcha demanda :

– On y va ?

– Je reste ici, commanda le caissier, vas-y, dit-il à Andreï en lui adressant un signe de tête.

Koltcha passa chez lui pour prendre une feuille de papier et un stylo, s'enferma quelques secondes dans les toilettes. À l'intérieur, il posa la feuille sur le mur, griffonna un plan, le fourra dans sa poche, et tira la chasse. Il saisit un grand sac dans la mezzanine par ses longues sangles : il n'aurait pas pu contenir une valise, et il était vide.

Puis, le principal.

– Maintenant il faut que j'aille au grenier, dit Koltcha. Andreï s'étonna.

– C'est là qu'il y a le plan ?

– Les pelles…

Le gorille se montra compréhensif et le suivit sans objection. Le calcul de Koltcha se révéla juste : la trappe métallique menant au grenier était étroite. Andreotti aurait pu s'y glisser, mais avec beaucoup d'effort. Il ne s'y risqua pas. Il se contenta de passer la tête et de chercher en vain à percer l'obscurité.

Koltcha se dirigea à l'endroit où reposaient les pelles et la carabine, s'en empara, et posa le paquet au fond du sac, les deux pelles de titane par-dessus. Le sac ne fermait pas bien, mais ça n'avait aucune importance. Il prit un morceau de gros fil de fer tordu.

Tout ça n'avait duré que quelques secondes. D'ici peu, ce serait l'aube.

Mais la nature travaillait pour Koltcha.

CHAPITRE 10

Une fois le sac jeté dans le coffre, il attendit un instant, regardant le frère d'armes s'asseoir dans la voiture. Koltcha en ouvrit la fermeture éclair et en sortit le fil de fer. S'installant au volant, il le tendit à Andreotti afin qu'il le redresse pour ne pas perdre de temps.

Combien de temps s'était-il passé depuis qu'il lui avait plaqué la main sur la bouche ? Une éternité. Mais pas plus de deux heures.

Si Koltcha s'était incliné, sa vie aurait été brisée. Mais à présent il roulait droit sur une route connue qui le menait au bois. Pour lui, tout était clair. S'ils découvraient la carabine, il dirait qu'il était honnête jusqu'au bout et donnait l'arme en plus du fric, mais cela signifierait probablement pour lui une mort rapide. Cela dit c'était peu probable, leur cupidité l'emporterait sur leur méfiance.

Il donna le plan à Tarakan. Celui-ci, évidemment, posa des questions. Koltcha mentit comme un arracheur de dents, répétant à chaque fois :

– On trouvera, je me souviens de l'endroit. Il faudra juste sonder avec le fil de fer.

En prenant les pelles, il ne referma pas le coffre, se révélant une fois de plus très avisé. Mais Dieu vient en aide aux orphelins et aux déshérités.

Quand ils arrivèrent dans le bois, Andreï se mit à pousser des oh ! et des ah !, à entamer une complainte en reconnaissant l'endroit là où en compagnie du chef ils étaient tombés sur la troupe de gamins en train de picoler du cognac et de la vodka ; mais un gorille étant un gorille, il avait oublié que c'était là qu'ils s'entraînaient au tir.

Andreï ne savait-il donc pas que beaucoup de choses avaient changé depuis ce moment-là, y compris chez le petit gars dont il avait évoqué la première rencontre avec la bande. Soulignant inutilement une fois de plus la mesquinerie de ses projets, il avait bêtement demandé à Koltcha de lui donner les clés de voiture lorsqu'ils avaient approché de la dépression de terrain.

Koltcha n'avait pas le temps de jouer au plus fin. Il alla tout de suite droit à l'endroit recherché, examinant malgré tous les lieux, vérifiant ses repères, comptant les pas. Debout au-dessus de la valise fermée, il ordonna au gorille d'enfoncer l'épais fil de fer qui rencontra aussitôt le métal. Il dit :

– C'est ici !

Les hommes s'essoufflaient et grognaient sur les pelles : le trou était assez profond, un mètre cinquante. Puis le couvercle de la valise se mit à briller.

– Et voilà, leur dit Koltcha, quand je pense que vous ne m'avez pas cru.

Puis il se retourna pour aller à la voiture.

– Reste là, dit Andreï en plantant sa pelle en terre.

– Je vais chercher le sac, répondit négligemment le gamin surnommé La Hache. Il faut transférer l'argent.

– Qu'il y aille, ordonna Tarakan au gorille avec sagesse, enclin à apaiser, conforter, et caresser l'orphelin dans le sens du poil pour la dernière fois. Bravo pour tout, petit !

Ils se remirent à la tâche, leurs pelles rejetant la terre qui recouvrait la valise argentée. La Hache s'approcha de la voiture, leva le couvercle du coffre et en quelques mouvements sûrs et sobres assembla l'arme à feu qui prolongeait son bras.

Il fit quelques pas en avant, s'agenouilla, s'accouda au capot ; le large dos du gorille s'afficha dans la croix de la lunette de visée.

Un petit claquement retentit comme à l'entraînement, la douille sauta vers la droite, et dans la croix de la lunette s'afficha le visage déformé et défait de Tarakan. Une surprise, canaille !

Un nouveau claquement.

Andreotti encore vivant rampait sur la valise en gémissant. Koltcha trouva sa tête dans le prolongement de sa ligne de mire et appuya sur la détente. La carabine automatique avait ceci de bien qu'on pouvait tirer plusieurs fois de suite sans rabattre la culasse. On ne perd pas de temps, si on est pressé d'accomplir sa tâche.

Koltcha se pencha sur l'herbe et ramassa les trois cartouches. Il ne s'aperçut pas que le jour ne pointait qu'à ce moment-là. Les claquements n'avaient pas fait beaucoup de bruit et même pas effrayé les oiseaux. Leur chant joyeux s'élevait dans le bois tout entier.

Le gamin tendit l'oreille. Il ne pouvait être plus de quatre heures du matin. Il posa la carabine sur le capot, descendit dans le trou.

Il écarta le corps des deux hommes et, après avoir extrait le trésor argenté entouré de plastique, le rapporta à la voiture, et revint.

Tout en réfléchissant au-dessus des deux cadavres, il prit les clés de voiture dans les poches du gorille. Ensuite, il les poussa dans le trou l'un sur l'autre. Il jeta un peu de terre, sans beaucoup d'efforts.

Il revint une nouvelle fois à la voiture, déchira les bandes de plastique qui entourait la valise, et pianota la combinaison. Le couvercle s'ouvrit, révélant des liasses épaisses de billets verts. Il en fourra une dans ses poches, transféra les autres dans le sac. Il mit la carabine dans la valise sans la démonter, s'assit au volant, mit les clés de contact.

Avant de faire demi-tour, il balaya du regard ce paysage connu. Une petite bruine tombait, comme si on n'était pas en juillet, mais au début octobre. Les oiseaux continuaient à s'égosiller comme en été, indifférents à cette petite pluie fine qui évoquait l'automne.

Koltcha soupira. Le calme surnaturel qui l'avait envahi dans l'isba l'avait quitté, il était soudain légèrement fiévreux.

Il ne savait à présent plus quoi faire. Où aller ? Où se cacher ? Et vivre pour quoi ?

Il appuya sur l'embrayage, fit demi-tour avança sur la route à petite allure, s'éloignant de la ville. Devant un petit pont, il s'arrêta, prit la valise et les pelles dans le coffre, choisit un petit trou noir à l'endroit où le ruisselet était plus profond, y glissa la valise avec précaution et jeta les pelles par-dessus. Il brisa une petite branche à l'arbre le plus proche, c'était un sapin.

Ensuite, il agit plus rapidement encore.

Il retourna en ville et entreposa le sac dans la Jigouli déglinguée avec laquelle étaient venus Tarakan, le gorille et le serveur de Moscou.

Il mit la Mercedes au garage, laissant les clés sur le contact. Dans le désordre de la Jigouli, il trouva le passeport et le permis de conduire du quatrième, l'inconnu.

Il démarra le tas de ferraille.

Il roula d'abord avec hésitation, puis plus vite.

Avec le jour qui s'appesantissait, la circulation s'intensifiait. Il se glissa dans le flot de voitures se dirigeant vers Moscou.

La Hache conduisait raisonnablement. Il ne dépassait pas la limite de vitesse. Sa bagnole traînait à la queue des poids lourds, passant à leur suite les postes de police ; son apparence n'attirant pas l'attention. À une grosse station-service, il changea cent dollars en roubles sans que la caissière manifeste le moindre intérêt pour la transaction. Elle ne le regarda même pas.

Grâce à ses roubles, il fit le plein, mangea et acheta deux bouteilles de soda pour la route. Il aurait pu acheter une grande bouteille de deux litres, mais il avait, pour une raison ou une autre, préféré deux petites.

À deux cents kilomètres de sa ville, Koltcha obliqua sur la route, roula jusqu'à un bois d'épineux, ferma toutes les portières de l'intérieur et s'endormit.

Comme s'il s'enfonçait dans une eau pure.

Evguenia l'embrassait et prononçait des paroles moralisatrices, Gnedom, serrant les mâchoires, lui demandait de quoi acheter des cigarettes, le directeur Georgi Ivanovitch hochait la tête, se réjouissant de quelque chose. Et seul Valentin l'élégant criait : « Mais quand même, on a de l'argent ! De l'argent ! » Et il secouait la tête.

Gochman survint dans son rêve, sans un cheveu sur le caillou. Assis sur quelque chose de circulaire, il agitait la main en direction de Koltcha, comme s'ils avaient discuté de quelque chose, ou comme si La Hache lui avait posé une question, et que Gochman répondait :

– Rien de grave. C'est partout pareil.

Koltcha ne savait pas quelle question il lui avait posée, ou même de quoi ils discutaient. Il n'entendait que la réponse. Son pote la répéta trois ou quatre fois.

Et tout ça, toute cette scène se fondit en un seul tableau sans rupture de ton ; en effet comment pouvaient se retrouver Gochman et Evguenia, qui ne se connaissaient pas, or tout à coup ils n'étaient pas voisins l'un de l'autre, mais se succédaient comme s'ils se trouvaient au même endroit, dans le même espace.

CHAPITRE 11

Il se réveilla, quelque chose l'alarmait, le secouait. Il vit trois enfants devant lui.

Deux garçonnets de six ou sept ans et une petite fille un peu plus âgée, tous plus ou moins semblables, tous blonds, les yeux gris, habillés de vêtements élimés, chaussés de bottes de caoutchouc luisantes de rosée, comme si elles étaient neuves.

Ils avaient tous en main de petits seaux de couleurs différentes remplis de fraises des bois, et en les voyant Koltcha baissa la vitre et demanda d'une voix rauque :

– Vendez-moi ça !

Les enfants restèrent impassibles. Alors il fouilla dans sa poche, sortit un billet de cent roubles froissé et le tendit par la vitre latérale. Les gamins regardèrent la petite fille, mais elle ne bougeait pas.

Puis le plus petit du groupe s'approcha crânement de la voiture, tendit son petit seau et dit avec un léger zézaiement :

– Mange !

La Hache ouvrit la portière, prit le petit seau et

s'expédia une poignée des baies bien mûres et gonflées dans la bouche.

Un arôme de forêt, de chaleur et encore quelque chose d'incompréhensiblement proche des origines, bien que Koltcha n'ait jamais connu les siennes. Aussitôt il eut une envie irrépressible de tout abandonner – et la voiture et son maudit bagage – de partir avec ces enfants, de retomber en enfance, pas la sienne à l'internat, mais celle de ces mômes, même sans savoir qui ils étaient et d'où ils venaient.

Il demanda :

– Qui êtes-vous ?

– On vit par ici, répondit vivement la petite fille en tendant le bras.

Derrière les sapins, dans une clairière, se dressait une maison de bois qu'il n'avait pas remarquée, d'un jaune élégant.

– Vous avez du lait ? demanda-t-il encore.

La petite fille hocha la tête et se détourna, elle partit en direction de la maison, et les garçonnets obéissants la suivirent. Koltcha sortit de la voiture et les rattrapa.

La maison était construite en rondins d'épineux, illuminée par le soleil déjà haut sur un côté, et les rayons latéraux posaient une touche de miel sur le bâtiment dans une odeur fleurie ; quelque part derrière cette isba, une vache fit entendre un meuglement tranquille, et une et belle femme corpulente aux pieds nus sortit sur le perron dès qu'ils s'approchèrent. Ses bras, son visage et ses jambes étaient bronzés, elle regarda Koltcha sous son bras levé pour se protéger de la lumière du soleil ascendant et eut un sourire accueillant. Il sembla à La Hache qu'elle l'attendait depuis longtemps.

Il salua cette femme poliment, admiratif, s'arrêta devant le perron, pensant qu'elle ne ressemblait pas du tout à Zinanda, non pas parce que son menton n'était pas aussi large que son front, et que son visage n'était pas circulaire, mais parce que ce dernier semblait ouvert, franc et clair.

« Peut-être que c'est ma mère ? » pensa Koltcha en souriant intérieurement « Comme si j'avais eu une mère pareille ! ».

– Comment allez-vous, monsieur, bonjour, dit alors la femme qui le vouvoyait d'une profonde voix de poitrine.

Et elle l'invita aussitôt, comme si elle avait entendu leur conversation dans la forêt.

– Entrez, venez boire du lait avec les fraises des bois.

Les enfants, tels des anges, firent la course pour lui apporter une cruche d'eau glacée du puits, du savon, une serviette, et chaque fois en lui quelque chose frémissait, se brisait, une carapace quelconque craquait, comme si cette tranquillité s'insinuait dans son sang et qu'il cessait d'être sur ses gardes.

Comme s'il était enfin arrivé à la maison où toutes les épreuves passées – depuis sa trouble naissance – s'éloignaient enfin et que cette maison dans cette clairière en forêt était sa vraie vie.

Il ôta ses chaussures, se lava les pieds, entra dans la maison pieds nus, s'assit dans un coin près d'une icône sous une lampe, se signa maladroitement, et la femme qui ressemblait à sa mère, ou plutôt une femme à laquelle auraient dû ressembler toutes les mères, poussa vers lui une cruche de lait froid, une tasse de grès, et les fraises des bois dans une assiette de grès également.

Il se mit à manger, respirant l'odeur du bois et jouissant du silence, bien que les deux garçonnets et la petite fille blonds comme les blés s'agitent constamment comme des papillons de nuit.

Tout ça ne ressemblait pas à la vérité, à la vie, mais à un conte de fées ou une hallucination…

Peut-être en avait-il été ainsi sur terre autrefois, mais plus de nos jours, non.

À présent, les gens avaient peur les uns des autres, avaient peur pour leurs enfants, s'écartaient des inconnus, s'efforçant de se détourner d'eux aussitôt s'ils leur répondaient par un signe de tête. Comme si tout se passait dans un brouillard noir – pas une bonne parole, pas une bonne action, chacun pour soi – et même quand on buvait c'était en solitaire ou avec des intimes, on n'invitait personne, et pas seulement parce qu'on était pauvre et qu'on n'avait pas d'argent, mais justement parce que dans cette brume noire non seulement se nichaient le mal et l'envie – bien qu'ils soient omniprésents – mais aussi le désespoir, la méchanceté, la crainte…

Mais ici… c'était un songe venu du passé, ce n'était pas actuel…

Mais est-ce que cela avait jamais existé ? Que les gens ouvrent leurs portes à des inconnus, les invitent à leur table, et leur demandent où ils allaient et comment ils s'appelaient ?

– Comment vous appelez-vous ? demanda la mère. Où allez-vous ?

Koltcha se nomma, expliqua qu'il allait à Moscou, avait eu un coup de barre, s'était arrêté dans le bois, et s'excusa du dérangement.

– Restez chez nous, dormez dans la grange sur le foin, le père va bientôt revenir, il est sorti faire le tour du bois, il est forestier.

Non, tout cela était étrange, invraisemblable. Ça n'existait pas. Il n'avait pas envie de lui demander son nom ni celui des enfants. Il voulait laisser tout cela comme c'était – une vision surgie après la tempête, un mirage qui allait s'évanouir.

– Il faut que je parte, dit Koltcha, pensant avec tristesse à la vie qui allait suivre, si incertaine. Mais si c'est possible, demanda-t-il, je veux bien me reposer encore une demi-heure à la lisière du bois.

Il sortit, accompagné par les quatre enfants, et en les remerciant sans fin de leur attention et gentillesse s'allongea sur la couverture étendue sur l'herbe.

– Les enfants, dit la mère, ne dérangez pas notre invité.

Il ne dormit pas, sans pour autant rester tout à fait éveillé. Il sombra, retournant en arrière sans pouvoir séparer ses visions ensommeillées des pensées qui l'assaillaient en revenant sur les évènements passés.

La Hache repensa à Valentin abattu et noyé, il ne pouvait en être autrement, il ne se serait pas rendu si facilement, à présent au fond d'une eau trouble, des poids attachés aux pieds ou dans un sac à provisions plein de briques, allongé ou debout – une ombre, un souvenir, des cendres autrefois appelées « l'excellent Valentin ».

Pourquoi Koltcha était-il tout à coup ébranlé par le secret de l'origine de Valentin, enfant de l'Assistance publique, qu'il connaissait pourtant ? La première fois qu'il l'avait entendu, il n'y avait pas cru. Ou du moins, il ne lui avait accordé l'importance qu'il méritait.

Et Tarakan avait brusquement dit que le patron était marqué à vie, comme un bagnard en fuite dans les vieux films.

Ce fut alors qu'il se décida.

Un frère devait monter au créneau pour son frère, un orphelin pour un autre orphelin. Ah ! Il allait se battre pour quelqu'un autre ? C'était absurde. Mais pour un type tel que Valentin, il fallait se battre et se venger, risquer sa vie. Pour un type tel que lui, il fallait vivre et non périr. Pour continuer ce qui avait été déchiré par un pouvoir étranger. Une jalousie étrangère, une force mauvaise. Parce que Valentin avait su s'emparer de ce qui était accessible dans cette vie, arracher sa part.

Si le monde avait tourné différemment, il aurait arraché autre chose, atteint d'autres buts.

Il serait devenu cosmonaute ou général.

Et lui, Koltcha Hachorov, l'ayant rencontré dans cette autre vie où le monde était à l'endroit, aurait pu, marchant dans les traces de son frère, devenir non pas cosmonaute, mais radio. Ou bien un de ceux qui guident ces fusées ? Ou bien un colonel courageux, si Valentin avait été un général héroïque.

Que faire, si la vie avait pris un cours injuste ? Tout le monde vivait ainsi tout autour, comme s'ils étaient tous devenus fous. Ils tuaient, volaient, pillaient, enviaient, se bousculant et mourant avant terme de cette folie, désespérés. Mais ils continuaient à vivre malhonnêtement, vilement.

Et voilà qu'ici, dans cette clairière, les gens vivaient un conte de fées, protégés de la mauvaise graine par une barrière de sapins, ils étaient les seuls auxquels était promis le salut.

Qu'ils soient sauvés ! Ces terrifiantes ténèbres se dissiperaient un jour ou l'autre, et la terre connaîtrait une aube nouvelle. Ces gamins devenus adultes et leur sœur sortiraient alors de la forêt avec leur mère, bonne et fidèle.

Ils diraient :

– Faites-nous la charité !

Comme si la forêt d'épineux recelait toute la terre des hommes. Et que, sur une herbe purifiée des cauchemars, elle invitait les gens à vivre plus avant.

Les petites fourmis grouillaient précipitamment sur la couverture molletonnée multicolore, exploraient ce coin de terre inconnu et s'en allaient, rassurées. Koltcha se comparait aux fourmis, il grouillait lui aussi précipitamment en lui-même, mais ne s'apaiserait jamais, même s'il s'inculquait l'art d'oublier ses deux ennemis abattus.

Il n'avait fait que se défendre. Il était clair que, s'il ne leur avait pas réglé leur compte, ils l'auraient pour leur part supprimé.

Et maintenant ?

Il ne savait pas, ne parvenait pas à anticiper, restait allongé.

Le jour tombait lorsque La Hache se leva et roula la couverture ; il retourna vers le perron. Le père de famille tardait et Koltcha tendit deux billets de cent dollars à la mère.

– Oh, s'étonna-t-elle, qu'est-ce que c'est ?

– De l'argent, dit La Hache, je vous remercie pour tout. C'était merveilleux.

– Ce n'est pas de la monnaie russe ? demanda-t-elle. Je n'ai jamais vu ça.

Il ne fut pas surpris outre mesure, et la mère lui dit, sentencieuse :

– On n'accepte pas d'argent d'un invité. Monnaie russe ou étrangère. Vous êtes notre invité.

Il baissa la tête. Il entendait ce qu'il avait envie d'entendre sans pouvoir l'entendre : gentiment, mais sans concession, elle lui apprenait les bonnes manières.

Tel que doit le faire une mère.

Il s'excusa, remit ses billets infâmes dans sa poche et la remercia, d'abord d'un ton incertain, puis de multiples fois.

Il contempla ce perron, que le crépuscule obscurcissait, toutefois encore lumineux.

Puis le visage de la mère de ces enfants habillés de vêtements anciens et élimés, mais propres.

Il traversa la clairière, mais ils ne l'accompagnèrent pas.

Il se retourna plusieurs fois.

Ce rêve s'estompa, puis s'effaça. S'il lui avait été possible de rester, aurait-il regretté ce million de dollars ? Mais cet argent étranger était sa vilenie, et c'était à lui de s'en débrouiller, de s'en purifier. Ces gens n'avaient rien à voir avec ça.

Il s'assit au volant de la Jigouli, regardant une dernière fois la maison. Le crépuscule l'engloutissait lentement dans l'ombre.

Il démarra sans allumer les phares et sortit discrètement du bois en marche arrière jusque sur la route.

CHAPITRE 12

À Moscou, il traversa le centre jusqu'à la place du Manège, et entra dans un parking souterrain. Les gardiens en uniforme noir regardèrent Koltcha avec dédain, mais puisque le jeune dans la Jigouli déglinguée payait ils ne pouvaient rien lui reprocher, juste faire grise mine.

C'était exactement comme ça que ça devait se passer : négligence, manque d'intérêt, par comparaison avec les bagnoles de luxe qui descendaient ou surgissaient du sous-sol comme des scarabées prédateurs laqués, après avoir claqué leur fric.

La fourmilière souterraine sous sa cloche de verre était à la fois commode et malcommode. Les gens y traînaient, mais comme s'ils étaient en excursion, achetant peu et rarement, et il ne se formait pas la moindre queue aux bureaux de change, ce qui n'était pas sain du point de vue de Koltcha.

Celui-ci s'efforçait de changer des dollars en grande quantité sans attirer l'attention.

Au début, il en fourra vingt mille dans ses poches. C'était inconfortable, son pantalon avait enflé inconsidérément, alors il les glissa dans quatre sacs plastiques de magasins. À présent, ça n'attirait plus l'attention et ne gonflait plus ses poches.

De cette manière, il ne prit dans le sac de sport que deux liasses et s'inquiéta : combien de temps lui faudrait-il s'affairer de la sorte ?

Il redescendit la fermeture éclair du sac, puis le petit cadenas dont il mit la clé dans sa poche de chemise avant de fermer le coffre, et se déplaça dans les étages comme un touriste provincial.

Les premiers mille dollars, son coup d'essai, furent changés sans même qu'il présente son passeport.

Il s'avéra assez vite qu'on exigeait le passeport de ceux qui achetaient des devises, mais pas toujours de ceux qui les vendaient.

Il changea cinq mille dollars sans sortir de la fourmilière, jetant les liasses de roubles dans ses sacs plastiques et fonça au télégraphe. Il avait l'adresse de l'internat et envoya cent vingt mille roubles à Georgi Ivanovitch.

En remplissant le formulaire du mandat, il donna une adresse moscovite fantaisiste, et inscrivit le nom suivant en souriant : Youri Ivanovitch Detotchkine.

À l'internat, on adorait ce film-là, on l'avait regardé cent fois. Celui-ci existait certainement en vidéo. Smoktounoski, l'acteur principal incarnant Detotchkine, envoyant de l'argent de sa voiture à l'internat, serait le principal héros du monde des orphelins. À présent, voici que Koltcha Hachorov, Personne, était devenu quelqu'un : Detotchkine.

L'employée ne perçut pas le trait d'humour, elle prit l'argent avec un regard lourd de sens vers Koltcha, sourit sans lui demander son passeport.

Les gens qui envoyaient de l'argent par la poste quelque part, plus encore à un internat dans une ville lointaine, n'attiraient pas les soupçons.

Le transfert d'argent n'égaya pas seulement Koltcha, mais lui redonna du cœur au ventre. Pour une minute au moins, la vie l'avait rendu éclairé et utile aux autres.

En avalant un Big Mac en face du télégraphe, en buvant un Coca dans un grand gobelet à la paille, La Hache comprit que Georgi Ivanovitch ne prendrait l'argent envoyé à l'internat que pour indemniser les victimes de l'incendie. Et pour la nourriture, s'il se plaignait du manque, pour les fringues, les caleçons et les chaussettes ?

Il se dit : avec le temps, on peut trouver un grossiste de marchandises pour enfants, un Azeri ou un Arménien et payer une remorque entière pleine de fripes. Quoiqu'on les appelle des « culs noirs », ces marchands aux noms à consonance étrangère livraient sans défaut la marchandise une fois payée, et en général sans aucun danger. Surtout s'ils saisissaient que Koltcha était d'un sang impur. Mais quand cette époque viendrait-elle ?

Du MacDonald, il dépassa le théâtre Tchékhov, demanda son chemin et changea quelques milliers de dollars près de la poste centrale.

Pour faire face à tout ça, il envoya encore cent cinquante mille roubles de la poste centrale : Georgi Ivanovitch en serait baba. Et il comprendrait tout, surtout après avoir pris connaissance des derniers évènements.

On allait bien sûr lui poser des questions.

Si c'étaient les flics, ça irait. Mais si c'étaient les racketteurs qui restaient ?

Et qui était leur chef, à présent ?

Georgi Ivanovitch pouvait déclarer qu'il ne savait rien à propos de cet argent, surtout venu d'un certain Detotchkine de Moscou, dont l'adresse était indiquée. Il n'était pas du genre à baratiner : il dirait la vérité, ce n'était pas un bandit.

Sous tension, Koltcha envoya vingt mille roubles à Dacha la cuisinière, en nom propre, bien qu'il lui ait envoyé ça à l'internat. Ça passa cette fois encore. Tout passait, de nouveau, il ne put rien imaginer en dehors de Detotchkine.

Il envoya encore vingt mille roubles au plus ancien de leur groupe.

Il expédiait les petites sommes de petites postes où, semblait-il, personne ne lisait l'adresse de l'expéditeur et ne prêtait beaucoup d'attention à ces mandats : il y avait un expéditeur et un destinataire, il y avait de l'argent, on lui donnait un reçu et il s'en allait.

Et là-dessus, il s'éteignit.

Ses fantasmes avaient pris fin.

Koltcha errait dans un Moscou étouffant et il était épouvanté : il avait envoyé de l'argent à tous ceux qui en avaient besoin, et le grand sac de sport était encore plein. Que faire ? Comment vivre ?

Il s'assit sur un banc dans un square, mangea une glace. Eh, Valentin ! Où es-tu ? Tu aurais su, toi le maestro, comment se servir de ce million ! Pour Koltcha, cette somme ne représentait que des tracas. Les gens ne vivaient que pour ça et se lamentaient sans arrêt, pas d'argent, pas d'argent. Ils en rêvaient en regardant des films à la télé où les gangsters braquaient des banques.

Et voilà où il en était lui, quasi-gangster. En tout cas avec un million dans le coffre. Ce million le dégoûtait, fardeau l'entraînant vers le bas, vers les ténèbres. Peut-être irait-il à ce bâtiment devant le magasin « Monde des enfants », l'ancien KGB, et lâcherait-il ce gros sac devant ? Avant de filer en vitesse ?

On l'attraperait, on apprendrait tout, le fin mot de l'histoire, on lui collerait la mort de deux innocents sur le dos, des pères de famille.

Que faire ?

Les mettre à la banque ? Mais sans une pièce d'identité c'était impossible, ils pigeraient, ne lui rendraient pas le fric. Les envoyer aux orphelinats, aux hôpitaux ? Et quelles étaient leurs adresses et combien de temps ça prendrait ?

Et lui-même où irait-il ? Personne ne voudrait de lui sans un rond, orphelin impénitent. Mais c'était pareil avec du fric.

Personne ne veut de toi. Tu n'es personne.

Personne. Rien. Nulle part.

Et tu n'as aucun refuge sur la terre russe à la fin d'un vingtième siècle enragé devenu complètement fou.

CHAPITRE 13

Il retourna à la place du Manège où la Jigouli déglinguée était garée dans les profondeurs du parking souterrain, avec un million de dollars dans le coffre. Koltcha avançait sur le trottoir de gauche de la rue, et aucun passant ne venait à sa rencontre. Dans cette partie de Moscou, les gens circulaient de préférence en voiture.

La Hache marchait lentement, contemplant les vitrines d'un magasin d'antiquités où un type comme lui n'était pas le bienvenu, acheteur peu probable des coûteuses marchandises qui luisaient dans ses profondeurs, ou le miroir de celle d'une banque aux incompréhensibles initiales VIP, ou encore l'uniforme vert d'un portier de restaurant en train de bâiller comme un poisson dans un aquarium.

À l'intérieur, au-delà du rempart de verre, quelque chose bougeait, se mélangeait, se rapprochait et devenait visible, quelque chose enflait dans la pénombre, et il était clair qu'il s'y passait une sorte de fête. Au-delà de ce verre d'importation, rien d'utile aux valeurs humaines reconnues par tous n'avait lieu, mais ce qui se déroulait était beaucoup plus important, en dépit de ce que les hommes simples qui s'étaient aventurés derrière la vitre appelaient une oisiveté totale ; c'était tellement plus décisif qu'on ne pouvait l'imaginer.

Non, l'entrée dans cette vie de loisirs n'était pas ouverte au seul Koltcha sans origine. Et que Dieu le préserve d'y sombrer, car cette fête imaginaire de la foule avait oublié une vérité élémentaire : l'homme entre nu dans le monde, et il en ressort dans le même appareil.

CHAPITRE 14

D'ailleurs, Koltcha ne pensait rien de ce genre.

Il imaginait en riant ce que dirait Georgi Ivanovitch en recevant cette somme folle. Et quelle serait la surprise de Dacha la Rombière. Comment se réjouiraient les vieux copains du groupe.

Ils regrettait d'avoir oublié les deux vieillards de l'église. Une petite aide ne leur aurait pas fait de mal. Mais il ne se souvenait plus de l'adresse. Il savait le nom de la rue, mais le numéro…

Il avançait vers le centre commercial souterrain, il compta les marches de l'entrée et pénétra dans la fraîcheur climatisée du magasin qui donnait accès à ce qui se trouvait en bas : la véritable fourmilière.

Il trouva l'ascenseur et y entra. Appuya sur le dernier bouton.

Lorsque la porte s'ouvrit, Koltcha fut momentanément aveugle : le parking souterrain était bien moins éclairé que l'ascenseur. Battant des paupières, s'habituant à la pénombre, il s'approcha de la Jigouli et ouvrit le coffre.

Le sac se profilait dans la semi-obscurité comme une ombre noire.

Se baissant, il ouvrit le cadenas, descendit la fermeture éclair : le sac était vide.

– Aïe-aïe-aïe, dit une voix familière. En se retournant, Koltcha vit le serveur de l'hôtel de Moscou lui braquer un pistolet sur la tête.

Derrière lui, obscurci par une lampe dans son dos, se tenait un autre homme rappelant le quatrième, l'inconnu qu'il avait vu dans sa ville natale.

À gauche et à droite, d'autres silhouettes encore.

Noires et malveillantes.

– Aïe-aïe-aïe, mec, dit le serveur et un jet de lumière jaillit vers le visage de Koltcha.

Sa dernière sensation fut le soulagement.

CHAPITRE 15

Personne. Rien. Jamais.

Personne n'allait pleurer ce gamin, abandonné par sa mère, sauf peut-être Dacha la Rombière, lorsqu'elle l'apprendrait. Et pas si amèrement que ça, ses pareils étaient si nombreux…

Rien dans le monde ne pourrait changer quoi que ce soit à sa mort.

Sa vie ne pourrait jamais être répétée.

Comme celle de chacun d'entre nous.

Craignez donc le manque de compassion, ô braves gens !

N'abandonnez pas vos enfants, ô mères…

ILS ONT COLLABORÉ À CE LIVRE :

PIERRE FOURNIAUD
DIRECTION ÉDITORIALE ET COORDINATION

ÉDITH NOUBLANCHE
RÉVISION DE LA TRADUCTION ET CORRECTION

RÉMY TRICOT
COUVERTURE

BRUNO RINGEVAL
COMPOSITION

DONATA JANSONAITE J
IMPRESSION

MARIE-ANNE LACOMA
SUIVI COMMERCIAL ET PROMOTIONNEL

AGENCE TRAMES
CESSION DE DROITS

LES ÉQUIPES DU CDE ET DE LA SODIS
DIFFUSION ET DISTRIBUTION

LES LIBRAIRES
COMMERCIALISATION ET PROMOTION

DÉPÔT LÉGAL : MAI 2021
IMPRIMÉ EN UE